長編戦記シミュレーション・ノベル

超重爆撃「富嶽」大編隊

上

和泉祐司

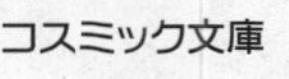

コスミック文庫

本書は二〇一六年一月・五月に電波社より刊行された『興国の鉄槌（1）（2）』を改題し、再編集したものです。

なお本書はフィクションであり、登場する人物、団体等は、現実の個人、団体、国家等とは一切関係のないことをここに明記します。

目　次

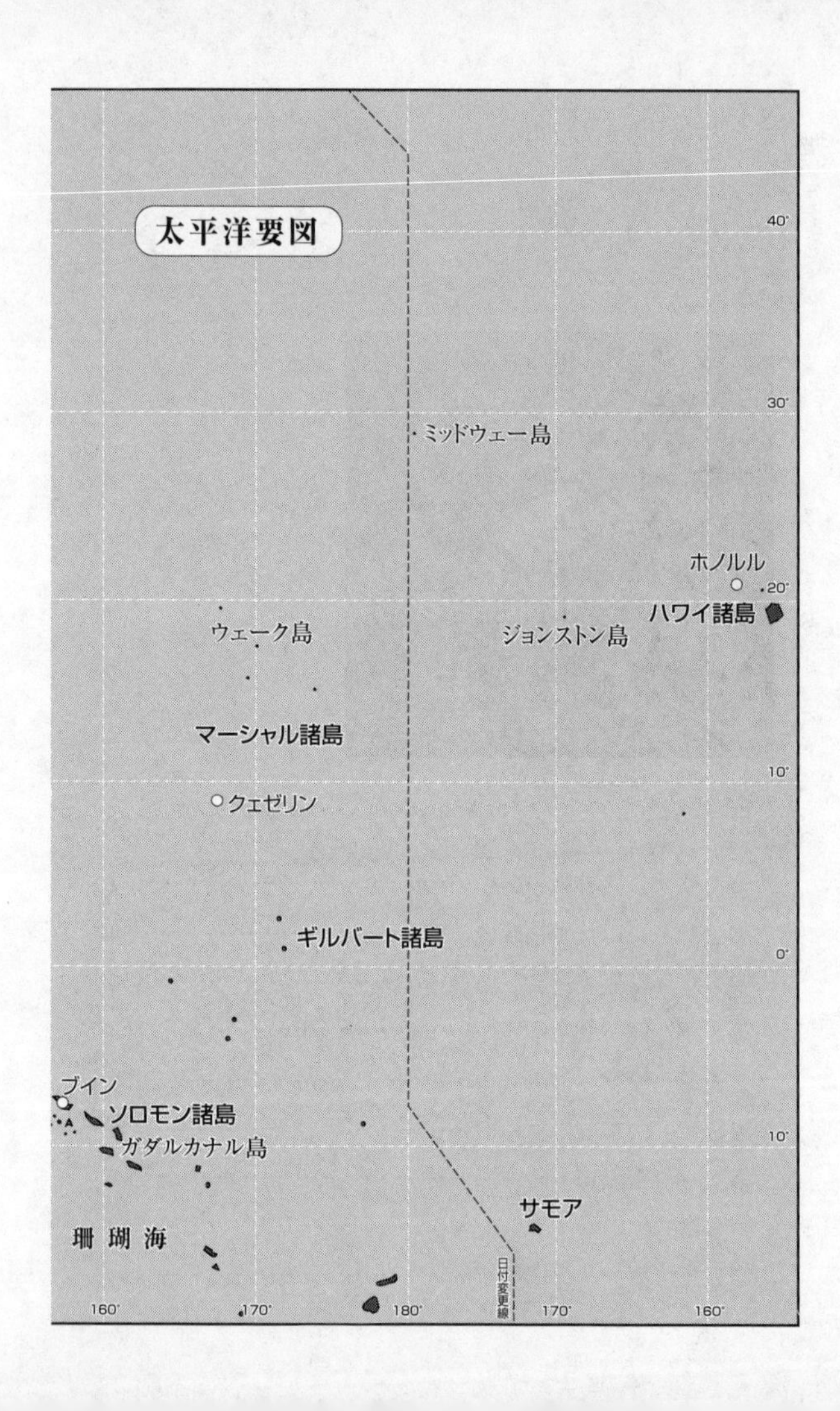
太平洋要図
40°
30°
ミッドウェー島
ホノルル
20°
ハワイ諸島
ウェーク島
ジョンストン島
マーシャル諸島
10°
クェゼリン
ギルバート諸島
0°
ブイン
ソロモン諸島
10°
ガダルカナル島
サモア
珊瑚海
日付変更線
160°
170°
180°
170°
160°

満　州
千歳
三沢
東京
中　国
小笠原諸島
南鳥島
マリアナ諸島
サイパン島
マニラ
グアム島
仏印
フィリピン
トラック諸島
カロリン諸島
ボルネオ島
ビスマルク諸島
ビスマルク海
ラバウル
蘭印
ニューギニア島
ソロモン海
ポートモレスビー
オーストラリア
110°
120°
130°
140°
150°

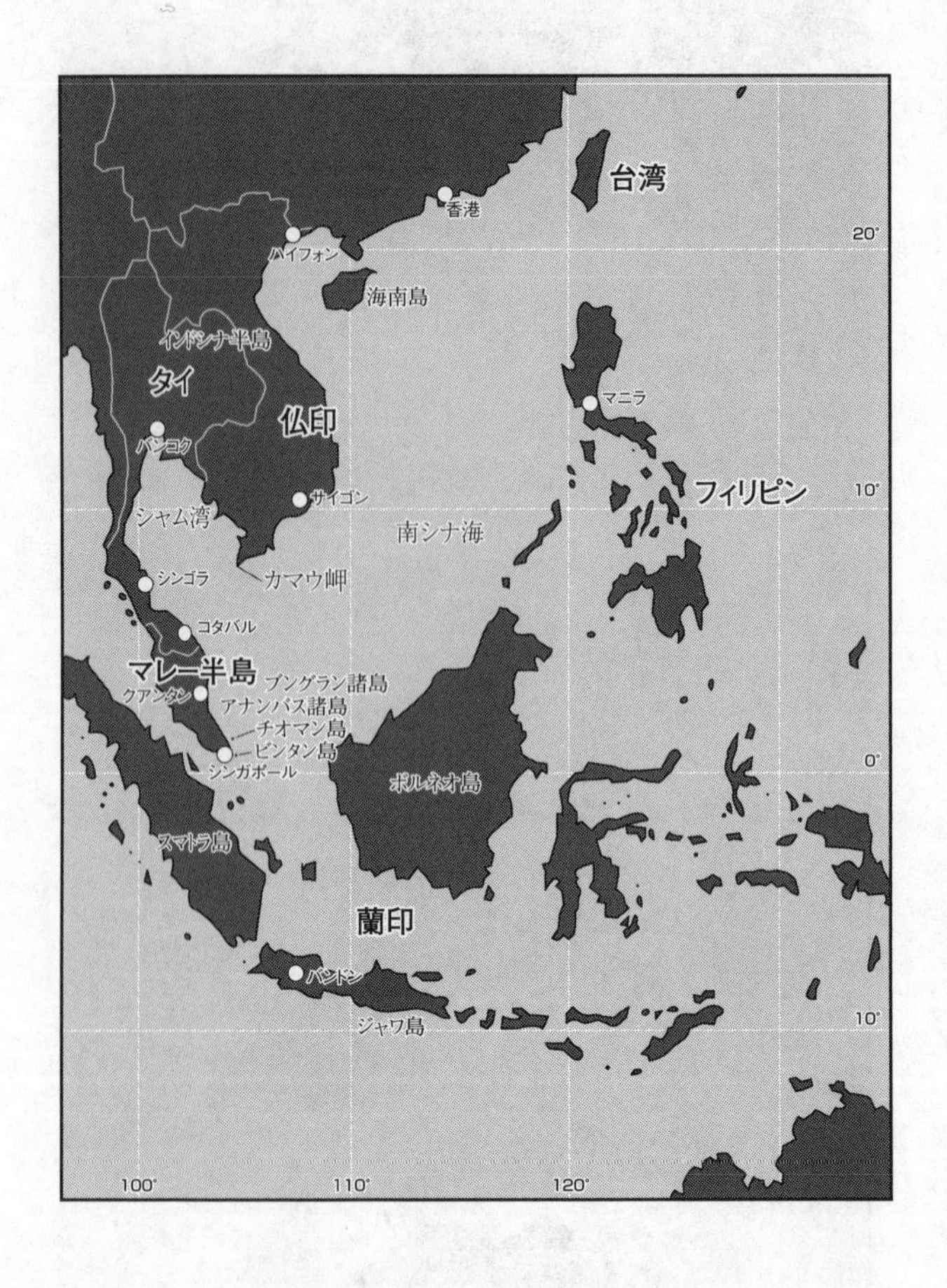
台湾
香港
20°
ハイフォン
海南島
インドシナ半島
タイ
マニラ
仏印
バンコク
フィリピン
10°
サイゴン
シャム湾
南シナ海
カマウ岬
シンゴラ
コタバル
マレー半島
ブングラン諸島
クアンタン
アナンバス諸島
チオマン島
ビンタン島
0°
シンガポール
ボルネオ島
スマトラ島
蘭印
バンドン
10°
ジャワ島
100°
110°
120°

第1章　Z機計画

1

昭和一六年二月初め、中島飛行機は群馬県の太田製作所と小泉製作所の間にある四〇万坪もの広大な敷地に、一三〇〇メートルの滑走路と格納庫、整備工場などを有する太田飛行場を完成させた。

飛行場と二つの製作所は、幅三〇メートルを超える完成機運搬専用道路で結ばれ、利便性が図られている。

二月一五日午前九時、海軍の一三試陸攻一号機が格納庫から飛行場へ引き出された。一三試陸攻一号機は昨年暮れに完成し、何百項目もの地上試験を繰り返してきた。

ようやくすべての試験項目をクリアし、本日一一時三〇分に初飛行を実施する予定だ。

「おい、ヤス、気化器の調整は終わったか。終わったら発動機を回すぞ」

主翼フラップの動き具合をチェックしていた水谷技師の声がした。

「調整は終わりました。タニさん、いつでも大丈夫です」

広沢安次郎技師はスロットルレバーの調整を終え、フィールドサービスの作業を仕切る水谷技師に大声で答えた。

発動機の制御は、操縦席にあるスロットルレバーの動きを滑車と綱索を使って気化器を開閉することで行う。発動機が四つもあると、スロットルレバーの動きと気化器の開閉を、すべての発動機で合致させることは非常に難しくなる。

どんなに調整しても、完全に一致させることなどできない。そして、この違いが飛行機の癖となって現れてくるのだ。

一八七〇馬力の「護（まもり）」発動機が白い煙を吐き、甲高い独特の轟音を発する。四つの発動機が次々と起動され、一分ほどで四つの巨大な四翅のプロペラが回転する。

朝の静寂に包まれていた太田飛行場が、巨大な怪物が暴れ回っているような轟音に覆われた。

さらに一段と発動機の回転が上がった。一三試陸攻一号機は、今にも飛び出すかのように機体をふるわせる。

「よし、調子はよさそうだ。発動機を止めるぞ」

「了解」

飛行場に静寂が戻り、初飛行の準備が整った。

広沢安次郎は昭和一二年三月に東北大学機械工学科を卒業し、中島飛行機に入社した。配属先は東京の荻窪にある東京工場技術部第二課である。

同期入社には、北海道大学物理学科で雪の研究に取り組んだ戸田康明技師のような変わり者もいた。

東京工場は昭和一二年七月に東京製作所と名称を変更した。分掌規程によれば、技術部第二課は発動機の研究開発、飛行実験、フィールドサービス、気化器など補機の研究開発となっている。

もっとも実態は、飛行機の基本計画から製造した飛行機のトラブル処理までに対応する、いわゆる飛行機の「なんでも屋」であった。

水谷技師は昭和一一年に中島飛行機に入社し、東京工場技術部第二課に配属となった。

昭和一一年に中島飛行機に入社した学卒者は、北海道大学機械工学科卒業の田中清史技師、東京大学機械工学科卒業の水谷総太郎技師、中川良一技師、井上好夫技師といったそうそうたる顔ぶれで、花の一一年組と呼ばれている。

現在、二〇代後半にさしかかった彼らは、中島飛行機技術者の中心メンバーになりつつあった。

この頃の日本の飛行機開発は、欧米技術に追い着くことから脱却し、独自の技術に移行する生みの苦しみとも言える時期にあった。

飛行機開発は、試行錯誤とトラブル処理に没頭される毎日でもある。水谷技師は広沢が第二課に配属されると知って、これで少しは楽になると喜んだという。

広沢や水谷ら第二課の技師たちは、海軍の九七式艦攻、九五式水偵、陸軍の一式戦、一〇〇式重爆などのトラブル対応のため、一年の大半を機体工場がある太田製作所や小泉製作所、陸軍の立川基地、横須賀の海軍空技廠を飛び回っている。

そのおかげで、広沢は飛行機に関して発動機のみならず、機体の隅々まで豊富な知識を得ることができた。

そして今は、一三試陸攻一号機の初飛行を成功させるべく、太田飛行場で奮闘している。

午前一〇時三〇分、陸軍航空本部の安藤成雄技術中佐が姿を見せた。安藤中佐を案内して来たのは、陸軍機を製造する太田製作所の栗原甚吾所長だ。

安藤中佐が一三試陸攻を見上げて言う。

「でかいな。これが空中に浮くのか」

安藤中佐への説明役は、一三試陸攻の設計責任者の三竹忍技師だ。三竹技師が答える。

「一三試陸攻は、当社として初めて製造した本格的な大型四発陸上攻撃機です。ですが、地上滑走で十分に試験を繰り返し、すべての問題を解決しています。心配ありません。間違いなく初飛行に成功します」

一三試陸攻の機体は、数年後に登場するアメリカ軍のB29とほぼ同じで、全長三一メートル、全幅四二メートル、全備重量二八トンもの巨体である。双発機しか見たことのない人には、信じられない大きさに見えるに違いない。

午前一一時、黒塗りの大型乗用車が飛行場に入ってきた。

「おい、見ろよ。大社長(おおしゃちょう)の自動車だぞ」

水谷技師の声に広沢が振り返る。

大型乗用車から降りてきたのは、社員から大社長と呼ばれる中島知久平(ちくへい)であった。

現在は社長の座を弟の中島喜代一(きよいち)に譲り、政治家として活動しているが、依然として中島飛行機に隠然たる影響力を持っている。

黒塗りの自動車からは、続いて海軍航空技術廠長の和田操少将が降りてきた。二人は小泉製作所吉田孝雄所長の案内で、台上に用意された椅子に座った。二人への説明は、中島飛行機における機体設計の責任者、小山悌(やすし)技師長が行うようだ。小山技師長がなにか説明しているが、二人は無言のまま椅子に座り、一三試陸攻をじっと見つめている。

午前一一時二五分になった。

「末松さん、発動機の調子はいいよ」

水谷技師が、一三試陸攻の操縦席に座った末松春雄飛行試験課長に声をかけた。

「ああ、ありがとう。必ず初飛行を成功させる」

末松操縦士が操縦席から身を乗り出して答えた。

太田飛行場は曇り空で、北北西から風速八メートルの空っ風が吹いている。気温は平年並みの七度と計測された。

操縦士の末松飛行課長は、これまで何度も地上滑走試験を行っている。一三試陸攻一号機の癖や操縦桿の利き具合を確認済みだ。

大勢の参観者が強い寒風にさらされながら、巨大な一三試陸攻を見つめる。

「護」発動機の轟音が再び響き始めた。四つの発動機が一段と大きな唸りをあげる。

一三試陸攻が、飛行場の南南東の滑走路端へと地上を滑走する。

「いよいよ飛ぶぞ」

広沢は聞いたことのある声がするほうを見た。

いつの間にか大社長の座る台のとなりに、一三試陸攻の設計主務者の松村健一技師、胴体担当の仲正夫技師、操縦装置担当の浅井啓二技師、主翼担当の岸田雄吉技師、兵器艤装担当の城所庄之助技師、動力関係の山田為治技師、空力学関係の内藤子生技師、強度関係の長島昭次技師、脚関係の島崎正信技師が顔を揃え、並んで立っていた。

いずれも二〇代後半の新進気鋭の技師である。

一三試陸攻は滑走路に出ると、さらに轟音を高めて滑走を開始した。

五秒、一〇秒、二〇秒……。三〇〇メートルほどの滑走で前輪が浮いた。五〇〇メートルで機体が浮き、上昇して行く。

「浮いた！」

松村技師が興奮して叫んだ。

必要最小限の燃料しか積んでいないとはいえ、一三試陸攻は五〇〇メートルほどの滑走で、軽々と空に機体を浮かべた。

離陸すると、上昇しながら太田の上空方面に飛んで行く。真っすぐ五分ほど飛行すると、今度は大きな左旋回を見せ、ゆっくり飛行場南方へと向かう。

飛行場の南方、高度五〇〇に一三試陸攻が近づく。滑走路上空をフライパスすると、再び太田上空へと飛び去った。

「ばんざーい！」

松村技師の声に、他の技師たちも興奮しながら万歳を叫んだ。技術者にとって最も苦労が報われた瞬間でもある。

一三試陸攻は三度にわたって飛行場上空を飛行した。そして、飛行場南方からゆっくり近づくと三〇〇メートルほど滑走し、無事に着陸した。

駐機場へと戻り、発動機を止めた。

和田少将が感慨無量な面持ちで口にした。

「ついに一三試陸攻が飛んだ」

すると、中島大社長が言葉を発した。

「和田少将、一三試陸攻は米国に追いつくための通り道にすぎません。一三試陸攻では米国の大型機に比べ、性能がまだまだ不十分です。

日本の飛行機開発は、これからが重要な時期になります」

海軍の大型陸上攻撃機開発は昭和七年の初め頃、航空本部長だった松山茂中将が技術部長山本五十六少将、技術部計画主任和田操中佐へ自分の考えを打ち明けたことに始まる。

その結果、開発されたのが、陸上機の九五式大攻、九六式陸攻、一式陸攻、水上機の九七式大艇である。

昭和一三年初め、海軍は世界の潮流を鑑み、四発大型機開発計画を掲げた。そして、陸上機を一三試大攻として中島飛行機に、水上機を一三試大艇として川西航空機に試作発注した。

川西航空機は四発の九七式大艇を開発した経験があり、水上機に関して豊富な知識を有する。だが、四発大型陸上攻撃機に関しては、中島飛行機を含めて開発経験のある日本メーカーは見当たらない。

航空本部技術部長になっていた和田少将は、たとえ技術力のある中島飛行機といえども、いきなり四発大型陸上機を短時間で自主開発するのは無理であろうと考えた。

そこで、輸送機の名門ダグラス社からＤＣ４を輸入し、中島飛行機に大型機製造のノウハウを習得させることにした。開発期間を短縮するため、時間を買ったと言えなくもない。

中島飛行機は、三竹忍技師と反町忠男技師をカリフォルニア州サンタモニカのダグラス工場へ派遣した。二人は一カ月にわたって、大型機開発の技術習得と輸入するDC4二号機の製造監査を行った。

それから三年弱、川西航空機は昨年一二月末に一三試大艇を完成させた。その後の試験飛行も順調で、一号機はまもなく海軍が領収する見込みになっている。

そして今日は、一三試陸攻が初飛行に成功したのだ。その喜びも一入と言える。

喜ぶ人々をよそに、水谷技師が真剣な面持ちで広沢に告げた。

「これからが本当の勝負だぞ」

一三試陸攻は、まだ初飛行が成功したにすぎない。これからトラブルが続発するに違いない。

「そう思います。特に、発動機の振動が大きいのが気になります。さらに信頼性を高める必要があります」

「そうだな。それと、一三試陸攻はDC4にならって油圧装置を多用している。油圧装置は重いし、故障が多発する原因にもなりかねない」

「牧場で使う道具を作るのとは、比べ物にならないほど難しいです」

「当たり前だ」

二人は顔を見合わせて笑った。

広沢安次郎は大正四年に、岩手県で牧場を営む広沢安政の次男として生まれた。

幼い頃、父は長男の安太郎と二男の安次郎を前に何度も言い聞かせた。

「安太郎は牧場の後継者だから、身体を丈夫に牧場経営の修業に専念するように。安次郎は自分の生計の道を考えるように。安次郎は学問を究め、学校の先生か学者になるのがよいと思う」

広沢は牧場の仕事を手伝わされることもなく勉学に励んだ。そのおかげで盛岡中学から東北大学機械工学科へと進むことができた。

大学では、日本におけるガスタービン研究の第一人者の沼知博士の指導を受け、最先端技術ともいえるガスタービンの研究に取り組んだ。

中島飛行機入社後、広沢に与えられた仕事は排気タービン過給器（ターボ・スーパーチャージャー）の実用化であった。

昭和一三年四月二九日、排気タービン過給器を装備した発動機、ライトR１８２０‐51を搭載した試作機Y１B17Aが初飛行した。

Ｂ17の初飛行は昭和一〇年七月二八日だが、空の要塞と謳われながらも性能はパッとしなかった。

ところが、ライトＲ１８２０‐51を搭載した試作機は、高度七六〇〇メートルで時速四七〇キロを記録した。Ｂ17の性能を飛躍的に高め、戦略爆撃機としての地位を不動のものとした。

中島飛行機はカーチス・ライト社とＲ１８２０‐51の製造権契約を結んだ。

当時、中島飛行機は離昇出力九五〇馬力の八五を完成させており、Ｒ１８２０‐51の機構から学ぶ点はほとんどなかった。欲しかったのは、排気タービン過給器の技術であった。

広沢には大学での研究内容から、排気タービン過給器の実用化が命じられた。ただし、広沢の仕事の優先順位は、排気タービン過給器の実用化よりも一三試陸攻の初飛行成功にあった。

「一三試陸攻の初飛行に成功した。これからは、排気タービン過給器の研究に本気で取り組まなければ」

広沢は自らの気持ちを引き締めた。

その夜、中島倶楽部で一三試陸攻初飛行の成功を祝うパーティーが開かれた。

広沢の頭には排気タービン過給器に関するアイデアがいくつか湧いており、パーティーに参加するより、一刻も早く東京製作所に戻って実験を行いたかった。

パーティーの終わりに中島喜代一社長より各製作所長、技師長、部長、課長、中堅技師など主要技術者に対し、一七日午前一〇時に中島倶楽部の会議室へ集合するよう伝達があった。

広沢にも技師の一人として招集がかかった。

2

一三試陸攻の初飛行から一日置いた一七日午前一〇時少し前、広沢は水谷技師と一緒に中島倶楽部の会議室に入った。

ほどなくして栗原甚吾太田製作所長、吉田孝雄小泉製作所長、佐久間一郎武蔵野製作所長、小山悌技師長、三竹忍、関根降一郎、西村節朗、太田稔、渋谷巌、糸川英夫、内藤子生、飯野優、新山春雄、小谷武夫、中川良一、田中清史などの技師、総勢二六名もの技術者幹部が顔を揃えた。

全員が揃ったところで、中島喜代一社長が告げた。

「これより大社長より重大な話がある。全員、注目して拝聴するように」

中島知久平大社長が静かな口調で話し始めた。

「知っての通り、我が国を取り巻く国際状況は非常に厳しいものがある。我が国は万が一に備え、対米英に対する確かな備えを急がなければならない」

広沢には、大社長が『対米英戦を覚悟せよ』と言っているように思えた。

中島飛行機の社内に、アメリカと戦争になったらなどと口にする者は一人もいない。日本はアメリカから飛行機技術を導入している間柄なのだ。

誰もが、アメリカと戦って日本が勝てる見込みなど万が一にもあり得ないとわかっている。

大社長は何を言おうとしているのか。出席者の誰もが、一言も発せずに注目する。

「現在の防衛態勢は、米英をはじめとして大艦巨砲戦策を基調としている。我が国も米英に同調し、大艦巨砲戦策をとっているのは、皆も承知の通りである。

大艦巨砲戦策による優劣は、その国の国力、すなわち工業力に依存する。我が日本と米国との工業力を比較すると、製鉄能力において一対二〇、工作機械生産能力は一対五〇もの差がある。

この比率は、実に日米両国の戦力の比率を現すものでもある」

声を発する者も、物音をたてる者もない。室内は静寂が支配していた。

「古来、戦策は兵器の進歩、変遷によって変革するのは不変の鉄則である。この鉄則にしたがえば、兵器の進歩いかんで戦策は根本より変革をきたすべきものでなければならない。

これまでの絶対不敗の国防態勢といえども、戦策は根底から覆るべきものであり、大艦巨砲戦策を基調とする限り、危険の態勢となる恐れが出てくるのである」

大社長はここでひと息入れ、水を飲んだ。そして話を続ける。

「世界情勢の推移よりこれを大観すると、我が海軍は米英よりわずかながらも、航空機戦策に力を入れていると思える。

ここに、一つの光明が差し込んでいる。万が一、我が日本が米英と事を構えざるを得なくなったとき、しばらくは日本軍の優位なる飛行機戦策により敵の海上戦力を撃破し、赫々(かっかく)たる戦果をあげ、広範なる戦略領域を確保できるであろう」

広沢にも大社長が何を言わんとしているか、おぼろげながら推測できてきた。しかし、大社長の次の言葉は全員に大きな衝撃を与えた。

「米英は緒戦の敗退により、ついには伝統とする大艦巨砲戦策を放棄し、飛行機戦策に転換するのは想像に難くない。

ここにおいて戦争の様相は一変し、将来における勝敗の鍵は飛行機の質と量によるところとなる。この結果がどうなるか。それは誠に恐ろしいものと言わざるを得ない。

ゆえに必勝態勢を確立するためには、現行戦策を転換すべき飛躍的構想の必要性を痛感するのである」

大社長は、米国と戦えば日本が負けると言っているのだ。わかっているとはいえ、全員の胸中に強い衝撃が走った。

声を発する者はない。広沢も思考能力を失ってしまった。

「米国のルーズベルト大統領は、今年の初めに空の要塞の必要性を強調した。そして、民間の飛行機生産工場増設のため政府資金を放出し、空の要塞を年間五〇〇〇機生産へと引き上げる指令を出した。

この指令に基づき、米国は五箇所で従業員三万人の飛行機生産工場建設に着手したと見られる。つまり、米国は大規模な日本本土爆撃を計画し、それを強力に推進し始めたのである。

米国における現在の空の要塞は、ボーイングB17爆撃機が標準である。B17は比較的小型で、従業員三万人の飛行機工場なら、年産一〇〇〇機の生産が可能と見られる。

Ｂ17は一二〇〇馬力発動機を四基装備し、総馬力が四八〇〇馬力で決して十分とは言えない。航続距離は五四〇〇から五五〇〇キロ、速力は時速五〇〇キロ程度、爆弾搭載量は二トン。攻撃半径は最大でも二七〇〇キロ以下であり、空の要塞による危険度はそれほど高くはない」

新型機の開発は、どこの国でも極秘扱いだ。それでも試作機が完成する頃には、自然と人目にふれて外部に漏れてしまう。

Ｂ17の初飛行は昭和一〇年七月二八日だった。広沢のもとにもＢ17に関する情報が数多く寄せられている。

そしてＢ17に続き、昭和一四年一二月二九日にはコンソリデーテッド社のＢ24が初飛行した。その情報も入ってきている。

ほかにも、Ｂ17より大きいボーイングＸＢ15、ダグラスＸＢ19が初飛行したとの情報もあるが、この二機は失敗作で、開発は中止された模様だという。

つまり、巨大工業国アメリカで成功した四発爆撃機はＢ17とＢ24の二機種だけのようだ。

大社長の話は予想を超える内容に発展した。

「来年初め頃から米国では、二〇〇〇馬力級発動機の本格的な大量生産が始まる。現在ボーイング社では二〇〇〇馬力発動機を四基、総馬力八〇〇〇馬力の新しい爆撃機を開発中である。

この超空の要塞は航続距離八〇〇〇キロから九〇〇〇キロ、爆弾搭載量四トンと推定され、攻撃半径はおよそ四〇〇〇キロと推定される。

超空の要塞が就役すれば、米軍はアリューシャン列島、ミッドウェー島、中国大陸奥地から日本本土までを攻撃し得る重大な局面となる。万が一の場合には、相当な被害を覚悟せねばならない」

ルーズベルトはB17を旧式と決めつけ、日本本土を爆撃する超空の要塞を開発しているという。しかも超空の要塞は、三年後には完成すると予想しているのだ。

「米国のコンソリデーテッド社は、ボーイング社の超空の要塞を超える驚くべき超重爆撃機を開発中と思われる兆候がある。

これは二五〇〇馬力以上の発動機を六基搭載する超重爆撃機で、おそらく五年から七年後に登場するであろう。総馬力一万五〇〇〇馬力以上、航続距離一万五〇〇〇キロ以上、爆弾搭載量六トンから二〇トン、攻撃半径は優に七〇〇〇キロに達する偉大な性能を有する。

六発超重爆撃機の性能は、従来の爆撃機に比べ比較にならないほど偉大である。この超重爆撃機が大編隊で日本本土へ来襲すれば、製鉄工場、アルミ工場、飛行機生産工場などが徹底的に爆破されてしまうことは確実である。そうなれば日本の軍需生産は全面的に停止し、飛行機も戦車も艦船も作ることはできなくなる」

全員の表情が暗くなってきた。広沢はたまらず、となりに座る水谷技師に話しかけた。

「タニさん、大社長はどこからこのような情報を得ているのですか」

「ヤスも何度か、大社長が主宰する研究会に出たことがあるだろう。大社長は昭和の初めから政治、経済、科学などに関する内外の資料や文献を広く収集し、自ら研究会を主宰してきた。大社長は世界中に情報収集の網を張っているそうだ」

中島知久平は三井物産の欧米各支店に委託し、政治、経済、法律、文化、宗教、科学、技術、農林、軍事国防などに関する海外の文献や書籍を常に収集してきた。

特に力を入れたのは、科学技術情報と産業情報といわれている。文献の大半は欧米のもので、五万点以上にも及ぶ。

それらの文献や書籍を数十名の少壮学者グループに読ませて概要をまとめさせる。

そのうえで毎週、少なくとも一回は学者にその概要を講義させた。

自分だけでなく、社員にも学者の講義に陪席させ、修練に努めていた。広沢も何度か学者の講義を受けたことがある。B17に関する詳しい情報も、広沢がこの研究会に出席したときに得られたものだった。

それでも六発爆撃機がすでに試作段階にあるとは思えない。広沢のみならず、誰もが大社長の情報収集力に驚きを隠せなかった。

大社長の話は熱を帯びてきた。

「現在の型式の飛行機をいかに生産増強しても、超空の要塞、その次の超重爆撃機から本土を守ることは絶対にできない。不可能である。ましてや陸上勢力、海上勢力にいたってはなおさらである。

この状況を打開する必勝戦策は、画期的な新構想による以外に道はない。必勝を期する道は、戦策変革の実相を把握し、真の真理に則して戦策を構想し、きわめて迅速に新戦策を遂行すべきと確信する。

したがって、必勝戦策の構想が一切に先行する至上命令とならざるを得ないのである」

大社長は我々に何を言わんとしているのか。広沢のみならず、誰もが息をひそめて次の言葉を待っていた。

「しからば、いかなる方法があるか。飛行機はそれ自体、重大なる欠陥を有している。すなわち、一つの致命的な急所がある。その急所を突けば飛行機はその機能を失い、行動不能となる。

その急所とは飛行場である。飛行場がなければ飛行機は飛ぶことができない。飛んでいる飛行機も、飛行場がなければそれまでである。

ここに一つの解答がある。一トン爆弾の破壊力は地盤にもよるが、通常なら深さ一五メートル、直径五〇メートルに達すると言われている。

日本を空襲可能な敵の飛行場を一トン爆弾で爆破すれば、敵の空襲は不可能となり、空襲による危険は除去できるのである。

すなわち、敵の超空の要塞よりもはるかに大なる攻撃半径を持ち、しかも多数の爆弾を搭載し得る超大型攻撃機を急速に整備し、敵の日本空襲可能な飛行場を完全に爆破する戦策を用いる。

そうすれば、敵の超空の要塞の日本攻撃を完封することができるのである」

理論上は大社長の言う通りであろう。しかし、広沢は大社長の言葉に疑問を感じた。

大社長の話は続く。

「さらに米国に必勝するためには、生産力に関係なく撃破し得る戦策、すなわち僅少なる生産力をもって厖大なる生産力に対抗し、必勝し得る戦策による以外に道はあり得ないと確信する。

そもそも現行戦策は第一線に戦力を結集し、互いにその戦力を撃破し合って勝敗を決する。その戦力の源泉は、後方の生産力によるものである。

しかしながら、現在の生産組織には一つの致命的な欠陥がある。その急所を突けば、生産力は全面的に麻痺し、機能を失うことを免れない。

急所というのは、軍需生産の源泉をなす製鉄所である。さらにはアルミ製造工場、製油工場である。これらの工場を加えても少数の局地的源泉工場にすぎない。

敵のこの急所を撃破すれば、生産力は全面的に停止し、第一線の戦力を一挙に喪失せしめる。したがって、敵を撃滅し必勝を期し得ることに疑いの余地はない。

この戦策をもってすれば、僅少なる生産力で米国の膨大なる軍需生産力を制圧し、必勝を期するものとなり得るのである。

米本土を爆撃し得る偉大な攻撃半径を有し、かつ多数の爆弾を搭載し得る超大型攻撃機を整備し、米国における製鉄所、アルミ工場を襲撃して徹底的に破壊する。

そうすれば、米国が世界に誇る膨大なる軍需生産力の機能を一挙に停止させることができる。

以上が、米国撃滅戦策の大綱である」

大社長は、コンソリデーテッド社の六発超重爆撃機以上の超重攻撃機を製造しろと言っているのだ。大社長は再び、静かな声で話し始めた。

「一昨日、一三試陸攻が初飛行した。一三試陸攻は米国ダグラス社のＤＣ４を参考に製造した。

ＤＣ４を参考にしたのは、米国がいかにして四発の大型機を製造しているか、その技術を習得するためのものであった。

我が国は、先ほど述べた超重攻撃機を早急に整備しなければならない。一三試陸攻の設計製造により、超重攻撃機製造の手がかりが得られたと確信している。

本日より当社は、全力をあげて超重攻撃機製造に取りかかる。どんなに困難が待ち構えていようとも、米国の六発超重爆撃機が就役するより一日でも早く整備しなければならない」

大社長の話は終わった。とたんに会議室がざわつき始めた。

広沢は大社長の思いを推測した。

「ドイツ軍は航空戦力を主とする戦策を用いて、ヨーロッパで快進撃を続けている。ルーズベルト大統領は、アメリカ軍の戦策を戦艦から航空機へ変革させようとしている。しかも航空戦力の内容は、日本全土を焼け野原と帰すに足る超空の要塞や超重爆撃機の整備で、すでに具体的な活動を始めている。

大社長は独自の情報網から、このような世界の動向をつかんでいる。そのうえで、将来の世界の姿を見つめ、このままでは日本の将来はないと予想した。

我が国も、世界一の工業大国アメリカに対抗し得る戦策の変革が必要だと言っているのか」

変革は抵抗勢力を生み、議論が巻き起こる。議論は議論を呼び、方針決定まで無意味とも思える長い時間を要する。

大社長は鶴の一声で、中島飛行機のみでも変革に取り組むとの決意を述べたのだ。

社長の中島喜代一がざわつく場を制して言う。

「本日より我が社は、大社長の指摘する超重攻撃機の製造に取りかかる」

社長は全員を見渡して具体的な内容にふれた。

「総責任者に小山技師長を命ずる。小山技師長はただちにチームを編成し、作業に取りかかるように。

計画遂行の作業場所についてである。今年の一〇月末の竣工を目指して、武蔵野製作所のとなりに海軍機専用の多摩製作所を建設中である。

当社は武蔵野製作所の南側に六〇万坪の用地を確保してあり、ここに総合研究所を建設中である。総合研究所は将来的に世界から各分野の優れた学者を集め、政治、経済、並びに航空機を含む先進技術の総合的な研究施設とする計画である。

総合研究所の本館は、多摩製作所より少し遅れて今年末に竣工する予定である。研究所本館は一時的に研究施設としての運用を延期し、超重攻撃機製造の拠点とする。

さらに本館以外の建物建設が進み次第、順次、東京製作所の陸海軍発動機の試作部門、太田製作所の陸軍機機体研究部門も総合研究所に移す。

総合研究所本館が竣工するまで、当面の間は開発拠点を中島倶楽部に置く」

社長の言葉からも、大社長はかなり前から極秘のうちに超重攻撃機の計画を進めていたことがわかる。

喜代一社長が最後に言った。

「当然であるが、超重攻撃機は極秘に作業を進めなければならない。たとえ陸海軍の監督官であろうとも、一切の報告や話をしてはならない。これを全員に徹底させるように」

喜代一社長の命令は、軍需会社として異例であった。中島飛行機は金儲けのために仕事をするのではない。仕事は国家のためにするのだと言っているようだった。

社長の話が終了した。

広沢は一日も早く東京製作所に戻り、排気タービン過給器の実験を始めたいと思っていた。しかし、どうやらそれどころではないと観念した。

3

一七日の午後、技師たちは昼食をすませて、再び会議室に集合した。小山技師長から今後の作業の進め方について話があるらしい。

生真面目な小山技師長らしく、真剣な眼差しで話を始めた。

「米国より一日も早く超重攻撃機を整備しなければならない。そうしなければ、大社長は日本が戦争に巻き込まれた場合、本土は焼け野原となり、米国に負けると指摘した。

そのような事態に陥らぬため、日本は早急に超重攻撃機を整備する必要があると言われた。超重攻撃機の整備、これが我々に課せられた最優先課題である」

小山技師長は、大社長の国を思う気持ちを代弁するように話した。そして、自らの決意を奮いたたせるように続けた。

「我々には国を背負って立つ覚悟が必要である。これまでのような通常の作業態勢では、短期間で課題を解決するのは難しいと考える。そこで、この課題にいかに取り組むべきか、皆の意見を聞きたい。誰か意見のある者はいないか」

小山技師長が精神論をかざすのは初めてかもしれない。東京製作所で課長職を務める新山春雄技師が意見を述べる。

「技術屋は現在の技術で製造可能で、最大限の性能を引き出す飛行機を作ろうとする。超重攻撃機の構想は技術屋にありがちな考え方ではなく、米国の四発爆撃機や六発爆撃機に対抗する性能の飛行機が必要だという発想から生まれていると思う」

新山技師の指摘は、大社長の話を聞いて誰もが感じたことでもあった。

「私もその通りだと思う」

小山技師長が応じた。

中島飛行機の技術者たちは役職にとらわれず、各自が自由に発言し、意見を交わす雰囲気が尊重されている。

相手が誰であろうと、役職名をつけて名前を呼んだりしない。むしろあだ名などで呼ぶことのほうが多い。広沢もそんな職場の雰囲気が気に入っていた。

新山技師は課長職、三竹技師、関根技師、山本技師は部長職にある。太田技師、西村技師は三〇代になったばかりだが副部長の職にある。技師長は部長職を含めた全技師を統括する立場にある。

新山技師が、さらに突っ込むように聞く。

「これまでは軍部から求められる性能の新型機を開発すればよかった。そのため我々の作業は、軍部が求める性能を吟味するところから始めた。

そのうえで、いかにして求められる性能の飛行機を実現するか数々のデータを検討し、要求仕様書にまとめ、軍部と協議して実現すべき飛行機のイメージを描いた。

そして、設計陣は要求仕様書から機体のデッサンを行ってきた。デッサンをもとに機体の図面を作成し、必要なら図面から模型を作り、風洞実験を行ってデータを採取した。

必要なデータが揃ったら、新型機の性能計算を行う。計算の結果、要求性能に満たなかった場合は機体のデッサンをやり直し、再び図面を作成して性能計算を行う。

これを何度も繰り返し、要求性能をクリアできると確認した時点で、開発計画書としてまとめるという手順を踏んできた」

「その通りだが」

小山技師長は新山技師が何を言いたいのか、訝(いぶか)るように答えた。

「大社長の求める超重攻撃機は、どのような性能の飛行機なのか抽象的で、具体的な性能は不明だと言わざるを得ない。

そうであるなら、超重攻撃機開発計画の立案は要求性能の明確化から始めなければならない。このように考えてよろしいか」

「もちろん、その通りである」

要求仕様書の作成は、目的をはっきりさせ、目的を達成するに必要な性能を導き出し、超重攻撃機の構想を練り上げる作業である。

開発計画の立案は機体の概案をデッサンして図面を作成する。作成した図面から機体重量を積算する。さらに発動機出力を計算して性能を導き出し、検証を行う。求める性能に達するまで、機体のデッサンから性能計算・検証までを何度も繰り返し行う作業となる。

このようにして、機体のイラストが描かれた詳細な開発計画書が出来上がる。開発計画書を見れば、機体のイラストや寸法から、誰もが超重攻撃機とはどんな飛行機なのかイメージを描けるようになる。

ほかの技師たちは、新山技師が何を考えているのか、見当のつかない表情で話を聞いている。新山技師が、ようやく自分の考えを話し始めた。

「超重攻撃機は、要求性能をどこに置くかによってすべてが決まってくる。要求性能を実現するには、どれくらいの機体の大きさで、どれくらいの重さになるか。そして、その機体を要求性能の速度で飛ばすには何馬力の発動機が何基必要になるかなど、開発作業の指針となる数値が決まってくる」

「当然である」

新山技師は小山技師長の返答を受けて、具体的な提案をした。

「このような国家の将来を左右する重大な超重攻撃機の建造を計画・立案するには、通常の業務をこなしながらでは気が散って、仕事がはかどらないと思う。なによりも間違った要求性能を導き出す恐れさえある。そうなれば作業のやり直しとなり、早急に超重攻撃機を整備するのは不可能となろう。

かかる事態に陥らぬため、人を選んで中島倶楽部で合宿し、ご馳走を食わせ、精神を集中させて要求性能を算出させ、開発計画書を作成すべきと考えるが、いかがであろうか。

この方法なら、最短時間で大社長が構想する超重攻撃機の開発計画書を作成できると、私は思うのだが」

しばらくして小山技師長が言った。

「ほかに意見はないようなので、新山技師の意見を採用しようと思うが、いかがかな」

広沢はその場を見守ったが、誰からも意見は出なかった。

「それでは明日の朝までに、私が中島倶楽部に合宿して開発計画策定に携わる技師を選びたいと思う。それでよろしいな」

もちろん、反論はない。

翌一八日午前九時、技師全員が会議室に集合した。小山技師長は一人ひとりを見渡し、おもむろに話した。

「ここに顔を揃えている技師はもちろんのこと、当然ながら中島飛行機の技師全員に、超重攻撃機開発の一員として参加してもらう。これについては誰も異存がないと思う」

小山技師長はひと息入れた。次は選ばれる技師の発表だ。自分は選ばれるのか、誰もが期待しながら小山技師長の話を待つ。

「では、中島倶楽部で基本計画策定を行う技師である。これから名前を呼ぶ者は、私と一緒に中島倶楽部に寝泊まりしながら、缶詰状態で超重攻撃機の開発計画策定に従事してもらいたい。よろしいか」

誰も何も言わない。

「山本良造技師、太田稔技師、西村節郎技師、内藤子生技師、百々義当技師、加藤博美技師、広沢安次郎技師の七名である。作業場はそれほど広くはない。だからこれ以上、選ぶのは無理であった。

技師の誰もが多くの仕事を抱えている。中島倶楽部へ缶詰状態ともなれば、当然、現在抱えている仕事に影響が出る。私は多忙を承知のうえで、この七名の技師を選んだ。承知願いたい」

吉田所長がつけ加えた。

「技師長が選んだ七名の技師に異存はない。物作りの現場からすれば、設計さえ出来上がれば工場は滞りなく作業を進め、設計通りの飛行機を作ることができる。そのためには、一日も早く超重攻撃機を設計すべきだ。

現場に戻る技師も、労を惜しまず中島倶楽部で開発計画策定に携わる技師を支援する。心おきなく要望を出してほしい」

超重攻撃機の開発は、要求仕様書をまとめる段階から、予想以上の困難が待ち構えているに違いない。吉田所長は、現場からも最大限の支援をすると明言した。

中島飛行機の設計部には、必要な仕様書さえ与えられれば自動的に作業が進み、設計が仕上がって行く仕組みが出来上がっている。

それは対象となる飛行機が、総重量一〇トン余の呑龍（どんりゅう）でも、四発の一三試攻撃機でも、未知の超重攻撃機であっても同じである。

だからこそ作業の後戻りを防ぐためにも、開発計画全体に影響を及ぼす要求仕様書と開発計画書の作成作業が重要なのだ。

新山技師がもう一つの提案をした。

「小山さん、超重攻撃機では、名前を呼ぶのがわずらわしい。開発計画に名称をつけるべきだ」

「名称か、それはいいな。どんな名称がいいかな」

内藤技師が手を上げた。

「社内で艦上攻撃機はK、陸上戦闘機はGのようにアルファベット一文字の名称で呼んでいる。究極の攻撃機だから、Z計画でどうですか」

一三試攻撃機はLXと呼んでいた。

「Z計画か、それはいい」

太田技師が賛成すると、超重攻撃機開発計画の名称は『Z計画』、超重攻撃機は『Z機』と決まった。

そして、各技師の専門分野から仕事の役割が決まっていった。機体のデッサンと全体的な設計は内藤、渋谷、太田、西村の技師が担当し、機体全体の取りまとめは小山技師長が担当する。

予想される技術課題に主となって取り組む技師も、一人ひとり決まっていった。脚・車輪関係は太田技師、機体の発動機艤装関係の設計は西村技師、重量推算や機体全体の重心位置を計算するのは百々技師、空気力学は内藤技師、加藤技師は内藤技師を助け、性能計算や詳細計算を担当する。

七名の中に発動機関係を担当する技師はいない。小山技師長は、広沢を発動機担当の東京製作所と中島倶楽部との間の連絡係に指名した。

そのうえで小山技師長を助け、機体全体の取りまとめを担当する役目も与えられた。

小山技師長が、厖大な作業量をいかにこなすべきかにふれた。

「中島倶楽部での作業は、一つの機体概案に応じて機体をデッサンし、製図を行って性能を計算しなければならない。開発計画書が完成するまで、この作業を何十通りも繰り返し行う必要がある。

考えただけでも、想像以上に厖大な量の製図作業と計算作業になる。これらの作業をこなすには、太田製作所と小泉製作所の支援が必要だ。

山本技師には小泉製作所の支援を取りまとめてもらいたい」

山本技師が即答した。

「小泉製作所は、すでに助手となる技手四〇名を選んで体制を整えてある。必要なら、明日からでも作業に取りかかれる」

山本技師は、主に小泉製作所の技師たちへZ計画の仕事の分担、連絡・調整の役割を担う仕事につく。山本技師は小泉製作所で海軍機を担当する設計部長の役職にあり、昨夜のうちに支援体制を整えたという。

太田技師と西村技師は、約五〇〇名の陣容からなる太田製作所設計部の支援を調整する任務を負う。太田製作所も開発計画書作りを全面的に支援すると明言した。

大まかな作業計画が決まった。小山技師長は、試作機の一号機ができるまでの線表にふれた。

「前代未聞の大型機であろうとも、設計の手順、手法そのものは原則、これまでと変わらない。

まず三月末までに開発計画書を完成させたい。風洞試験を含む基礎計画策定を七月末とし、お盆までには第一次木型審査と計画一般審査を終えたい」

小山技師長が示した線表は、予想を上回る厳しいものであった。それでも誰からも異論は出なかった。

技師のほとんどは二〇代の若者だ。若いせいか、信頼できる組織があるからなのか、誰もがやる気に満ちた表情をしている。

小山技師長が、さらなる線表を示した。

「九月上旬には第二次木型審査を迎えられるようにしたい。そうすれば、組み立て工事を昭和一七年五月頃から始められる。順調にいけば、一〇月初めには一号機の完成審査を受け、地上滑走となるだろう。

その後の線表は、初飛行が一〇月末、進空式が年末、一号機の領収は昭和一八年初めと計算できる。試験飛行は、おそらく一年近い期間が必要になると思う。その後に量産機の製造開始となる。

これで計算すると、量産型一号機の工場渡しは昭和一九年一〇月頃と推定できる」

一般的に、大型機の開発は設計に一年、試作に一年、試験飛行に半年、それから量産機の製造に入り、最初の一機が出来上がるまで一年、相当数を製造するのに半年と言われている。

大型機の開発は、設計開始から部隊運用開始まで四年ほどの期間が常識である。ちなみに、B29となるボーイング・モデル345の開発は、一九四〇年五月頃から始まり、量産一号機の完成が一九四三年九月五日だ。それから見ても、Z機の開発期間はB29と同等の三年半で、無理な設定とは言えない。

小山技師長が作業にあたっての注意事項を述べた。

「仕事は明日から要求性能の検討に取りかかる。これからは太田製作所と小泉製作所の支援を受けながら、厖大な仕事量をこなさなければならない。しかしながら、無理をして身体を壊してはなんにもならない。

仕事は夜一〇時までに終える。睡眠はきわめて重要である。毎日、十分な睡眠を取ること。十分な睡眠を取らなければ、良い考えは浮かばないし、間違いや勘違いを見逃す恐れが高くなる。それが原因で、重大な問題を起こす恐れもある。

それから全員、日曜日は丸一日を休みとせよ。この間に自宅へ帰って家族と過ごすのも構わない」

要求性能の整理から開発計画書作成までには、想定以上に未知の問題が発生することは間違いない。その問題解決には、具体的で理論的な発想が求められるのだ。

これを徹夜で考えても時間ばかりが過ぎ、良い発想が浮かばないのが実情である。

広沢は小山技師長の考えに全面的に賛成した。

広沢は、発動機を担当する東京製作所と中島倶楽部との連絡係となった。

「Z計画は、中島倶楽部で機体、東京製作所で発動機の基本設計を行う。自分はその両方に参加できる。これならZ計画のすべてを詳しく知ることができる」

広沢は自分の役割に満足した。

Z計画の総責任者は小山技師長だ。

小山技師長は東北大学工学部機械工学科を卒業した後、理学部助手、一年間の陸軍電信隊入隊を経て、昭和元年一二月に中島飛行機工場に入社した。現在四〇歳である。

広沢は小山技師長直属の部下としてZ機開発に関わることになった。

4

一九日は合宿の準備にあてられた。二〇日木曜日の午前九時、小山技師長を含む八名が中島倶楽部に集合した。

「自由に話して議論をする社風は尊重するが、Z機を実現するためには仕事をどのように進めればいいか。これから、この一点に絞って議論をしたいと思う」

小山技師長が真っ先に、無駄な議論を避けるよう釘を刺した。初めに西村技師が発言する。

「大社長はZ機の性能を、多数の爆弾を搭載し、米本土の源泉工場や敵飛行場を攻撃し得る能力を有することと言われた。しかしながら、私はいまだにZ機の用兵思想が理解できないでいる。

ここはまず、用兵思想をはっきりさせるべきだと思う。なぜなら要求性能の明確化は、Z機の用兵思想に基づいて左右されるからだ」

これを聞いて太田技師も意見を述べた。

「これまで陸海軍ともに、あまりにも戦闘機へ力を入れ過ぎ、爆撃機まで手がまわらなかったのが現状であろう。

そのせいであろうか、軍部は爆撃機に関する用兵思想を持っていないように思える。たとえ軍部に飛行機の用兵思想があったとしても、Z機に関しては軍部を排除して開発を進めることになっている。

したがって、Z機の用兵思想を明確にするにしても、我々だけで考えなければならないと思うが、いかがであろうか」

山本技師が議論に加わった。

「推測だが陸軍は飛行機の任務を、戦闘機は敵戦闘機の駆逐、爆撃機は地上戦の援護としか考えていないと思える。海軍とて、航空機は敵艦隊撃滅の兵器としかとらえていないと思う。

つまり、局地戦で敵に勝る性能の兵器が欲しいだけではあるまいか」

海軍は四発の一三試陸攻に魚雷を積み、敵艦船を雷撃させようとしている。海軍はZ機に対しても、このような用兵思想で用いるつもりかもしれない。山本技師はそんな危惧(きぐ)を抱いたようだ。

太田技師が新たな疑問点を述べた。

「その通りかもしれない。陸海軍はともに、飛行機が役立つ兵器と認識しているのは間違いない。しかしながら、四発の大型攻撃機に明確な用兵思想があるとは言いがたい。私もそのように思えて仕方ない。

そこで大社長の言葉を思い出した。大社長は飛行機の量と質が戦を左右すると明言した。そうである以上、勝利の要諦は航空機性能の優位向上と必勝量の確保、この二点にかかってくるとも言った。この必勝量とは、どれほどの量なのであろうか」

太田技師がしばらく考え込んで言った。

「必勝量も不明のままだ。しかも軍部に飛行機の用兵思想は求められない。とすれば、我々が用兵思想をはっきりさせるべきではないだろうか」

中島飛行機の技術者は、学者のように人一倍探究心の強い人間の集まりである。探究心が旺盛だと不明な点にぶつかった場合、解答が得られない限り前に進めなくなるという心理状態が働く。長年にわたり身体に染みついてしまった習性かもしれない。

部長クラス三名の話から、議論は求めるべき要求性能の明確化から用兵思想のあるべき姿と、予想外の方向へと進みだした。

技術者にとって用兵は、素人に近い未知の世界だ。二〇日、二一日と貴重な時間を費やしたが、当然ながら議論は広がり、まとまるはずもなかった。

二三日土曜日の昼少し前、大社長中島知久平が忙しい時間を割いて、中島倶楽部へ陣中見舞いに訪れた。手には自身の好物、地元名産のうどんを持っていた。

「大社長、こちらへ」

小山技師長が部屋の真ん中に敷いた厚い座布団へ案内した。技師たちは大社長を取り囲むように座った。昼食のうどんを食べながら、大社長と議論しようというのである。

まず、小山技師長がこれまでの議論の経緯を話した。それを聞くと、大社長は自らの考えを話し始めた。

「用兵思想は、まず敵の立場で日本攻略の作戦を立て、次いでこれに対する日本の方策を講ずるところから生まれる」

全員が耳をそばだて大社長の話を熱心に聞く。大社長は一語一語、丁寧に話す。

「米軍の日本攻略方法を順序立てて考えてみる。すると、次のような攻略方法が思い浮かぶ。

まず、空の要塞と艦上機でもって諸都市を爆撃し、焼滅をはかり、混乱を生じさせる。これによって我が国の軍需工場の覆滅をはかり、軍事力を破壊する。

そして、インド、中国大陸から日本軍を一掃する。最終的に多くの飛行機をもって内地への上陸作戦を敢行する。こんな筋道になるであろう」

大社長の話には、将来の分析や見通しがいくつも登場する。しかもその分析内容に、誰もが納得できるから不思議だ。現に、誰もが大社長の言う通りだと納得した表情を見せている。

「そのように考えたとき、米本土に鉄槌をくださなければ、米国の戦争意思を破砕するのは困難であろう。

ここでよく考えよ。米本土に鉄槌をくだす困難さは、ただ単に、太平洋の幅という距離の問題だけだとわかる。

距離の問題は偉大なる飛行機の進歩によって、もはや問題ではなくなってきているのも事実だ。我が国においてもこの問題を技術的に解決し、米本土を空襲できる飛行機を製造すべきであって、その答えこそがZ機なのだ」

大社長の言葉は、技師たちのやる気を鼓舞させるに十分なものだった。

日本は昭和一三年に、東大航空研が長距離飛行研究機「航研機」で一万一六五一キロの周回航続距離世界記録を樹立している。

さらに、朝日新聞社が紀元二六〇〇年を記念して企画し、航研、陸軍、立川飛行機の協力で完成させた長距離双発機A-26もある。

長距離双発機A‐26は、東京とニューヨーク間一万六〇〇〇キロを無着陸で飛行できる設計になっている。実際にA‐26は満州の新京、白城子、ハルビンの三角コースを三日間無着陸で飛行し、航続距離は一万六四三五キロを達成して世界記録を更新する。

そのうえ燃料の残量から、A‐26は優に一万八〇〇〇キロ飛行可能な航続性能が証明された。

距離の問題は、我が国の技術によって解決されつつあることを示している。

「そこに地球儀があるな。取ってくれ」

大社長は部屋にあった地球儀を前に、日本を発進し、北極圏を飛行する爆撃コースを指でなぞりながら遠大な計画を話した。

「このように北極圏を飛行し、なんとしてもピッツバーグの源泉工場である製鉄所を爆撃しなければならない。

その場合、米大陸を横断して日本本土へ戻るのが無理なら、一旦、ドイツ占領下のフランスに着陸し、それから日本へ戻るルートも考えられる。

一万メートルの上空には強い偏西風が吹いている。これを利用すれば十分可能な作戦だ」

技師たちは大社長の話から、偏西風の存在を初めて知った。それに地球儀を見ると、北極圏上空を飛行するピッツバーグへの爆撃コースは、思った以上に短いとわかる。

「B29の開発は、米西海岸の都市シアトル近くにあるボーイング・フィールドで行われている。ボーイング・フィールドは、千島列島の占守島（しむしゅとう）から攻撃半径七〇〇〇キロあれば攻撃可能である。ピッツバーグ攻撃よりかなり容易であろう。それにドイツ占領下のフランスを飛び立てば、攻撃半径七〇〇〇キロ圏内にニューヨーク州のグラマン飛行機工場、米東海岸の海軍工廠や造船所の大半が入る。残念ながら、米中央部カンザス州ウイチタに完成したボーイングの主力工場は攻撃圏内に入らないが」

このような情報を、大社長はいったいどのような手段で入手したのだろうか。誰もが、今さらながら不思議に思った。

「このように考えてくると、攻撃半径は少なくとも七〇〇〇キロはほしいところだ。爆弾搭載量は少なくとも一〇トンは必要である。

防御力も有力なる銃砲火器を搭載すべきで、敵の戦闘機と同等の速度性能も必要になってくる。さらには、一万メートル以上の亜成層圏を飛行できる高高度飛行能力も備えていなければならない。Ｚ機は、こんな飛行機になろうか」

大社長は技師一人ひとりを見渡して言った。

「よいかな。Ｚ機は軍用機にとどまらず、民間輸送機も含め、新しい時代に対応した次世代飛行機の先がけとなる飛行機と考えよ。

解決すべき問題点は数多くある。二、三の例をあげるなら、成層圏飛行に不可欠な気密室構造の研究、大馬力を得るための多列発動機・排気タービン過給器の研究、次世代の主力と予想されるタービン発動機、ジェット推進発動機の研究も欠かせない。

人は何をやるかを決めるまでの苦労は大きい。しかし、一旦、こうと決めて実行に移せば、苦労などそれほど感じないものだ。

技術屋に天才はいらない。与えられた条件の中でこつこつとまとめあげ、とにかくやれるところまでやるとの覚悟が必要なのだ。

だから、航空機技術者の不断の努力が必要だとも言える。私は君たちにそれを期待している。頑張ってほしい」

大社長の言葉は全員を奮いたたせるに十分だった。大社長が帰ると、小山技師長が告げた。

「私が月曜日までに要求性能の原案をまとめよう。来週からはその原案を叩き台に議論を進めたい。よろしいか」

もちろん、誰からも異論は出なかった。

二四日月曜日の朝となった。小山技師長が週末にまとめた要求性能について説明を始めた。

「要求性能は、攻撃半径を八〇〇〇キロとする。これにより航続距離は少なくとも一万六〇〇〇キロとなる。爆弾搭載量は一トン爆弾二〇発、つまり最大二〇トンである。

防御力は、有力なる銃砲火器を搭載し、厚板の装甲板で搭乗員を保護する。最大速度は、敵戦闘機と同等以上の速力を有すること。そのうえで、一万メートル以上の亜成層圏飛行を備えている必要がある。将来性を考え、タービン発動機搭載の可能性を研究する。

これをもとに、今後の叩き台となる概案を早急に作成してもらいたい」

技師たちから、一様に安堵のため息が聞こえてきた。しかし、これから気の遠くなるような厖大な作業が始まるのだ。

第2章　糸川英夫技師の研究

1

小山技師長が示したZ機の要求性能は、中島大社長が示した性能値をさらに背伸びした内容になっている。ただ、技師たちにとっては具体的な数値が示されただけでも、仕事を進めるうえで十分だった。

前代未聞の大型機であっても、技師たちはこれまでいくつもの設計を経験しているので、設計計算の手順は手慣れたものである。

各技師は、割り当てられた持ち分の設計を進める作業に入った。

まず、機体全体の概要となる航続距離、速度、重量、機体の大きさ、搭載燃料、発動機出力、飛行条件などを決めなければならない。機体全体のコンセプトとなるデッサンである。

西村、太田、渋谷、内藤技師は黒板を前に、昼休みも惜しむかのように喧々諤々の議論を続けた。

何種類もの概案が作成された。概案の一つひとつについて数々の条件を変え、性能計算を行う。基本的なこと、互いに関連している内容については、そのつど全員が集まり、ディスカッションを繰り返す。

広沢もディスカッションに加わり、遠慮なく発言した。小山技師長は要所要所で問題点をはっきりさせ、ディスカッションを行って解決案を決めていく。

三月も半ばの一五日土曜日、設計開始から三週間弱で数十もあった概案が、叩き台となる七案にまとまった。

全員が集まったところで、小山技師長が叩き台の概案についてディスカッションを始めた。

「第一案。機体は全幅六三メートル、全長四二メートル、全高八・八メートル、翼面積三三〇平方メートル、自重三三・六トン、全備重量一二二トン、プロペラ翅四または六、発動機二五〇〇馬力六基の案である。

第二案。機体は全幅六三メートル、全長四二メートル、全高八・八メートル、翼面積三三〇平方メートル、自重三三・六トン、全備重量一二二トン、プロペラ翅数六または八、発動機五二〇〇馬力四基の案である。

第三案。機体は全幅六三メートル、全長四〇メートル、全高一一・四メートル、翼面積三三〇平方メートル、自重四〇トン、全備重量一七〇トン、プロペラ翅数四、発動機二五〇〇馬力六基の案である。

第四案。機体は全幅六五メートル、全長四五メートル、全高一二メートル、翼面積三五〇平方メートル、自重六七・三トン、全備重量一六〇トン、プロペラ翅数三を二重とし反転させる。発動機は五〇〇〇馬力六基の案である」

ほかの三案も、第一案から第三案と似たようなものだった。小山技師長が性能計算担当の内藤技師、加藤技師に向かって言った。

「これらの案が要求性能を満たせるか、早急に検証してほしい」

「了解しました」

内藤技師が応じた。

一週間ほどで検証結果が出た。加藤技師が計算した性能結果を説明する。

「まず、第一案の計算結果です。航続距離一万六〇〇〇キロは、高度四〇〇〇メートル、時速三二〇キロでの巡航飛行とし、そのうち五〇〇〇キロは高度九〇〇〇から一万メートルの亜成層圏を、おおむね時速四六〇キロで飛行するなら達成可能との結果を得ました。

ただし、発動機の出力から爆弾搭載量は五トン、最大でも一〇トン以上は困難との結果になりました。それと、亜成層圏で時速六四〇キロの最大速度を得るのも、発動機出力の関係から困難と言わざるを得ません」

加藤技師が次々と計算結果を説明した。そして、第四案の計算結果を説明する。

「第四案の計算結果です。爆弾搭載量二〇トン、航続距離一万六〇〇〇キロは高度四〇〇〇、時速四〇〇キロの巡航速度で可能との結果を得ました。最高速度は、高度七〇〇〇メートルで発動機出力四六〇〇馬力を維持できるなら、軽荷状態で時速六八〇キロは可能との計算結果を得ました」

小山技師長が難しい表情で漏らした。

「高度七〇〇〇で四六〇〇馬力を維持するには、強力なスーパーチャージャーを備える必要があるな。やはり排気タービン過給器の開発が急がれる」

加藤技師によれば、七案あった叩き台のうち要求性能を満たす概案は、機体の大きさが最大で発動機出力も五〇〇〇馬力と強力な第四案のみであった。

小山技師長が結論を述べる。

「これからは第四案をもとに、Z機の実現性を裏づけるため、数々の条件を想定した詳細な検証を行ってほしい。

三月末には大社長を招いて、Z機開発計画について説明会を行う予定だ」

小山技師長は期日を三月末と区切った。これから技師全員がZ機開発計画書をまとめる作業に没頭する。

二九日の土曜日、ようやく一六ページに凝縮されたZ機開発計画書がまとまった。中身はすべて手書きである。そのうち仕様書に相当する部分は五ページほどだ。

小山技師長がZ機開発計画書を手に感無量気味に言った。

「これまで皆、よくぞ頑張ってくれた。最後のひと仕事だ。三一日に大社長を招いてZ機開発計画の説明会を開く。説明会が無事にすんだら、全員に一週間の休暇を与えたいと思う」

三一日午前九時、中島倶楽部に中島知久平大社長、中島喜代一社長、栗原甚吾太田製作所長、佐久間一郎武蔵野製作所長など、中島飛行機の主だった人々が出席して説明会が始まった。

初めは大社長の挨拶だ。

「かねてから申しているように、日米の軍需生産力の差は著しく、生産力で勝敗を決するような現在の戦策では日本に勝ち目はない。

米軍の第一線戦力を無力化するには、米本土の生産力の根源を覆滅する以外に有効な手段はないのである。

ここに、米本土を爆撃可能とするＺ機開発計画がまとまった。このＺ機を実現することにより米本土を攻撃し、米国民に精神的、物質的打撃を与え、戦争意欲を消滅させることが可能と考えられる。

国運の前途を考えると、中島飛行機は単独でもＺ機を実現させ、日本の将来における憂いを取り除く所存である。諸君にはあらゆる苦難を乗り越え、早急にＺ機を実現してもらいたい」

いつもながら大社長の話は、聞く者全員を奮いたたせる効果がある。

次いで小山技師長がＺ機の概要説明を行う。

開発計画書の最初のページには、六発のＺ機が富士山上空を飛行する姿を描いた完成予想図が載っている。これを見れば、Ｚ機がどのような飛行機か誰もが容易に想像できる。

次のページから数ページにわたって、Ｚ機の目的や意義、必要性などが書かれている。小山技師長がそれらを読み上げて先に進んだ。

次はＺ機の三面図と要目表が書かれている。ひと目でＺ機が空前の大きさだとわかる。全員が息を呑み、会場が静まり返った。

小山技師長が要目表をなぞるようにZ機の概要を説明する。

「Z機は中翼六発爆撃機で、全幅六五メートル、全長四五メートル、全高一二メートルの大きさがあります。

主翼面積三五〇平方メートル、水平尾翼面積六〇平方メートル、垂直尾翼面積四〇平方メートル、自重六七・三トンで、これに二〇トンの爆弾、燃料を満載すると全備重量は一六〇トンにもなります。

航続距離一万六〇〇〇キロを得るため、胴体内に容積四万二七二〇リットル、主翼内に容積五万七二〇〇リットルの燃料タンクを設けます。

最高速度は軽荷状態ながらも、高度七〇〇〇メートルで時速六八〇キロでありま す。この性能を得るため、離昇出力五〇〇〇馬力、高度七〇〇〇メートルでの公称出力四六〇〇馬力の発動機を六基装備します。

プロペラは、発動機一基につき直径四・八メートル三翅が二枚で、これを二重反転で動作させます。主脚は車輪間隔九メートル、一六〇トンの重量を支えるため、タイヤは直径二・三メートル、幅八六センチ、重さ一・二トンとなり、これをダブルで装着します」

小山技師長は、さらに翼面荷重一平方メートル四五七キロ、馬力荷重五・三トン、実用上昇限度一万二四八〇メートル、離陸滑走距離一〇二〇メートルなど、詳しい性能にもふれた。

開発計画書には、参考として世界地図上にZ機の攻撃可能範囲が描かれているが、小山技師長はこれにはふれずに説明を終えた。

次は中島喜代一社長が不退転の決意を示した。

「四月からZ機の基本設計作業に入る。先ほど説明があったように、Z機は国家の存亡に関わる機体であるがゆえに、世界でも類を見ない空前の大型機である。我が社は、全社一丸となってZ機開発に取り組む体制を整える」

全員が中島社長を注視する。

「Z機の開発作業は、当然のように基本設計段階から数多くの困難が予想される。これを乗り切るため、太田製作所と小泉製作所の設計部を大々的に組織変更し、一本化する。

開発の本拠地は総合研究所が完成するまで、設計部を小泉製作所内に置くこととする」

昭和一六年に入ると、陸軍機を担当する太田製作所は航空機の大量生産態勢が軌道に乗り始め、月産一二〇機態勢が出来上がった。

一式戦闘機「隼」は月産六〇機を実現し、二式戦闘機「鍾馗」の開発も順調だった。

当面の本拠地を小泉製作所に置けば、海軍機を扱う関係者の執務場所は変わらない。これまで担当していた海軍機の問題に対する助言も容易に行える。このような理由からZ機開発の当面の拠点を小泉製作所に置く決断をしたものと思われる。

中島社長の話が続く。

「開発体制である。Z機開発の総責任者を小山技師長とする。そして、仕事を進める各専門分野をまとめるマネージャーを置く。

専門分野間を調整し、技師長とマネージャーの間を取り持つ任務を担う統括マネージャーを置く」

端的に言えば、統括マネージャーは部長職であり、マネージャーは課長職と言えるだろう。

中島社長は、部長職や課長職を廃止してフラットな組織にすると言っているようだ。しかし実際には、業務遂行上なんらかの責任体制が必要になる。そこで、マネージャー制を考え出したと思われる。

「森重信設計部長をZ機開発の統括マネージャーに任命する」

森技師は、高速力と上昇力を優先した二式戦闘機「鍾馗」の開発責任者を務めた。鍾馗の開発作業は一段落している。

森技師の次の仕事は、高度一万メートルで時速七〇〇キロの速度を狙う対B29戦闘機の開発責任者と決まっている。森技師はその基本構想をまとめ、小山技師長と検討に入ったばかりだった。

それが急遽、Z機の統括マネージャーに任命された。そのため排気タービン過給器を装備し、高度一万一〇〇〇メートルで時速七三八キロを記録するキ八七の完成が二年も遅れることになる。

「Z機の主翼担当マネージャーに、太田製作所第一設計課長渋谷巌技師を任命する」

渋谷技師は、対B29戦闘機の設計主務者となるはずであった。渋谷技師はその設計を研究課の青木邦彦課長に引き継ぎ、第一設計課の主翼担当者五〇名を引き連れて小泉製作所へ移る。

「空気力学担当マネージャーに松村健一技師を任命する。同じく内藤子生技師と加藤博美技師も、空気力学担当に任命する」

松村技師は一三試陸攻の設計主務者だ。内藤技師と加藤技師も一三試陸攻開発の一員だった。

Ｚ機は空前の大型機であり、空気力学は誰もが最重要課題と認識している。内藤技師と加藤技師は二人とも空気力学のエキスパートであり、松村技師と一緒に一三試陸攻開発の経験をＺ機開発で活かすことになる。

一三試陸攻は初飛行に続く、試験飛行の途上にある。性能的には海軍の要求を満たしているものの、フラップ、脚の上げ下ろし、動力銃座など、その多くを油圧で操作している。

この油圧装置は機構が複雑で、油圧ポンプの油漏れによる作動不良など故障が多く、問題が山積していた。これから制式採用まで多くの問題を一つひとつ解決し、量産へとこぎ着けなければならない時期にある。

設計主務者の松村技師は、今後まる一年にわたってＺ機開発の業務に専念しなければならず、一三試陸攻は開発中断状態になってしまう。

そのため、一三試陸攻はいっこうに問題が解決せずに「バカ鳥」と呼ばれ、結局、試作機六機を生産したところで開発打ち切りとなる。

松村技師は一年後、一七試陸攻「連山」の設計主務者として小泉製作所に復帰し、見事に「バカ鳥」の汚名をそそぐ。

中島社長は、胴体関連に小泉製作所の福田安雄設計部長、構造関連に小泉製作所の長島昭次課長、脚関連に太田稔副部長、艤装関連に西村節朗副部長、材料関係に松村敏夫課長を、それぞれマネージャーに任命した。

機体のまとめ役には加藤芳夫技師が任命され、重量推算は百々義当が担当することとなった。

太田製作所の設計部は、機種全般の基本設計を担当するのが第一課であり、強度試験や模型作りのほかに空気力学、重量、艤装、脚、油圧、動力、電気などの専門分野ごとに班が分かれている。

第二課は基本設計に基づいて詳細設計を行う。機種別に班に分かれ、実機の試作設計を行って具体化する。

第三課は実際の生産に向けた量産設計、改良設計を行う。第四課は図面の標準化や設計基準の作成を行う。

小泉製作所の設計部は機種別に対応する組織になっている。原則として、一つの組織は対応する機体の基本設計から詳細設計、量産設計まですべてを行う。

機体の全体的な設計を行うのは少数の技師だが、その下に専門化、分業化された多くの支援チームが組み込まれ、効率よく設計が進む体制になっている。

Z機の開発体制は、課長・部長の役職が取り払われ、横並びでそれぞれの専門分野を担当する形態となった。太田製作所と小泉製作所の設計部を融合したような組織体制といえる。

中島倶楽部に缶詰状態になっていた技師たちも、ようやく解放された。慌ただしかった一カ月以上の間に桜の季節が訪れていた。

小泉製作所には二五〇名以上のZ機設計関係者が揃い、過酷な基本設計作業が始まろうとしていた。

2

広沢はようやく、本来の東京製作所勤務に戻ることができた。

この時期の東京製作所は、航空機用の複列星型一四気筒発動機の生産が主力で、設計部では次世代の複列星型一八気筒の開発が本格化していた。そのトップバッターは、中川良一技師が設計主務者となって開発した社内名称、BA発動機だ。

BAの着想は、昭和一四年暮れに荻窪のバス停留所で、小谷課長が中川技師の耳元で囁(ささや)いた栄発動機の一八気筒化にあるという。

中川技師は自宅に帰ると、その日のうちに発動機の基本構想をまとめ、翌朝には小谷課長へ提出した。

BAは昭和一五年九月一五日に試作命令が出され、昭和一六年三月末には三〇〇時間に及ぶ第一次耐久運転が完了した。二〇〇〇馬力級発動機としては異例の速さで開発された。

BAは海軍名「誉(ほまれ)」、陸軍名「ハ45」として制式採用となった。

BAに続く戦闘機用発動機は、吉田晋作技師を設計主務者として開発中のBHである。BHは排気タービン過給器を装備し、離昇出力二四五〇馬力、高度一万一〇〇〇メートルでも二三〇〇馬力を発揮する。

BHを搭載したキ八七は、高度一万一〇〇〇を時速七三八キロで飛行し、B29キラー戦闘機となる。

爆撃用発動機は呑龍への搭載予定で、井上好夫技師を設計主務者として開発を進めているNANがある。NANは容積五七・二リットル、出力二五〇〇馬力の大型発動機だ。

井上技師はあまり繊細な設計にならぬよう、各部に注意を払ったという。

もう一つ、田中清史技師を主務設計者として開発中のＢＤがある。ＢＤは「護」の一八気筒化だ。

容積は中島飛行機の発動機では最大の五七・七リットルで、離昇出力はブースト圧六五〇、回転数毎分二六〇〇で三〇〇〇馬力と、強力なパワーを発揮する。

四月四日の金曜日、広沢は久しぶりに第二研究課へ出社した。

「誰もいないな。理屈より実践がモットーだから仕方ないか」

第二研究課の人員は、広工廠出身の上田茂人技師や水谷技師をはじめとして、ほとんどがトラブル対応のため全国を飛び回っている。

中島飛行機のフィールドエンジニアは、理屈より実践をモットーに気転が利き、実行力のある働き者が揃っている。誰もが東京製作所に戻らず、全国を飛び回っているのだ。

東京製作所は三月初めから、設計課長小谷武夫技師を中心に田中清史技師、中川良一技師、井上好夫技師、吉田晋作技師、田中孝一郎技師の六人でＺ機発動機の研究に取り組んでいる。

技師は全員、単列および複列星型発動機に慣熟した技術者だ。

広沢はこれまで連絡係として、中島倶楽部と東京製作所の間を何度も行き来した。

東京製作所の動きもしっかり把握している。

広沢はZ機発動機を研究中の会議室へ向かった。会議室に入ると小谷課長を中心に田中技師、中川技師、井上技師、吉田技師、田中技師が熱い議論を展開している最中だった。

「おう、ヤス。Z機の開発計画書を持って来たか」

小谷課長は広沢の顔を見るなり言った。

広沢は中島倶楽部から持ってきた開発計画書を技師に配った。五分ほどで全員が開発計画書に目を通し終えた。技師は短時間でZ機の概要を理解できる。

小谷課長がZ機の開発計画書を手にして話す。

「開発計画によると、Z機は来年の一〇月末に初飛行を予定している。そうなると、東京製作所は遅くとも来年の九月末までにBZを提供しなければならない」

Z機発動機の社内名称はBZである。

中川技師が発言した。

「確かに、BZはまるで手本のない新型の発動機だ。それでも設計条件さえ決まれば、開発計画書の予定に沿ってBZは提供できると思いますよ」

中川技師は、奇跡の発動機と言われる「誉」を半年強で完成させた。

しかも初期型は離昇出力一八〇〇馬力だが、ブースト圧を五〇〇に高め、出力を二〇〇〇馬力へ向上させる実験にも成功している。まさに中川技師には、飛ぶ鳥を落とす勢いが感じられた。

「五〇〇〇馬力を得るには、発動機の容積は一〇〇リットルほど必要になる」

田中技師が慎重な意見を述べた。田中技師と中川技師は、ともに花の昭和一一年入社組だ。

昭和一六年初め頃に試作段階、または完成時期にある発動機を比較すると、米国のダブルワスプは容積四五・九リットルで出力二一〇〇馬力、一リットル当たり四五・八馬力だ。

中島飛行機の誉は、容積三五・八リットルで出力二〇〇〇馬力、一リットル当たり五五・八馬力となる。三菱の金星は、容積三二・三リットルで出力一五〇〇馬力、一リットル当たり四六・四馬力である。

この頃から容積一リットル当たりの出力は五〇馬力を超えつつあった。この状況から、五〇〇〇馬力のパワーを得るには容積一〇〇リットルの発動機が必要と計算している。

田中技師が議論の経緯を話す。

「これまでの議論では、容積一〇〇リットルの発動機は三六気筒が妥当との意見が多かった。設計方針の問題は、三六個のシリンダーをどのように配列するかである。シリンダーを星型に配列することには手慣れている。しかしながら、クランク軸のまわりに四つのシリンダーをH型に配列し、これを九列並べた三六気筒が妥当との考えもあった」

田中技師は、一三試陸攻に搭載された護発動機の設計主務者だ。護は複列星型最大一四気筒の発動機で、容積四五リットル、離昇出力はブースト圧四〇〇で一八七〇馬力である。

田中技師は、小細工を避けて各部に余裕を持たせ、整備性にも配慮した設計方針を貫いている。温和でもの静かながらも、どんな難題にも全力で取り組む性格との評判だ。

誉が二〇〇〇馬力を発揮できるとわかり、護は今後の生産は打ち切りと決まった。

小谷課長が心配そうに発言した。

「試作期間はせいぜい一年半だ。たとえ手慣れた複列星型であっても、研究・試作の常道を踏んでいては、完成時期が間に合わない恐れがある。

新規の構造を採用すれば、未知のトラブルが発生する恐れが高くなる。開発期間を考えれば、熟知した星型から離れられない」

設計条件としてあげられた案は三〇種類以上もあった。これまでの検討で不適格な案をふるい落とし、六案に絞られた。

設計条件の基本的な考え方は、どの大きさのシリンダーを選び、何個にするかにある。発動機は非常にデリケートな存在で、筒径と行程が変わると、必ずと言ってよいほど特異な問題が発生する。

そのうえシリンダーの筒径や行程を増やし、容積を大きくしても、それに比例して馬力が増すとは限らないのだ。

当然のように、慣熟した既存のシリンダーが選択された。最後まで残ったのが次の六案である。

第一案。単列四気筒をH型とし、クランク軸へ平行に九列並べる三六気筒型。

第二案。単列七気筒を星型とし、クランク軸へ平行に六列並べる四二気筒型。

第三案。単列九気筒を星型とし、クランク軸へ平行に四列並べる三六気筒型。

第四案。星型複列一四気筒発動機を二基串型に配置。

第五案。星型複列一八気筒発動機を二基串型に配置。

第六案。星型複列一八気筒発動機を三基串型に配置。

「BDの離昇出力は三〇〇〇馬力である。これを二基串型に配置すれば、最低でも五〇〇〇馬力は得られるであろう。私は、この案がよいと思う」

小谷課長が第五案を支持する発言をした。

三〇〇〇馬力二基なら、よほどのことがない限り、五〇〇〇馬力は得られるであろう。小谷課長の発言には、そのような保険をかけた思惑が感じられる。

中川技師が、これまで何度も主張してきた考えを繰り返した。

「最大の制約が短期間で完成させることなら、既存のものをそのまま使うほうが簡単というのは確かであろう。だが、一列を二列にするのでさえ冷却が難しかった。ましてや二列を四列にするとなると、冷却がどれほど難しいか想像もつかない。そうであるなら、BAを単列一三気筒にし、これを複列の二六気筒にすれば、四二五〇馬力が得られる計算である。最低でも四〇〇〇馬力を少し超える出力は得られると保証できる」

中川の理にかなった主張に田中技師、井上技師も同意する発言をした。だが、小谷課長は譲らなかった。

「確かに、君たちの言う通りかもしれない。しかし、大社長は一馬力でも欠けたら駄目だと言うに違いない」

中川技師が主張を繰り返す。

「一〇〇馬力足りない、八〇馬力足りないと言うが、そのような技術的根拠はどこにあるのですか」

議論は延々と一〇時間以上も続いた。とうとう小谷課長が根負けするように告げた。

「それでは仕方がない。この週末に私が大社長に会って、四〇〇〇馬力の発動機でどうか確認してくる。議論の続きは来週の月曜日にやろう」

夜も遅い。議論は一旦、打ち切りとなった。

七日の月曜日を迎えた。会議室にいつものメンバーが揃った。週末に出張から戻った水谷技師も姿を見せた。

小谷課長は言葉通り、週末に大社長の自宅へ押しかけたようだ。

「大社長の言葉である。BZの設計にあたり、発動機出力は五〇〇〇馬力を一馬力も下回ってはならないと念を押された」

これを聞くと中川技師が不思議そうに言った。

「なぜ、最低でも五〇〇〇馬力が必要なのだろう」

水谷技師が大社長の思惑を推測する。

「Ｚ機の成否を左右するのはＢＺの完成度だ。そのトップバッターが甘い性能に後退すれば、Ｚ機計画全体が混乱して収拾がつかなくなる。大社長は、それを心配しているのだと思う。

先週、私は小泉製作所と太田製作所へ出張し、Ｚ機の設計現場にも顔を出した。そこでわかったのだが、Ｚ機の機体側にはＢＺ以上に多くの難問が山積している。それでも全員が当初の計画通りにＺ機を完成させようと頑張っていた。ＢＺも、ここが踏ん張りどころだと思う」

小谷課長が言いにくいことを、水谷技師が代わりに言った。水谷技師は一三試陸攻のトラブル対応のため、先週末まで小泉製作所と太田製作所へ出張した。そのとき、Ｚ機の開発状況や糸川技師の実験を見て来た。

小谷課長が結論を出した。

「ＢＺの設計条件は基礎発動機をＢＤとし、これを二基串型に配置する方針としたい。ほかに、これはと思う案があれば聞かせてほしい」

誰からも発言はなく、異議も出なかった。

次は、ＢＺの設計主務者を誰にするかである。当然のように、誰もがＢＤの設計主務者である田中技師が適任と考えていた。

小谷課長も田中技師を設計主務者に任命した。

「田中技師、よろしいな」

田中技師も快く承知した。

この決定により、中川技師は担当するBAの二〇〇〇馬力化に全力で取り組める状況となった。吉川技師も、次世代戦闘機の発動機となるBHの開発に拍車をかけることができる。

その一方で、田中技師が担当するBDの開発は大幅に遅れる結果となる。

水谷技師が、話題を変えるように小谷課長へ質問した。

「これからBZの設計が大きく前進するのは間違いないと思う。ところで、私には将来の航空機用発動機がどうなっているか気になって仕方がない。大社長は、タービン方式の発動機はタービン方式だと言っていた。だから、なおさら気になるのだが」

それを聞いて表情の変わった小谷課長が答える。

「BZの試作期間から考えて、未知の方式を調査する余裕はないと判断した。だから、設計条件の検討案からタービン方式の発動機を除外した」

水谷技師がそれに応じる。

「ＢＺは、ＢＤを基礎発動機として二基串型に配置する。これは正統な方式で納得できるけれど、これからはタービン方式の発動機も研究すべきと思うが」

小谷課長が困ったように言う。

「タービン方式の発動機は未知の分野だ。そんな余力があるかどうか。それに適任者がいるのかわからない」

「適任者はいますよ。幸いなことに、ヤスは大学でガスタービンの研究をやっていた。現在は、カーチスライト社から導入した排気タービン過給器の研究も一段落している。

だからヤスはＺ機の設計支援と並行して、タービン方式発動機の研究も行えるはずです」

広沢は水谷技師のいきなりの発言に驚いた。小谷課長は水谷技師の言葉で閃いたようだ。

「そうか、タニは太田製作所で何か見たのだな」

水谷技師が好奇心たっぷりに言う。

「太田製作所には、異才と呼ばれ、多くの難問を解決した糸川技師がいるでしょう。小山技師長は、将来性を最も期待する技師だとも言っているじゃないですか。

その糸川技師がZ機開発に参加していないのが気になり、様子を見てきたんです」

小谷課長が話を遮った。

「わかった。あとは君からヤスに話してくれ。ヤス、それでいいな」

「はい、わかりました」

広沢は水谷技師の話が気になったが、今はBZの議論に徹すべきと口をつぐんだ。

BZの開発は設計主務者、田中技師の下で進められた。設計が進むと、中川技師が指摘した冷却と、いかにして各シリンダーへ均等に燃料を供給するか、この二つの大きな問題が立ちはだかった。

冷却問題は機体側の発動機装備方式にも大きく影響される。機体側と何度も協議が行われた。そして考え出されたのが、シリンダーの第二列と第三列の間を少し開け、強制冷却ファンまたは吸出ファンで発動機全体を冷却する方法である。

実験の結果、既知である強制冷却ファンの取り付けで解決できると判明した。

深刻な問題は燃料の均等配分だ。この問題は、一八シリンダーの発動機でも起こっていた。

一八シリンダーでは問題が致命的でなかったため、未解決のままブーストや圧縮比などを高め、高馬力を追求してきた。BZは三六シリンダーもあるので、燃料の均等分配の問題は致命的な問題となる。

技師が集まって知恵を出し合ったが、五月下旬になっても解決策は見いだせていなかった。

「こうしてみんなで議論を繰り返しても、解決策は出てこない。私一人で少しこの問題を考えてみたい」

小谷課長はアイデアマンだ。なんらかの解決策が浮かんだのかもしれない。

三〇日の朝、技師が集まると小谷課長が自ら考えだした構造を説明した。

「冷却問題解決のため、シリンダーの第二列と第三列の間を少し開ける構造にした。ここに環状の空気だまりを設け、空気の分配タンクとして作用させる。燃料は、噴射ポンプによる無気噴射方式で各気管へ分配する。この方式なら、すべてのシリンダーへ燃料を均等に配分できるはずだ」

広沢は瞬時に、小谷課長の考案は完璧だと思った。

昭和一四年、川崎航空機はドイツのダイムラーベンツ社から液冷式発動機と同時に、燃料噴射ポンプの製造権を取得した。三菱は試作中の火星二三型で、強制空冷ファンと燃料供給に燃料噴射方式を取り入れた。

日本でも噴射ポンプによるシリンダーへの燃料供給が一般化しつつあった。

田中技師はすべての問題の解決策が見つかり、ＢＤを基礎発動機とするＢＺの計画要領書をまとめた。これで設計諸条件が出揃い、設計速度が一気に加速した。発動機まとまった設計によると、ＢＺはＢＤを二基タンデムに連結する型式で、発動機のカウリング外径一六六〇ミリ、長さ三七一〇ミリ、乾燥重量二五四〇キログラム、離昇出力五〇〇〇馬力、高度二二〇〇メートルで四六六〇馬力、高度六三〇〇メートルで四一六〇馬力の性能と記載されている。

こうしてＢＺの開発は順調に動きだした。

３

五月末にＢＺ計画要領書がまとまると、それぞれの技師は担当の仕事に専念できるようになった。

四月七日のＢＺ研究会で広沢は、水谷技師の推薦により小谷課長からタービン方式発動機の研究を命ぜられた。

「社内呼称をタービンの意味をつけてＢＴとした。ヤス、ＢＴには日本の将来がかかっていると思え」

広沢は姿勢をただして答えた。

「研究の手順は心得ているので、あとは期待にそえるよう頑張るだけです」

広沢は資料集めなどをしながらタービン方式発動機の研究を進めていたが、ここにきて一気に研究が本格的になってきた。

そんなある日、太田製作所の出張から戻った水谷技師が重大事を告げた。

「ヤス、よく聞け。小山技師長が過労で倒れて入院した」

広沢にとっては青天の霹靂（へきれき）だった。

「それで、具合はどうなんですか」

「医者は過労だから少し休めば治るだろうと言っているそうだ。小山技師長はZ機開発と呑龍の性能向上に取り組んでいる。そのうえ、今度は陸軍からキ84の開発を命ぜられたそうだ。

キ84の主務設計者は太田技師のようだが、小山技師長の性格上、人任せにはできないのだろう」

陸軍はキ84に対し、隼の旋回性能と鍾馗の上昇力と速度性能を実現する野心的な戦闘機を要求しているという。

キ84は設計開始から一年後に初飛行し、さらにその一年後に四式戦「疾風（はやて）」として制式採用される。

「Z機はどうなるのですか」

「小山技師長が復帰するまで、三竹技師が全体のまとめ役にあたるそうだ」

三竹技師は一三試陸攻の開発責任者だった。小山技師長の代理としては、これ以上の適任者はいないだろう。

「ところで、糸川技師にヤスのことを話した。驚くなよ。糸川技師は、中島飛行機を退社する決意を固めたそうだ」

「えっ、糸川技師が。いったい何があったのですか。小山技師長は糸川技師を自分の後継者として考えていたと思いますよ。

小山技師長は、言葉や文章では表現しにくい微妙な飛行機設計の奥義を、一生懸命に糸川技師へ伝えようとしていましたから」

広沢は糸川技師と深いつながりはない。それでも衝撃は大きかった。

糸川技師はキ19試作爆撃機、キ27九七式戦闘機、キ43一式戦闘機、キ44二式戦闘機の空力設計を担当し、卓越した才能を発揮した。

それだけではない。糸川技師が完成させた精巧な蝶型フラップは、飛行機の離着陸性能や格闘性能を飛躍的に高めた。排気ガスを推力に利用する噴進式排気管は、飛行機の速度を一五ノットも向上させた実績もある。

糸川技師は異才と言われ、その名に恥じぬ絶大なる功績を残している。糸川技師をよく知る者は、技術者より科学者になるべきだとも言っている。

「ヤスの言う通りだ。小山技師長は入院先で、糸川技師から直接会社を退社したいと告げられたそうだ。それからしばらくの間、小山技師長は誰とも口をきかなかったらしい。

タービンを回して空気を圧縮し、そこに燃料を噴射して点火すると厖大なガスが発生する。このガスを後方へ噴出すると、大きな推力を生みだす。糸川技師は、こうしたガスタービンの実験をしていたようだ。

将来の航空機はこの原理を利用した発動機で飛ぶと、自信たっぷりに話していた。この話、ヤスなら専門家だから理解できるだろう」

「沼知博士が研究しているガスタービンや排気タービン過給器と相通じるものがあるので、自分はよく理解できます」

そして、水谷技師が肝心な話を始めた。

「先月のことだ。糸川技師は、この実験中に爆発事故を起こしたらしい。幸い誰にも怪我はなかった。糸川技師は会社にとって貴重な人材だ。社長は糸川技師の身を案じ、危ないから実験をやめるよう説得したそうだ」

　糸川技師の答えはわかっている。

「でも、やめなかった」

「そうだ。会社側はやむを得ず、糸川技師の留守中に実験室を取り壊してしまった」

「そんなことがあったのですか。でも、そんなことで糸川技師が退社を決意するとは思えない。本当の原因はなんなのですか」

「飯野技師から聞いた話だ。知的好奇心が旺盛な糸川さんは、異才と言われるほどの才能の持ち主だから、中島飛行機の技術者としておさまりきらない。いずれ技術者を辞めて、他の道へ進むのではと思っていたそうだ。

　そこに母校の東大から、第二工学部を設立するので助教授として招請したいとの誘いがあった。糸川さんは悩んだ末、大学教授になる道を選んだのではと言っていた」

「残念だが、仕方ないですね」

　すると、水谷技師が思いもよらぬことを言った。

「糸川技師は退社する前に、これまで自分が実験して得た技術情報をヤスに伝授したいと言っている。だから、お前はなるべく早く糸川技師に会って、これまでの技術を受け取ってこい」

「わかりました。ちょうど、ガスタービン方式によるZ機の発動機を研究せよと言われたところです。糸川技師の研究を無駄にしたくはありません。それに、その実験は飛行機の将来に欠かせないものになる気がします」

広沢によろこびがこみ上げてきた。

広沢は学生時代に何度も読んだ、昭和九年一一月に海軍の種子島時休少佐が書いたレポート『航空機用ガスタービン』を思い浮かべた。

そして、ガスタービン式航空機用発動機の特許をイギリス空軍士官フランク・ホイットルが取得し、昭和一〇年に特許を更新しなかったため失効したことも思いだした。

「そう言えば、ドイツ帰りの陸軍将校が、昭和一四年の末頃にドイツでプロペラのない飛行機が飛んでいるのを見たと話したことがあった。

ドイツでは、すでにガスタービン式発動機が実用化されたに違いない。タニさん、世界は想像以上に進んでいる」

広沢は急に、居ても立ってもいられない焦り（あせ）を感じた。水谷技師も広沢をせきたてるように言う。

「ガスタービンは、一日一刻を争う進歩を見せているのかもしれない。ここは何がなんでも糸川技師の技術を引き継ぎ、一刻も早く実用化すべきであろう」

翌日、広沢は田中孝一郎技師と二人で太田製作所へ向かった。

海軍機を扱う小泉製作所の技師には豪傑が多い。一方、陸軍機を扱う太田製作所の技師はおとなしい人が揃っている。その中にあって、糸川技師はダンスホールに通うなど目立つ存在であった。

糸川技師は太田製作所では個室が与えられている。部屋に入ると気やすく声をかけてきた。

「ああ、広沢君に田中君だな。よく来た。二人のことは昨日、水谷君から連絡が入っている」

広沢はBZに関する経緯を話し、訪問の目的を告げた。

「わかっている。まず、これまでの研究内容について説明しよう」

糸川技師は部屋に備えてある黒板を使いながら、これまでの研究内容の説明を始めた。

「私の研究テーマは、ターボジェット航空機用発動機とでも言えようか」

糸川技師は、ジェットという聞き慣れない言葉を使った。広沢が確認する。

「ジェットとは、ロケット噴流と同じ意味ととらえていいのですね」

「同じ意味だ。横須賀の海軍空技廠ではジェット噴流をロケットと呼んでいる。ここでは欧米に合わせて、ジェットという言葉を使う。

ジェット噴流による推進法は、大きく分けると五つの方式がある」

糸川技師はゆっくりと、諭すように基礎的な内容から始めた。広沢は大学で講義を受けているような錯覚を覚えた。

「第一の方式だ」

糸川技師は黒板に太い筒状の絵を描いた。発動機の全体図らしい。

筒の先にプロペラスピナーに似た図を描き、発動機とその名称を書いた。そして、筒状の中央に軸流送風機と書いた。

「この絵のように、機体内に通常のレシプロ発動機で駆動するプロペラを入れて空気を圧縮する。そのわずかに圧縮された空気の中で燃料を燃焼させ、後方から噴出させて推進力を得る。

この方式は燃焼室の後方にタービンがないため、手っ取り早く大きな推力が得られる。ただし、通常のレシプロ発動機が必要なうえに燃費が悪い」

糸川技師は流入空気量や噴出速度、それによって得られる推力の関係を数式で表して特徴を説明した。

数式そのものは簡単で納得できる。だが、どのように計測して得た数式なのかが気になる。

「第二の方式は、構造が最も簡単でラムジェットと呼ばれている」

今度は黒板に実験装置の絵を描いた。筒の前に独立した送風機があり、筒の中央より少し前に燃料噴射装置がある。

「この送風機で、筒状の機体の先端から空気を送り込み、燃料を燃焼させて機体後方のノズルから噴出させる。

実験の結果、機体の速度が秒速二〇〇メートル付近になると、空気一キログラム当たり二二キログラムほどの推力が得られた」

糸川技師は空気流量、燃焼室圧力、燃焼室内速度、計測推力、理論推力などを数式を使って説明した。

「この方式もタービンがない。航空機に応用する場合、送風機に相当する空気流入を得るため、別の動力で機体を加速させる必要がある。実用化にはよほどの工夫が必要になるだろう」

広沢は糸川技師が進めてきた実験に驚いた。

「第三の方式は、燃焼室の空気圧縮に円筒形気柱の振動を利用する。時速六〇〇キロ程度の比較的低速でも大きな推力が得られる。ドイツでは、これをパルスジェットと呼んでいるようだ。ここでは、この方式の実験をしていない」

どうやらパルスジェットは巧妙な工夫が必要なようで、実験はうまくいかなかったようだ。

「第四の方式は、機体内の圧縮機を燃焼室の後方に設けたタービンで駆動する。圧縮した空気中に燃料を吹き込み燃焼させる。

その燃焼ガスでタービンを回し、そして後方から噴出させて推進力を得る。これを欧米ではターボジェットと呼んでいる」

糸川技師は、航空機への応用はターボジェット方式が有望と考えているようだ。

「ターボジェット方式は燃焼室後方のタービンが高温にさらされる。この高温に耐えられる材料を探す必要がある。

第五の方式は、ターボジェットのタービンでプロペラ軸も駆動する方式だ。比較的小さな装置でも、五〇〇〇馬力程度の力が得られるはずだ。

ドイツや英国では、これをターボプロップと呼び、力を入れて研究している様子がうかがえる」

糸川技師は、水谷技師からBZが五〇〇〇馬力発動機と聞いたらしい。

糸川技師は五つのうち、四つの方式について実験を繰り返し、ターボジェットとターボプロップの方式が、航空機用動力として有望だと見極めたようだ。

「実験棟に実験機が残っている。案内しよう」

糸川技師は二人の先に立って、実験棟へ歩き出した。

太田製作所は本館や講堂、学校などを除き、工場の棟だけでも二一棟もある。二万四〇〇〇人以上の人々が働く巨大な工場群だ。

糸川技師が立ちどまって言った。

「少し前まで、ここに私の実験室があった」

五月中旬までガスタービンの実験を行っていた建物は、今はない。更地のままである。実験棟は糸川実験室と並んで本館のとなりにあった。

糸川技師は二人を実験棟の片隅へと案内した。

「これが、水流を使って推力を測定する実験装置だ。今では懐かしい気がする」

実験棟の一角に実験装置があった。実験装置は水槽を使った模型だ。

水槽の中にジェット噴流の本体を入れ、外部のポンプを使って本体の先端から吸水し、計測装置を回って本体後方から放水を行い、推力を計測する仕組みになっている。

糸川技師がガスタービンの研究を始めたのは四年前だという。先ほど黒板で説明した数式は、この実験装置を使って計測したことで、初めて得られた成果であった。

「五月の実験で壊れてしまったが、これがターボジェットの実験機だ。だから実験機は動かない。実験機は直径三〇センチ、長さ一メートルの大きさがある」

五月の実験で起こった爆発事故は、ターボジェットのタービン翼が破損したもので、破片が機体から飛び散るようなことはなかったことがわかる。

「これが、ターボプロップの実験機だ。軸出力は一〇〇馬力ほどだが、改良を加えれば一五〇馬力は得られる計算だ」

ターボプロップの実験機は直径三〇センチ、長さ一・二メートルで、見た目はターボジェット実験機より少し大きく見える。

糸川技師は、プロペラはついていないが実験機の構造を説明した。

実験機はターボジェット、ターボプロップともに圧縮機と燃焼室は同じ設計になっている。違う点は、タービン翼の形状と枚数、それにプロペラ軸があるかどうかである。

糸川技師がBZへの可能性にふれた。

「私が計算した理論値だが、圧縮機を一八段の軸流圧縮機、燃焼室を少し大きく取り、タービンを五段、ノズル径七二センチとすれば、発動機は直径一メートル、長さ四・五メートルほどの大きさで五〇〇〇馬力の出力が得られるはずだ。

ただし、これは試作機と考えるべきだ。実用機は試作機で得られたデータをもとに再設計しなければ、ものにならない。

だから、一度で成功させようなどと考えれば失敗する確率が高くなる。焦りは禁物だ」

糸川技師の本心はZ機の開発に加わりかったのかもしれない。その表情は少し寂しそうに見えた。

「ターボプロップは構造が非常に簡単で、出力がきわめて大きい。レシプロ発動機では頭を悩ます冷却問題も発生しない。そのうえ重量は出力比で考えると、レシプロ式発動機の半分以下になる。

さらに、上空一万メートルの成層圏を飛ぶと、燃料消費量は格段に少なくなるとわかっている。なんと言っても、燃料が貴重な揮発油ではなく、軽油や灯油で十分な力を発揮する点も大きな利点になる。

航空機用動力として、ターボジェットやターボプロップ以上に優れた発動機はないと思う。君たち二人に、私がこれまで研究を重ねてきた成果のすべてを引き継ぎたい。

君たちには是非とも研究の成果を、今後に役立ててほしいと願っている」

糸川技師はガスタービンを基礎研究から始め、ようやく実用機一歩手前までこぎ着けたところである。このような状態で中島飛行機を去るのは、つらいものがあるように思えた。

田中技師が自分の思いを口に出した。

「ヤスさんはターボプロップに興味があるようだ。私はターボジェットの研究を引き継ぎたい」

「わかった。二人で糸川技師の研究を引き継ぎ、一日も早く実用機を完成させよう」

広沢は即座に同意した。

この後、田中技師は推力八八五キロの実用ターボジェット発動機、ネ二三〇の設計主務者となる。

最後に糸川技師が助言を与えた。

「君たちが東京に戻った後、海軍航空技術廠の種子島中佐と会う機会があればと思うのだが。

種子島中佐は昭和一三年にパリ駐在から日本へ戻り、空技廠でターボジェットの研究を続けていると聞く。多くの面で私の研究より進んでいる可能性がある。種子島中佐と情報交換する意味は大きいと思う」

「助言、感謝します。東京に戻ったら、なるべく早く空技廠を訪ねるようにします」

広沢が答えた。

「私は八月まで太田製作所で残務整理にあたる予定になっている。疑問点があれば、いつでも、なんなりと聞いてもらって構わない」

「ありがとうございます。そのときはよろしくお願いします」

広沢は実験機を貨物として東京製作所へ送る手続きを取り、実用機を必ず完成させると誓い、太田製作所を後にした。

4

広沢は東京製作所に戻ると、糸川技師がまとめたターボプロップ発動機の基本構想図を暗記するまで勉強した。

　そしてそれをもとに、糸川技師の言葉にしたがって実用機の前段階となる試作機の設計に取りかかった。寝る間も惜しみ、発動機の全体構成をまとめ、概要設計図の作成に没頭した。

　六月一三日に発動機の概要設計図を書き終えた。糸川技師の構想にしたがってはいるものの、発動機は直径八六〇ミリ、長さ四二六〇ミリ、一二段軸流圧縮機、回転数毎分九〇〇〇回転、圧縮比三・〇、燃焼ガス温度八〇〇度、四段タービン、乾燥重量九七四キログラムである。

「燃焼温度を一〇〇度ほど上げたので、発動機は糸川技師の構想より少しコンパクトにまとまった。これで計算通りに、本当に五〇〇〇馬力得られるか。不安はあるが実験してみないとなんとも言えない」

　発動機はタービン出力七七二〇馬力、燃料消費量毎時五八〇リットル、ターボプロップ出力二五八七馬力、ジェット推進力六二〇キログラムだ。

　計算ではターボプロップとジェット推力を合わせると、馬力換算で優に五〇〇〇馬力を超える値となる。

「計算に誤りはないな」

　広沢は細部まで何度も図面を見直し、計算値をチェックし、設計に誤りのないことを確認した。次の段階として、一〇名の技手とともに基本設計に取りかかった。

そんな折に水谷技師が声をかけてきた。

「ヤス、俺と一緒に空技廠へ行ってくれ」

「どうしたのですか」

水谷技師は家に帰る時間もないほど働きづくめだ。疲労をにじませた表情で言う。

「空技廠飛行機部主席部員の鈴木順二郎少佐から呼び出しを受けた。空技廠は一三試陸攻の試作二号機と三号機で試験飛行を繰り返していて、これまで多くの不具合が発生しているようだ。

そこで、一八日に関係者全員を集めて対策会議を開くと連絡があった。場所は空技廠の本館だ」

「承知しました」

海軍は大日本航空を隠れ蓑にしてダグラス社からＤＣ４を購入した。

ＤＣ４は羽田飛行場で組み立てられ、日本人で初めてＤＣ４を操縦したのは柴田弥五郎大尉である。二番目にＤＣ４を操縦したのが小栗忠明大尉だ。小栗大尉は、一三試陸攻の海軍側の主席部員を務め、太田飛行場で領収前の試験飛行を何度も繰り返している。

中島飛行機側の窓口は、フィールドサービス責任者の水谷技師が務めている。広沢は、空技廠に行けば種子島中佐と接触する機会があるかもしれないと思った。横須賀駅

二人は一八日の早朝に東京駅を立ち、午前九時頃に横須賀駅へ着いた。横須賀駅を出ると、時節柄なんとなく緊迫感が伝わってくる。

空技廠本館の会議室で、午前一〇時から鈴木少佐を中心に一三試陸攻の対策会議が始まった。会議には、永野治技術少佐と山名正夫技術少佐も出席した。

永野少佐は発動機部で試作発動機の審査や発動機故障の対策を担当し、日本で初めてフリーピストンと呼ぶガスタービン発動機を完成させた技術者でもある。

山名少佐は飛行機部の設計主任だ。現在は零戦並みの最高速度、一式陸攻並みの航続距離、一トン爆弾を積んでの急降下爆撃、果ては雷撃も可能なY20の開発責任者を務めている。

この二人が出席するということはきわめて重要な会議といえる。それほど一三試陸攻のトラブルは深刻なのだ。広沢の緊張は一気に高まった。

飛行実験部の小栗少佐が、昨日の飛行状況を冷静に説明した。

「整備が行き届き、故障のない状態での一三試陸攻は予定通りの性能を発揮する。それでもしばらく飛行すると油圧装置に油漏れが発生し、動作不良を起こす。その

せいで昨日も予定していた飛行実験ができなかった」

問題点が指摘されるたびに、鈴木少佐が大きな黒板に箇条書きでそれを書いていく。

広沢は針のむしろに座らされているような感覚に陥った。午前の会議だけで指摘された問題点は、大きな黒板に書き切れない数に達した。

会議は午後も続けられた。午後三時頃になって、ようやく問題点の整理が終わった。

鈴木少佐が所見を述べる。

「こうしてみると、油圧装置関連の故障が圧倒的に多い。次が発動機関連だ。補機関連の製造技術は思った以上に低いようだ。

設計技術はともかく、製造技術の低さがトラブルを引き起こしていると思われる」

永野少佐が発動機に関して不信感を示した。

「護発動機は予定の一八七〇馬力を発揮していないし、故障も多い。これでは計画通りの性能が出ないのは当たり前である。

発動機の解決策として、出力は小さいが故障の少ない三菱の火星へ換装する方法も考えねばならない」

今度は山名少佐が駄目を押すように言う。

「一三試陸攻は四発の大型機だ。このような大型機の開発を、たったの一度で成功させようとするほうが無理なのだ。

それにすべての問題を解決し、制式採用機となったところで、性能は時代遅れで使いものにならない。一三試陸攻は大型機製造技術習得の研究機と割り切るべきだ。中島飛行機は、小型軽量の二〇〇〇馬力級発動機『誉』を完成させた。そうであるならば、大型陸攻は二〇〇〇馬力級発動機を四発搭載する、新たな機体を開発したほうが完成時期は早いと思われる。そのほうがこれまで指摘された問題を一挙に解決し、時代に即した性能の大型機が実現できる」

鈴木少佐は何も言えなかった。二人の意見を議事録に記載するとだけ答えた。

最後に小栗少佐が要望した。

「明日、発動機に関する致命的な問題について試験飛行を行い、検証する。中島飛行機としては一三試陸攻へ搭乗し、飛行実験部とともに検分してほしい。よろしいか」

水谷技師が広沢へ耳打ちしてから答えた。

「承知しました。私は搭乗できませんが、この広沢技師が搭乗します。それでよろしいですね」

「一人でも構わない。広沢技師は明日の九時三〇分までに、横須賀航空隊の追浜飛行場へ直接来てほしい」

「横須賀航空隊の追浜飛行場ですね。承知しました」

会議が終了した。広沢は会議室を出ようとする永野少佐に駆け寄った。

「永野少佐、少し相談したいことがあるのですが。よろしいですか」

永野少佐は驚いたような表情で振り返った。

「相談？　なんだね」

「種子島中佐に会えませんか。ガスタービンで聞いてもらいたい話があるのですが」

ガスタービンと聞いて、永野少佐も興味を持ったようだ。

「この時間なら、種子島中佐は燃焼実験所で実験をしているはずだ。私もこれから燃焼実験所へ行くところだ。

事前に約束したところで、種子島中佐は約束を忘れるか無視するだろう。種子島中佐と会いたいのなら私と一緒に燃焼実験所へ行ったほうがいい」

「では、少佐について行きます。ちょっと待って下さい」

「タニさん、私は種子島中佐へ会いに行きます」

「わかった。俺はこのまま東京へ帰る」

空技廠発動機部には試作発動機の実験、分解整備、点検を行う工場がある。ここ数年、航空隊の増強によって実用発動機の整備作業が急に増え、試作発動機の実験まで手がまわらないようになってきた。そのため、新たに試作発動機の実験工場が建てられた。

その実験工場長が種子島中佐で、永野少佐は実験工場の主任を務めている。ところが種子島中佐の強い思い入れの影響で、実験工場はレシプロ発動機の実験よりもガスタービンの研究開発が主な業務に変わってしまった。空技廠の人々は実験工場を燃焼実験所と呼んでおり、空技廠長和田中将も種子島中佐の行動を黙認している。そのためか、まわりの人は種子島中佐に何も言わない。

広沢は永野少佐と一緒に、いくつもの建物が並んでいる中を一〇分近く歩いた。

「ここが燃焼実験所だ。さあ、入れ」

永野少佐は建物に入ると、少年兵になにやら告げた。少年兵は二人をソファのある部屋に案内し、お茶を出すと部屋を出て行った。

ソファに座ってしばらくすると、さきほどの少年兵が永野少佐になにごとか告げた。

「実験所へ行くぞ」

広沢は永野少佐について、轟音が響きわたる実験所内に入った。実験所は学校の体育館ほどの大きさがある。

真っ先に目に入ったのは、一〇名以上が作業をしている二基のガスタービン発動機だ。

永野少佐は、一基のガスタービン発動機のとなりで何かを指示している技術中佐に近寄り、耳打ちした。すると、広沢のところへ技術中佐が近寄って来た。

「中島飛行機の広沢技師か。自分が種子島中佐だ。君のことは糸川技師からの手紙で知っている。タービンロケットを開発するそうだな」

広沢は驚いた。糸川技師は自身の退社後のことを考え、広沢の支援をしてくれていたのだ。広沢は感謝の念で胸が一杯になった。

広沢は自己紹介のつもりで話し始めた。

「私は東北大学で沼知博士の下でガスタービンを勉強しました。そのとき、種子島少佐の論文『航空機用ガスタービン』を読み、ガスタービンが将来の航空界を左右するに違いないと感じました。それをきっかけに、本格的にガスタービンの研究を始めました」

種子島中佐が話を遮る。

「ここは音がひどい。話は部屋に戻ってからにしよう。その前に、ここで実験している試作発動機を見てくれ。二基の異なる方式で動くタービンロケットだ。自分の目で観察しておくように」

広沢は種子島中佐の言葉にしたがって、燃焼実験所の中をじっくり見て回った。

実験所の一角では四基の誉発動機が分解され、数人の技手がクランク軸を調べていた。ほかにも形から三菱製とわかる発動機も数基あった。聞けば金星五〇型だという。

広沢は永野少佐と一時間ほど工場内を見て回り、部屋に戻った。しばらくすると、種子島中佐が二人の技術大尉を伴って部屋に入ってきた。

種子島中佐が単刀直入に聞いてきた。

「待たせたな。どうだ、タービンロケットの感想は」

広沢は感じたまま素直に答えた。

「試作機の一基は、圧縮機をレシプロ発動機で駆動する方式のガスタービン発動機。

もう一基の試作機は、圧縮機をガスタービン発動機のタービン翼で駆動する方式ではないかと見ました。それに、発動機が想像より小さいのに驚きました」

種子島中佐は感心したように言う。

「君の言うガスタービンを、我々はタービンロケットと呼んでいる。君は、タービンロケットについてかなり勉強しているとわかった。

普通なら外形を見ただけで、タービンロケットの実現方式を判断するのは難しい。これなら話は早いだろう。紹介しよう。田丸成雄技術大尉と加藤茂夫技術大尉だ」

二人の技術大尉は広沢と同じ年代と思われる。広沢は二人と挨拶を交わした。種子島中佐が挨拶が終わるのを待って言った。

「田丸大尉は圧縮機をレシプロ発動機で駆動する方式、加藤大尉は圧縮機を発動機そのもので駆動する方式のタービンロケットを研究している。

話を進める前に、なぜ君がタービンロケットを研究するのか、その理由から聞こう」

広沢は自分の考えを正直に答えた。

「現在、中島飛行機の航空機用発動機は一〇〇〇馬力級の『栄』が主力になっています。これからは二〇〇〇馬力級の『誉』が主力になります。

近い将来の次世代発動機は、おそらく三〇〇〇馬力級から五〇〇〇馬力級の出力が求められるでしょう。その場合、これまでのようなピストン方式の発動機では実現は難しいと思います。

タービンロケットなら、ピストン方式より小型ながら何倍もの出力を発揮すると考えられています。中島飛行機は将来に備えてタービンロケットの開発を手掛けることになり、担当者の一人に私が任命されました。

そこで糸川技師に相談したところ、空技廠の種子島中佐を訪ねるよう助言されました」

「タービンロケットなら、数年のうちに三〇〇〇馬力、五〇〇〇馬力の発動機を製造することも可能になるだろう。現にこの春、ドイツから帰国した熊沢俊一技術中佐によると、ドイツでは二年前の昭和一四年八月に、タービンロケットを動力とする飛行機が飛んだそうだ。

しかもその飛行機は素晴らしい快速で飛んだという。将来は音速を突破する高速航空機さえ製造できるだろう。

現在、世界のターービンロケットは黎明期にある。日本が手をこまねいていると、ターービンロケット技術についても世界の進歩から取り残されてしまうと、私は危惧している。

中島飛行機がタービンロケットに本格的に取り組むのであれば、私としても協力を惜しまない。それで君は、どんなタービンロケットを開発するつもりなのだ」

「タービン翼の力でプロペラを回すターボプロップ方式です」

広沢は自分が考えたターボプロップの構成図を書いて説明した。それに対し、種子島中佐はいくつかの助言を行った。その一つは、無理して小型化すると故障が起きやすいというものだった。

「現在、我々が研究しているタービンロケットについて、二人から説明させよう」

初めに田丸大尉が研究内容を説明した。

「広沢技師も知っての通り、タービンロケットは圧縮した空気に燃料を吹き込み、爆発燃焼させたガスを後方から噴出させて推進力を得る。

自分の研究は、空気を圧縮する軸流ファンを東京瓦斯電気工業のレシプロ発動機『初風』で駆動する方式だ。

この方式だと、未知の分野であるタービンがないため、きわめて研究がやりやすい。実験所内の試作機は、二三〇キログラムの推力を実現できる計画だ。

現在は、軸流ファンの振動がおさまらない問題に取り組んでいる。もう一つ、この方式は推力に比べて燃料消費量が多い欠点がある」

初風は東京瓦斯電気工業が独自に開発した排気量四・三リットル、空冷四気筒、最高出力一二五馬力の航空機用発動機だ。陸軍の四式基本練習機、海軍の二式初等練習機に搭載されている。

広沢は疑問を感じた軸流ファンの振動について質問した。田丸大尉があっさり答える。

「振動は回転軸の強度不足が原因だとわかっている。それよりも燃焼室の破損原因がわからない。溶接技術の問題もあると考えている」

田丸大尉は、燃焼室は重大な問題なのでいくつかの解決案を実験で確かめていると話した。

次に加藤大尉が自分の研究内容を説明した。

「空気圧縮機には遠心式と軸流式圧縮機がある。私の研究は遠心式圧縮機を用いている。

遠心式は容易に空気を圧縮できる。現に実験所内にある試作機は、回転数が毎分一万五〇〇〇回転で圧縮比四・〇を実現している。実用的には、圧縮比三・五で十分だと考えている。

計画では、試作機の推力は三一五キログラムだが、現時点での推力は二五〇キロほどにとどまっている。推力の増強はそれほど心配はしていない。圧縮機の改良で三一五キロの推力が得られる目処はたっている。

解決すべき問題は、タービン翼を取り付ける円板に亀裂が入ることだ。タービン翼は圧縮機と繋がっている回転軸の円板に溶接で接合している。溶接のやり方に原因があると思うのだが、まだ原因はつかめていない」

加藤大尉はタービン翼のほかにも、軸受けや燃焼室の問題点について、考えられる原因と解決策を熱心に話した。その様子から、タービンロケットについて種子島中佐より強い思い入れがあるように感じた。

加藤大尉は昭和一三年の初め頃に、遠心式圧縮機によるタービンロケットの設計を始めたという。その後、排気タービン過給器の研究を命ぜられ、タービンロケットの研究がおろそかになったようだ。

種子島中佐がヨーロッパから帰国し、加藤大尉や田丸大尉の上司に就任すると、再びタービンロケットの研究が盛んになったらしい。

広沢も排気タービン過給器を担当した経験がある。問題解決方法などで多くの情報交換をした。そのなかで広沢は重大な情報を耳にした。

加藤大尉の話である。

「昭和一五年に、ドイツからブラウンボベリー社製の排気タービン過給器を購入した。その材料を調べたところ、一八パーセントのクローム、八パーセントのニッケルを含む不銹（ステンレス）鋼に、一パーセントのモリブデンを加えたものとわかった。

溶接棒は二五パーセントのニッケル、一五パーセントのクロームを含んでいる。

このデータは、タービンロケット試作の大きな参考になった」

広沢は糸川技師の不運を思った。

糸川技師がこのデータを入手していたら、もしかしたらガスタービンの実験で爆発事故を起こさずにすんだとも考えられるのだ。

いつの間にか夜一〇時をまわっていた。広沢は横須賀の宿屋へと向かった。

第3章　富嶽委員会

1

翌日の一九日午前八時三〇分、広沢は湘南電鉄の追浜駅を降りた。追浜駅からは横空（横須賀海軍航空隊）の正門に向かって、真っすぐな道が延びている。朝日を浴びながら横空へと歩く。

「零戦だ」

いきなり零戦の三機編隊が轟音をあげ、離陸して行った。その五分後、今度は鼻先のとがった一三試艦爆が、軽やかな音を立てて飛び立った。

「さすがに横空は活気があるな」

空技廠北門と道路を挟んだ斜め向かいが横空の正門だ。広沢は横空正門の守衛所で、名前と要件を告げた。守衛は書類を確認し、待合室で待つように指示した。

五分ほど待った。

「中島飛行機の広沢技師か」

「そうだが」

まだ二十歳前後と思える二飛曹のバッチを付けた飛行兵曹から声をかけられた。

「駐機場へ案内する」

正門から飛行場へと歩く。歩いていると、沖合から一三試大艇が飛び立つ様子が見えた。

同じ四発の大型機ながら、一三試大艇は大きなトラブルもなく、順調に試験飛行をこなしているようだ。まもなく制式採用になるとも聞く。

追浜飛行場には、横須賀航空隊と空技廠飛行実験隊が駐留している。正門から一〇分ほど歩いたところに、二機の一三試陸攻が並んで駐機していた。

「小栗少佐、中島飛行機の広沢技師を案内してまいりました」

「おう、ご苦労」

一三試陸攻の機体を点検していたのは、昨日の会議に出席していた小栗少佐だった。若い二飛曹はそのまま一三試陸攻へ乗り込んだ。

「広沢さん、整備は昨日のうちにすませてあるが、飛行前の点検を一緒に行って下さい」

広沢は小栗少佐と一緒に機体を念入りに見て回った。機体をひと回りすると、漏れた油はきれいに拭き取られている。どこにも不備はなく、よく整備されていることがわかる。

広沢は確認した結果を正直に言った。

「機体に異常は見つからなかった」

「これから小笠原諸島まで往復飛行し、いくつか飛行試験を行う。先に乗って下さい」

「了解。では、先に乗り込みます」

広沢は小栗少佐に告げ、一三試陸攻へ乗り込んだ。機内に入ると先ほどの二飛曹が副操縦席に座り、チェックリストで確認している。

「これは鈴木少佐、おはようございます」

「ああ、おはよう」

機長席に座っていたのは鈴木少佐だった。広沢は二飛曹が座る副操縦席の後ろ、通信員席に座った。右どなりが機長席である。

小栗少佐が乗り込み、正操縦席に座った。二飛曹がチェックリストを読み上げ、小栗少佐が一つひとつ状態を確認して返事をする。

一基の護発動機が動き始めた。小栗少佐は次々と護発動機を始動させる。念入りな整備が行われたのか、発動機の調子はいいように思えた。

「離陸する」

小栗少佐が一三試陸攻を駐機場から滑走路端へ移動させた。一段と轟音が高まり、一三試陸攻が加速する。

一三試陸攻はスムーズな加速を見せ、自然な流れのなか、いつの間にか離陸していた。

「この機体が多くのトラブルを抱えているとは信じられない」

広沢の率直な感想だった。

高度四〇〇〇、一三試陸攻は伊豆大島から八丈島へと伊豆諸島に沿って南下し、小笠原諸島へと向かう。

「急降下する」

一三試陸攻は四発の大型機ながらも、魚雷攻撃が可能な設計で製造された。一三試陸攻は海面ぎりぎりの高度二〇メートルで飛行する。手を出せば海面に届きそうだ。広沢はあまりの迫力に声も出なかった。

今度は急上昇に移った。すると、発動機がブブッと異音を発した。

「ああ、始まった。最大出力で上昇すると、必ずと言っていいほど発動機のどれかが不具合を起こす」

小栗少佐は落ち着いて、調子が悪くなった発動機を止めた。一三試陸攻は二基の発動機が止まっても飛行を続けられる。

この後、小栗少佐は急激な動作を避けて小笠原の父島上空まで飛行すると、着陸せずにUターンし、高度四〇〇〇を保ったまま追浜飛行場まで戻って来た。往復五時間の飛行であった。

「搭乗、ご苦労だった。これから会議室で飛行状況について打ち合わせを行う」

鈴木少佐は広沢にねぎらいの言葉をかけ、一三試陸攻を降りた。広沢も降りると、鈴木少佐と並んで歩きだした。

「鈴木少佐、あれは」

飛行場の片隅に、奇妙な形をした二機の飛行機が駐機しているのが見えた。機体は高翼単葉の双発双胴で、降着装置は珍しい三車輪式である。形から見て輸送機と思われる。

鈴木少佐が不思議そうに言う。

「珍しいな。あれは陸軍の一式輸送機だ。おそらく、福生飛行場あたりから飛んで来たのではないかな」

広沢は感じたままを口にした。

「中央胴体が主翼から吊り下がっている。主脚が特徴的だな。中央胴体の両脇から小さな四つのタイヤが出ている。この構造なら貨物室の床は水平で、高さは一メートルもないようだ」

鈴木少佐は一式輸送機には関心を示さずに歩く。広沢は気になった一式輸送機を目に焼きつけ、鈴木少佐と会議室に入った。

鈴木少佐が今日の試験飛行を振り返って発言する。

「巡航飛行だとほとんど問題は起きない。ところが、海面近くから最大出力で上昇すると、必ずと言っていいほど発動機のどれかが焼き付いてしまう。

以前は、排気ガスに煤が混じり出力が低下する、潤滑油の流れが滞りピストンリングが壊れるなどの不具合があった。

その原因は解消されたが、今回のような発動機が焼き付く不具合は原因が特定されていない。この不具合は、発動機に致命的な欠陥が内在しているような気がする」

護発動機は鋳物製吸排気管内のバリを徹底的に取り除き、流体がスムーズに流れるように管の構造を改造し、いくつかの不具合を解消した経緯がある。広沢もこの問題に関わった一人である。

鈴木少佐が続ける。

「一三試陸攻は二基の発動機がとまっても飛行は可能だ。しかし、実戦では使いものにならない。

今日の試験飛行は発動機が一基とまったので、小栗少佐は安全を優先して残りの試験項目を取りやめた。発動機は早急に中島飛行機へ送る。中島飛行機には一日も早く原因を突きとめ、問題を解決してもらいたい」

「中島飛行機は全力を上げて早急に原因を調べ、対策を取ります」

広沢にはこれ以上の答えはできなかった。小栗少佐は真顔で懇願するように言った。

「広沢さん、一三試陸攻は海軍にとって重要な飛行機です。一日も早く原因を突きとめ、不具合を解消して下さい」

広沢より年上であろう小栗少佐は、民間人である広沢にも丁寧な態度で接し、不快感を与えなかった。広沢の脳裏には小栗少佐の姿が強く印象に残った。

翌日、広沢は東京製作所に出勤した。水谷技師は出張中であった。

二三日になると、空技廠からの発動機が東京製作所に届いた。発動機はただちにネジ一本まで分解され、原因の調査が始まった。

広沢は護発動機の設計主務者田中清史技師とともに、部品の一つひとつを調べ上げた。

広沢が原因を推測した。

「やはり軸受けの損傷が原因だと思う」

田中技師も同じ考えだった。

「クランク軸の軸受けが一〇〇〇馬力の力に耐えられなかったように思う。護は星型九気筒の『光』発動機を基礎としている。これを単列七気筒とし、二基串刺しにした複列構造になっている。

離昇出力は一八七〇馬力だが、海面近くでフルスロットルにして急上昇すると、過給器が過剰に動作してブーストがプラス四〇〇を超え、出力が予想以上に増加した可能性がある。

そのために主接合棒の平軸受荷重が高くなり、強度不足となって損傷したのかもしれない」

『光』発動機は、シリンダー内径一六〇ミリ、行程一八〇ミリの星型単列九気筒で、離昇出力はブースト、プラス一五〇ミリで八四〇馬力だ。

光にはブーストが高まると燃焼不整となる欠点があり、ブースト、プラス一五〇ミリに抑える措置がとられている。

護は光の欠点を補い、小型化の意図もあってシリンダー内径一五五ミリ、行程一七〇ミリ、ブースト、プラス四〇〇ミリの星型七気筒複列、一四気筒構造の発動機となった。

広沢が対策を口にする。

「護は出力が光の二倍以上と強力だ。軸受けの強度を増すためには、軸受け材の組織改善、軸受け直径を大きくする、クランクピンの仕上げ精度を向上させるなどの対策が必要になるのでは」

田中技師が答えた。

「おそらく、そのすべてを実施しなくてはならないだろう」

「田中技師の推測が正しければ、ブーストをプラス五〇〇ミリとして、離昇出力を二〇〇〇馬力へ高める誉も同じ欠陥を含んでいるかもしれない。誉の軸受荷重は一平方センチ当たり三〇〇キロもあり、栄より三割も高い」

広沢は考え込んだ。

「中島飛行機は誉に生産の主力を移すため、護の生産打ち切りを決めている。これは我々だけで解決できるものではない。上の判断が必要だ」

どう考えても問題が大き過ぎるのだ。

広沢は田中技師とともに、研究部第二課課長新山春雄技師に相談した。研究部第二課の軸受専門家は渡辺栄技師だ。

新山課長はただちに渡辺技師をチーフとする専門家を集め、対策チームを結成した。

対策チームは不具合を解消する対策を施し、実験と評価を繰り返して最終的には耐久試験に合格するまで対応する。誉についても軸受けが荷重に耐えられるか検証することになった。

「対策を終えるまで、かなりの時間がかかりそうだな」

広沢の率直な感想であった。広沢としては、空技廠へ経過報告はするものの、対策チームの結果を待つしか手がない。

護の対策は田中技師を拘束し、Z機の発動機であるBZ開発にも大きな影響を与える。

田中技師が悲痛な表情で言う。

「BZの基礎発動機を、光系統である護の一八気筒化BDから寿系統の一八気筒化BHへ転換せざるを得ない。もう一度、基礎設計からやり直しだ」

田中技師の昼夜を問わぬ奮闘が始まった。

一方の広沢は、ターボプロップ発動機の設計主務者として基本設計の内容を欠かさずチェックしている。今のところ設計上の問題は発生しておらず、作業は順調に進捗している。

広沢に少し時間的余裕が生まれた。広沢はこの間に、気になって仕方がない一式輸送機について調べた。

「一式輸送機は、日本国際航空工業の平塚製作所で生産されているのか」

日本国際航空工業製の一式輸送機は、日立ハ・13甲四七〇馬力発動機を装備する双発双胴機である。主翼の長さ一七・三メートル、機体の長さ一三・四メートル、全備重量四・四トンで、乗組員三名のほかに乗客八名を乗せられる輸送機だ。

降着装置は胴体の左右に車輪二個ずつ串刺しに配置した構造で、タイヤは直径七五センチ、幅二六センチの大きさがある。

広沢の頭にアイデアが浮かんだ。

「Ｚ機の降着装置も、一式輸送機と同じような構造の主脚にすれば重量を大幅に減らせられるのではないか。胴体の重量は胴体の主脚で、主翼の重量は主翼の主脚で支える構造にすればいい」

広沢は今でも小泉製作所と東京製作所の連絡係を務めている。Ｚ機開発は、七月末の基礎計画策定に向けた作業の真っ最中にある。

「Ｚ機に関する次の全体会議は、七月中旬に小泉製作所で開かれる予定だ。全体会議の前にＺ機主脚担当の太田副部長へ一式輸送機の降着装置を示すべきだ。これを参考にＺ機の降着装置を検討してもらわなければ」

広沢はＺ機設計の参考になればと考え、これまで調べた一式輸送機の降着装置をスケッチにまとめた。

三〇日の月曜日、広沢は小泉製作所へ出張した。

Ｚ機の降着装置をまとめる太田稔技師は太田製作所では副部長職だが、Ｚ機開発プロジェクトでは脚関連のマネージャーだ。

構造担当の西村マネージャー、重量推算や機体の重心位置制御担当の百々義当技師、空気力学担当の内藤子生技師も出席して、Ｚ機の降着装置に関する打ち合わせが始まった。

広沢は机の上にスケッチを広げて説明する。

「陸軍の一式輸送機は、このように荷重を直径七五センチ、幅二六センチの小さな四つのタイヤに分散して支えている。

Z機も一式輸送機と同じように、複数の小さなタイヤへ荷重を分散して支える構造にすれば、主脚の重さを半分に減らせられるのでは」

太田マネージャーが言う。

「これは気がつかなかった。これまで進めてきた設計では、タイヤの直径が二メートル三〇センチ、幅八六センチで、計算ではタイヤ一個の重さを一・二トンと割り出した。

Z機の離陸時の重さは一六〇トンであり、主脚はタイヤをダブル構造にしなければ支え切れない。つまり、タイヤだけで重さが四・八トンにもなる。

その一方で、着陸時は重量が七〇トン程度になるので、内側のタイヤは離陸と同時に切り離す方式で設計している」

太田マネージャーによれば、前輪のタイヤの大きさは直径一メートル四〇センチ、幅五六センチもある巨大なもののようだ。

内藤技師が言う。

「ヤスの構想では、胴体中央の下部の左右にふくらみを持たせて主脚を格納する方式だな。胴体をふくらませれば、それだけ空気抵抗が増え、製造時の工作も複雑になるな」

広沢が反論する。

「確かに胴体がふくらめば工作が複雑になり、空気抵抗も増える。そうであっても、自重が減少すれば利点のほうが大きくなる」

西村マネージャーが指摘した。

「胴体の中央部は、下半分が爆弾格納庫、上半分は燃料槽が占めている。しかし、重量を減らせるなら、主脚格納と爆弾倉の構造を考え直すべきかもしれない。工夫の方法はいくらでもあるはずだ」

西村マネージャーが前向きな発言をした。太田マネージャーも広沢のアイデアに賛成する。

「主脚を胴体の左右と発動機のナセルに格納するのは良いアイデアかもしれない。仮にタイヤを直径七五センチ、幅二六センチの小さなものとすれば、胴体内は四個のタイヤの脚が四脚、左右主翼の発動機ナセルに、四個のタイヤの脚を一脚ずつ格納する構造になろう。

それでも脚の重量を減らせられるなら、実現方法を検討してみよう。この程度の修正なら、基礎計画策定までに設計の手直しは可能だろう」

太田技師と西村技師は副部長職にある。中島飛行機の自由な雰囲気のせいか、二人はなんのこだわりも持たず、良いものは良いと判断してくれたようだ。

打ち合わせが終わった。

組織の三菱に対し、中島飛行機の社風は社内全体に流れる自由な雰囲気にある。特に技術関連については、部長、課長、先輩、後輩の区別は一切関係なく自由に議論を尽くす。

広沢はこの雰囲気が保てるなら、Z機開発は必ず成功すると確信した。

2

七月一七日にターボプロップ発動機の木型が組み上がった。

木型は基本設計の進捗に合わせて木製の実物大模型を作り、組み立てたものだ。部品は一つずつ取り外すことができ、内部構造が手に取るようにわかる。

「これなら基本設計に間違いがないか、具体的に精査できる。これで予定通り七月末で基本設計を終え、八月から詳細設計に入る目処がたった」

広沢はひと安心という心境になった。

「おう、すっかり出来上がったな」

広沢が木型を覗きこんでいると、新山課長が後ろから声をかけてきた。

「ああ、ヤマさん。まだ基本設計の確認項目が残っています。でも今のところ、設計は予定通り順調に進んでいます。

これもすべて、糸川技師が長年にわたって研究してきた成果を、惜しみもなく提供してくれたおかげですよ」

広沢は改めて糸川技師に感謝の念を抱いた。

新山課長が真顔になり、意外な話をした。

「ところでな、大社長が陸海軍首脳へZ機の説明をする。ヤス、小山技師長の技術補佐をやってくれ」

「いいですよ。それで、いつですか」

広沢は気軽に返事をした。

「一〇日後の二七日。場所は海軍大臣官邸だ」

広沢は海軍大臣官邸と聞いて驚いた。それに、今月末にはZ機の基礎計画策定を行う予定になっている。

「海軍大臣官邸で？　そうですか。わかりました。基礎計画策定は予定通り行われると思っていいのですね」

「予定通りだ。ただ、二七日にZ機の説明を行うからには、基礎計画策定に陸海軍の技術者も出席すると考えておけ」

思いがけない展開となった。

「軍関係者が出席するとなると、合理性を欠いた要求がいろいろ出されるかもしれませんね」

「まあ、当然だろうな。だからこそ、大社長は軍に秘密でZ機計画を進めてきたと思うのだが」

Z機のような超大型機が製造可能とわかると、軍部からは必ずと言っていいほど無理難題な要求が出る。技術者は真剣になって、いかにそうした要求をクリアするかの検討を繰り返す。

これが要求仕様をまとめるうえで最大のネックとなり、結果的に貴重な時間を浪費してしまう。

中島社長はそれを恐れ、軍部に内密でZ機計画を進めてきたと思えて仕方がない。

しかしながら、中島飛行機には資金的に単独でZ機を開発する力はない。軍からの発注という形で資金を得なければ、開発続行は不可能だ。この後、Z機がどうなるのか誰もが心配するところである。

二七日日曜日、午前一〇時一〇分前。海軍大臣官邸の大広間にZ機説明会へ出席する人々が集まってきた。

海軍の出席者は大物だった。海軍航空本部本部長井上成美中将、技術部長多田力三機関少将、海軍省軍務局長岡敬純少将、海軍航空技術廠長和田操中将、飛行機部長佐波次郎少将と、海軍航空関連の主だった首脳が顔を揃えた。

陸軍からの出席者は陸軍省軍務課長佐藤賢了大佐、陸軍参謀本部作戦課長服部卓四郎大佐、陸軍航空技術研究所所長安田武雄少将である。

広沢は群馬県から駆けつけた西村技師とともに、大広間のとなりに設けられた控室に座った。

広沢が西村技師に話しかけた。

「海軍に比べて陸軍の力の入れ方が小さいようですね」

すると、西村技師が教えてくれた。

「大社長はこの四月から政界、軍首脳への働きかけを始めたそうだ。大社長は初め、陸軍航空の重鎮井上幾太郎大将に必勝戦策を見せたと聞いている」

井上陸軍大将は軍用気球の研究に関わり、初代航空部本部長を歴任した陸軍航空界の大御所だ。

「大社長は、井上大将からの紹介の形で東條陸軍大臣に会い、大型爆撃機構想として二時間近くもZ機の説明をした。

しかし東條陸相は、設計図はあるかなどの質問をしただけで、Z機を理解したかどうかは不明のまま終わってしまったようだ」

広沢は不思議に思い、小声で聞いた。

「それなのに、陸軍は航空技術研究所所長や軍務課長の出席ですか。海軍は、航空本部長や軍務局長が出席していますよ。陸軍はZ機など不要だと言うのですか」

「必ずしもそうではないだろう。東條陸相は、軍務局長の武藤章少将にZ機の話をしたようだから」

「それで、軍務課長の佐藤大佐が出席しているのですね」

「同じように大社長は、参謀総長の杉山元（はじめ）大将にも働きかけをした。ところが杉山大将は居留守を使い、大社長には会わなかったそうだ」

「で、作戦課長の服部大佐が出席しているのですか」

「陸軍の航空本部長は、航空総監が兼務するのが習わしになっている。今日の説明会は、航空技術研究所所長の安田少将が出席すれば十分と考えたのだろう」

「航空総監は土肥原賢二大将ですね。陸軍の面子ですかね」

「さあな」

そのとき、海軍空技廠の三木忠直技術大尉、飛行実験部の小栗忠明少佐の二人が控室に入ってきた。

「これは、どうも」

広沢は簡単な挨拶をした。

雑談を交わすうちに、いつしか一三試陸攻の話になった。三木大尉は、一三試陸攻について空技廠の考えを話した。

「海軍は、一三試陸攻の制式採用は無理との判断に傾きつつある。試作五号機、六号機は三菱の火星発動機を搭載し、試験飛行を続けることになるだろう」

広沢は、空技廠の雰囲気からやむを得ないと思った。小栗少佐は何も言わない。

今度は、陸軍航空技術研究所の安藤成雄中佐が控室に入ってきた。安藤中佐を見て、三木大尉は一三試陸攻の話をやめた。

広沢が挨拶すると、安藤中佐は久しぶりと言って話しかけてきた。そして安藤中佐の話から、陸軍のZ機に関する思惑が推測できた。

安藤中佐が言う。

「航空本部の総務部長遠藤三郎少将はZ機計画を知ると、渡洋爆撃機構想を打ち上げた。自分はその検討委員の一人に選任された」

安藤中佐は大正三年三月に東大機械工学科を卒業し、同大学院、川崎造船飛行機部を経て、昭和二年二月に陸軍航空本部技術部員となった生粋（きっすい）の技術者だ。また、陸軍初の四発九二式重爆撃機の設計経験者でもある。

キ二〇、九二式重爆撃機は全幅四二メートル、全長二三・二メートル、全備重量二五トン、発動機は三菱のユ式水冷式八二〇馬力四発の大型機だ。設計主務者は外国人設計者で、安藤中佐は設計者の一人として開発に加わった。

その頃の日本は外国からの技術導入時期であり、外国人の設計主務者は当然と思われていた。

陸軍はキ二〇の開発に四年もの年月をかけたが、結果的には失敗に終わった。この失敗に懲（こ）りたのか、以後、陸軍は一〇年以上にわたり大型航空機の開発から手を引いた。

一方の海軍は、四発大型機一三試陸攻の開発に乗り出した。陸軍は一三試陸攻の実用化に成功したなら、これをキ八五として川崎航空機に製造させる計画を立てた。しかしながら、一三試陸攻の実用化がなかなかうまくいかない。そこに、中島大社長がZ機計画を持ち込んだのである。

安藤中佐が陸軍の計画について漏らした。

「陸軍は川西航空機に対して、日本本土を離陸し米国を爆撃したうえで、ドイツに着陸可能な遠距離爆撃機の研究を指示したところだ」

陸軍の出した要求性能は、航続距離二万三〇〇〇キロ、実用上昇限度一万一〇〇〇から一万三〇〇〇メートル、爆弾搭載量二トンだという。陸軍はさらに、東大航空研究所へ川西航空機への協力も指示している。

陸軍は中島大社長がZ機計画を持ち込んだ後に、川西航空機へ遠距離爆撃機の研究を指示したと思える。

安藤中佐はキ二〇の設計に関わった過去がある。陸軍航空技術研究所の中で、四発大型機の設計経験者は安藤中佐だけだ。そのため、遠距離爆撃機の研究に携わることになったという。

遠距離爆撃機は、渡洋爆撃の頭文字を取ってTB機と呼称されているそうだ。

TB機は安藤中佐自身も、中島飛行機のBH発動機（ハ－四四）六発機、三菱の

A21発動機（ハ‐五五）六発案などを示したが、Z機の構想から抜けきれず、結果的に計画のみで立ち消えとなる。

広沢は思った。

「川西は一三試大艇の実用化に成功した。中島は一三試陸攻の開発でもたついている。しかも開発中止に追い込まれようとしているのだ。大型機の開発では、中島より川西のほうが優れていると見られても当然だな」

雑談をしているうちに午前一〇時となった。大広間では、中島大社長による「必勝戦策」と題する演説からZ機の説明会が始まった。大社長の演説はとなりの控室にもはっきり聞こえてくる。

「超空の要塞B29は航続力九〇〇〇キロと巨大で、アリューシャン、中国、ミッドウェーから日本本土を攻撃可能なのであります。さらに目下試作中と思われるB36にいたっては、米本土から日本本土を爆撃できるのであります」

大社長の演説は、今年二月に中島倶楽部で社内の主要技術者へ話した内容とほぼ同じであった。およそ三〇分で大社長の演説も終わりに近づいてきた。

「重大なる要点は、着手時期と間断なき計画作業の遂行であります。なぜなら技術的に見て、もはや時間にほとんど余裕がないのであります。

陸海軍においては、ただちに必勝戦策の方針が決定され、製造命令が発せられなければ時間的に万事は去り、皇国の運命はきわめて憂慮すべき情勢に突入することなきを保ち難いのであります。

早急に必勝戦策が決定されれば、来年の五月には試作機の製造に着手し、一〇月にも完成を迎えられるのであります。そうすれば、来年のうちに初飛行と進空式を経て、昭和一八年初めにも一号機を引き渡せるのであります。

実用機の完成は、さらに一年ほどの期間が必要になりますが、搭乗員の訓練は昭和一九年四月頃から可能と考えられるのであります。

米国における超空の要塞の整備と皇国の必勝戦策。このいずれが早いかによって、国家の運命は決するのであります。

必勝戦策決定の一日の遅れが、国家の運命に重大なる結果を招来することは言議の余地はないのであります」

大社長の演説が終わった。この後、小山技師長によるZ機の詳しい説明があった。

陸軍にとっては、小山技師長のZ機に関する技術的な話が重要なのかもしれない。

安藤中佐は熱心にメモを取っている。

小山技師長の説明も無事に終わった。今度は、陸軍省軍務課長の佐藤大佐が大声で迫力ある演説を始めた。

「米国における軍需生産設備は、おおよそはミシシッピー川と大西洋の間にあり、製鉄所、アルミ工場はその中間地点に集結している。米国と万が一の事態に陥った場合、最終的に米本土に鉄槌を加えなければ、米国民の戦争意思を破摧するのは困難であろう。

米本土に鉄槌を加えることの困難さは、太平洋の幅という距離の問題だけである。この距離の問題もいまや飛行機技術の発展により、もはや問題ではなくなった。我が国においては、すでにこの問題は技術的に解決し、また独・伊とも準備を整えつつある。

米国の軍需生産設備は、日本からは相当遠い距離にあるが、ドイツ占領下のフランスからはミシシッピー川まで六五〇〇キロ、ニューヨークとワシントンまでは五五〇〇キロ、さらに製鉄所までは六〇〇〇キロに過ぎない。日・独・伊が呼応し、米本土に鉄槌を加える日は遠くないのである」

佐藤大佐の演説内容は、そのほとんどが中島大社長の演説内容を引用したものだ。佐藤大佐は、それだけ大社長の演説に感激したのであろう。

そして一年後、佐藤大佐が少将に昇進して軍務局長に就任すると、Z機に対する陸軍の態度が一変することになる。

ここで海軍航空本部長の井上中将が発言した。井上中将はZ機の話が海軍航空本部に持ち込まれたとき、一縷(いちる)の望みを抱いたような反応を見せたという。日本国内では、もはや米英との戦争は避けられないとの観測が強まっている。それでも井上中将は、戦争を避けるべきと主張していると聞く。広沢は井上中将の話に耳を傾けた。

「Z機を整備するには、並大抵の努力では実現し得ないとわかった。そうであるなら、陸軍だの海軍だのと言っている場合ではないであろう。

ここは一つ、陸海軍の間を調整する委員会を設けてはどうか。

これからZ機に対し、用兵側から多くの要求が寄せられてくると予想される。これらの要求に対し、開発技術者の手をわずらわせず、完成時期の遅延を避けるため、委員会が要求内容をZ機に反映させるかを吟味すべきと考える。

Z機の整備が、米国における超空の要塞の就役と時間との戦いであるなら、このような方策が有効と思えるのだが。いかが考えるかな」

開発遅延の最大の弊害は、船頭多くして船山へ登ると言われる状態に陥ることだ。重要事項を決める人が多く、それぞれが自分の考えを勝手に主張して譲らぬ状態が続けば、計画自体が漂流してしまう。

次に開発遅延の原因となるのが、理不尽とも思える思いつきにも等しい過大な要求事項だ。

用兵側からすれば、科学的合理性より作戦行動を重視するのは当然である。Z機を陸海軍共同開発機とした場合、技術を了解せずに要望を強要し、開発を遅延させる弊害が必ず生じる。

井上中将は、そのように考えたようだ。可能な限り開発遅延弊害を取り除くにはどうすべきか。その答えが委員会の設置にあると思えた。

井上中将の話が続く。

「もう一つ。中島飛行機一社のみで、Z機を超空の要塞より早期に整備するのは難しいであろう。

そうであるなら、陸海軍航空本部からの応援も含め、我が国の航空業界の総力を結集しなければ、米国の超空の要塞の就役に遅れを取る恐れがある。委員会はZ機の開発体制も検討すべきと思うが、いかがであろう」

広沢は井上中将の話を自分流に解釈した。

「Z機の開発は、中島飛行機が主体になって行うべきだ。しかし、金属材料やタイヤ、それにプロペラなど関連する企業の全面的な協力が不可欠だ。数日後の基礎計画策定が無事にすめば、これからの製図作業や数多くの実験作業で厖大な人手を必要とする。

井上中将は、Z機開発を国家プロジェクトに位置付け、委員会のもとに航空業界の総力を結集する考えを示したのではないか。委員会を設けるならば、委員長に相応しい人物を選出しなければならない。

そうなれば、委員長は代議士で航空機に明るい中島大社長しかいないであろう」

広沢の推測はともかく、Z機説明会は井上中将の考えに賛同する形で終了した。

3

七月三一日は、群馬県の小泉製作所で基礎計画策定会議が行われる日である。

Z計画チームはこれまでの基礎設計に基づいて、風洞実験など多くの実験を積み重ねてきた。基礎計画策定はこれまでの実験データを精査し、基礎設計に基づいてZ機の製造が技術的に可能かを決める。

可能との判断が下れば、次の詳細設計・製造設計、建造工程へと進める。不可となれば基礎設計のやり直しとなる。

会議には、海軍から航空本部技術部長多田力三少将、航空技術廠飛行機部長佐波次郎少将、山名正夫少佐、陸軍から航空技術研究所所長安田武雄少将、安藤成雄中佐と数名の技術大尉が出席した。

軍関係者はZ機についてほとんど知識がない。そのため会議は、軍関係者への技術説明会の色彩が強くなった。

初めに小山技師長が、これまで行ってきた基礎計画の方針について説明した。

「基礎計画を進めるにあたって意図した点は、次の通りである。

まず、構造、艤装、発動機、プロペラは確実な資料に基づいて選定する。さらに急速に完成させる必要性から事前の研究、調査、実験を厳格に行う。そして当初から将来の性能向上、兵艤装向上は考慮しない方針とした」

これらはZ計画に関わる人々が当初から徹底してきた、いわば常識とも言える内容だ。小山技師長は、軍関係者が納得できるよう丁寧に説明を続ける。

「よろしいかな。次に、機体設計にあたって細心の注意を払った項目である。

各舵面と尾部安定板の面積は、できるだけ小さいものとする。空力設計においては、一般機体の空力的統計値によらず、大型機の統計値を参照する。発動機は吸排気系統を重視する。燃料タンクの漏洩を特に優遇する。使用材料は種類を統制し、寸度も生産上さしつかえの起こらない範囲に抑える。なによりも計画重量以内で完成させる点を重要視した。

これらの方針は、Ｚ機の実用化を最優先させるためである」

軍関係者は口を結んだまま一言も発せず、小山技師長の話を聞いている。

通常の新型機開発は、まず参謀本部や軍令部の作戦者が予想作戦の場面を想定する。そのうえで、作戦に参加する航空機の速力や航続力などの性能、兵装、離着陸条件などの要望を出す。

作戦者からの要望を受け、航空本部技術部が基本機体の計画を立てる。このような手順になる。

海軍においては、この四月から航空本部技術部に代わり、航空技術廠が基本機体計画を行うようになった。

空技廠はその第一歩として、敵基地を破催する理想的な攻撃機の性能を、最高速力時速六〇〇キロ以上、航続力一万一〇〇〇キロ、緩降下攻撃可能の三点をあげて、基本機体計画をまとめた。

空技廠は山名少佐を技術主務者として、三菱重工業へＭ‐六〇、川西航空機へＫ

一〇として実用機の研究を発令したばかりである。

この計画は結果的に立ち消えとなるが、その一因はZ機計画にある。

軍関係者にとってZ機は、軍のしきたりを破る目の上のたんこぶのような存在だ。反発が芽生えて当然であろう。しかし、小山技師長はそのような経緯を知る由もない。

小山技師長はZ機のイラストを参照しながら、機体の全体像を説明する。

「では、機体構造の精査に入る。まず機体の全体像である。機体の大きさは全幅六五メートル、全長四五メートル、全高一二メートル、主翼面積三五〇平方メートル、自重六七トン、全備重量一六〇トンである。発動機は出力五〇〇〇馬力を六基搭載する。プロペラは直径四・八メートル、三翅の二重反転である。

性能は最高速度時速六八〇キロ、航続力一万六〇〇〇キロ、爆弾搭載量最大二〇トンである」

全体像に続き、機体の各部の説明となる。

「肝心の発動機である。これについては、田中技師より説明する」

田中清史技師は、装備候補となった発動機の要目性能表を配って説明する。

「要求性能により、六発機は初めから与えられた条件であった。求められる性能から、発動機は離昇出力五〇〇〇馬力と非常に強力なものとなる。

この出力を得るには、一〇〇リットルの排気量が必要になり、現用ならびに試作中の強力な発動機を基礎とし、これを二台タンデムに結合する必要があった。

最高速を得るためには、翼面積を切り詰める必要があるのと同時に、発動機は抵抗の見地から表面積の小さいものが望ましい。そのうえ、機体の完成以前に確実に実用性が認められるものでなくてはならない。

この点から基礎発動機は、ハ四四またはハ四五のいずれかとなる」

BAは陸軍名ハ四五、海軍名「誉」である。BHは寿系列のハ五を一八気筒化した発動機で、陸軍名ハ四四である。田中技師は、BZの基礎発動機をBDからBHへ変更したにも関わらず、見事に開発スケジュールを守っている。

田中技師の説明が続く。

「ハ四四の直径は一二八〇ミリで、ハ四五の一一八〇ミリよりわずかに大きい。すでに量産に入っているハ四五は、二基タンデムに結合しても排気量が約七二リットルで、五〇〇〇馬力を得るのは難しい。

一方のハ四四はすでに審査を終えており、まもなく完成する予定である。ハ四四を二基タンデムに結合すると、排気量は九六リットル強となりブースト、プラス六〇〇で五〇〇〇馬力が得られるとわかった。

これによりZ機の発動機BZはハ四四を基礎発動機とし、これを二基タンデムに結合したものを採用する。

発動機の乾燥重量は二四五〇キログラムとなる。発動機カウリングの大きさは外径一五五〇ミリ、長さ三五八一ミリである」

田中技師の説明から、次世代戦闘機用発動機ハ四四が完成目前だと判明した。

海軍は空技廠が主体となり、二〇〇〇馬力級発動機を搭載する航空機の実用化を急いでいる。一方の陸軍は、すでに次世代戦闘機の開発に着手していると考えられる。海軍の出席者は、誰もが戸惑いを隠せないでいる。

事実、陸軍は立川飛行機に対し、ハ四四を搭載する高高度戦闘機の研究を命じていた。

田中技師は軍関係者の思惑に関係なく、BZ発動機についての説明を続ける。

「過給器は三速である。離昇時の一速はブースト、プラス六〇〇で五〇〇〇馬力、高度二二〇〇メートルにおける二速はブースト、プラス四〇〇で四六二〇馬力、高度六三〇〇メートルにおける三速はブースト、プラス四〇〇で四〇六〇馬力となる」

田中技師は、さらにシリンダー径と行程、集合吸入管と低圧燃料噴射装置による燃料の均等分配、強制空冷による冷却方式など発動機の詳しい説明をした。

発動機に関する質問はなかった。小山技師長は次の説明に移った。

「次に性能を大きく左右する主翼である。主翼については松村技師から説明させる」

松村健一技師の説明となった。

「主翼は二本桁半張殻構造で、材料、工作、運用の便利さを考慮し、中央翼、内翼、外翼、先端翼の七つに分割する。桁フランジは抗張力一平方ミリ当たり五八キロの超々ジュラルミンである」

ここで、軍関係者の山名少佐から初めて質問が出た。

「主翼を二本桁構造とした理由は何か」

松村技師が丁寧に答える。

「九七式艦攻の主翼は一桁構造、一三試陸攻の主翼は三桁構造になっている。つまり小型機は一桁、大型機は多桁構造を採用する傾向にある。

Ｚ機は、長航続距離を得るに必要な主翼内燃料槽容量を増やし、かつ工作のしやすさから二桁構造を採用した。主翼内の燃料槽は容量五万七二〇〇リットルを確保している。

主翼の形は、単純な層流翼や従来の翼型でもなく、最大揚力が高く、かつ失速性の良い翼を採用した。

材料は超々ジュラルミンで、比較的厚い外鈑とその内側に波鈑を張ることにより、翼面荷重一平方メートル当たり四五七キログラム、翼捩じりモーメント、許容応力に対して十分な強度剛性を有し、構造強度も大きく優秀な飛行特性の主翼となった」

松村技師は実験結果をまとめた負荷曲線、抵抗係数、特性曲線、保安荷重など数種類の表やグラフを示して説明し、主翼の設計者は内藤技師だとも話した。

「フラップは月光で実績のある親子フラップを採用する。フラップは一部を布張りとするのが通常であるが、Z機はすべてジュラルミン製とした」

松村技師は、フラップによる横揺れモーメントの変化、フラップの出し入れによる機体特性曲線、フラップによる揚力の増加など、実験データを示しながら説明する。

親フラップは離陸時二〇度、着陸時四五度、子フラップは離陸時九度、着陸時二〇度に設定すると、滑走距離一三〇〇メートルで離着陸可能だという。

会議の出席者は、全員が日本でも指折りの航空技術者だ。データを見れば、それだけで親子フラップの効果を理解できる。全員が納得した表情を見せた。

次に西村技師が胴体について説明する。

「胴体は、高高度飛行機として有利な真円断面を持つ半張殻構造を採用した。Z機は高高度を長時間飛行するので、操縦席は気密室構造である。

胴体後部には四人分のベッドを備えた搭乗員休憩室がある。休憩室も気密室構造である。

胴体内の中央翼下に主脚を格納する空間を設け、爆弾倉は胴体内中央翼の前方と後方の二箇所に分かれる。爆弾は二列、一列に五弾を積み重ねるように搭載する。つまり、一トン爆弾なら二〇トン、八〇〇キロ爆弾なら一六トン、五〇〇キロ爆弾なら一〇トン搭載できる。

胴体内には複数個に分割された燃料槽があり、全体の容量は四万二七〇〇リットルである。胴体の外板張りは中央部が二ミリ、その前後が一・六ミリ、前後部は一ミリ厚のジュラルミン製になる」

当初の計画では、胴体内中央部に一トン爆弾を二重に格納する構造だった。新しい構造は偶然だが、アメリカのB29と同じである。

西村技師は縦通材、補強材、風防と窓についても詳しく説明した。続いて尾翼、水平安定板、昇降舵、垂直安定板、方向舵それぞれの構造や材料などを丁寧に説明した。

次に太田技師が降着装置について説明する。

「脚の配置は操縦席下の前輪、胴体内中央翼下の四脚、主翼の内側発動機下の左右二脚で構成される。前輪は二輪を左右に繋いだ構造である。主脚は、四輪を左右と前後に接続した構造である。

前輪、主脚ともに油圧により引き上げると自動的に折り畳まれ、胴体内と発動機ナセルに格納される。

タイヤは直径八五センチ、幅三〇センチの大きさで、空気圧は常用で五気圧から六気圧である。つまり、一個のタイヤが六・六トンを支える計算である。左右主翼の車輪間隔は九メートル、前輪と主脚の車輪間隔は一二メートルとなる」

広沢は、降着装置が見事なまでに修正されていることに驚いた。

「胴体主翼下のタイヤ一六個で胴体重量を、左右主翼の八個のタイヤで主翼重量を支える構造になっている。これなら胴体の出っ張りも必要なくなるし、タイヤを九〇度回転させて格納する必要性もない。見事なものだ」

当初の計画では、主脚は左右主翼の内側発動機ナセルに車輪二個を横に並べる構造であった。タイヤは直径二メートル三〇センチ、幅八六センチで、離陸直後に左右の主脚から一個ずつ切り落とし、一個のタイヤを九〇度回転させてナセルに格納する方式だった。

これだと、離陸後に故障が起きた場合に着陸できなくなる。新しい構造の降着装置はその心配がない。

最後に百々技師が主翼、発動機房（ナセル）、フラップ、尾翼、胴体、降着装置、動力装置、タンク、兵装、艤装、操縦装置、油圧装置に分けて推定重量を説明した。これらの重量を合算すると、自重は六七・三トンとなる。

丁寧な説明のためか、軍関係者から基本計画についての質問がほとんどないまま、会議は終了した。その後は、出席者全員が小泉製作所の一三試陸攻二機がすっぽり入る、間に柱が一本もない巨大組み立て工場へ向かった。

工場内には第一次審査を控えた実物大の木型が組み立てられてあった。

「おお！」

工場に入った途端、軍関係者は目の前の迫力ある巨大な木型を見て驚きの声をあげた。

木型を前に質疑応答を行い、基礎計画策定が終了した。軍関係者から基礎計画が了承されたのである。

八月九日、陸海軍航空本部が進める新兵器開発計画を調整する組織として、それまでの陸海軍航空本部協調委員会に代わり、陸海軍航空機技術委員会が設置された。委員会の目的は主に新型機開発の面で、陸海軍の共同試作をより積極的に進めるためとの説明があった。

技術委員会は最初の仕事としてZ機計画の審査を行った。陸海軍からさまざまな意見や批判が出されたが、Z機計画はほぼ当初の計画通り採択された。

そして、Z機を陸海軍共同開発機とすることを決め、共通の呼び名として「富嶽（ふがく）」と命名した。さらに、技術委員会下部組織として「富嶽委員会」を設置した。

海軍航空本部技術部長多田少将、航空技術廠飛行機部長佐波少将、山名少佐、陸軍航空技術研究所長安田少将、安藤中佐はこれまでの経緯から富嶽委員会委員に任命された。

そのほかにも東京大学航空研究所、中央航空研究所、民間企業からも数名の委員が任命された。そして委員長には、予想通り中島知久平が就任した。

八月一四日に富嶽の第一次木型審査が行われた。富嶽委員会委員のほかに、実施部隊から陸軍航空審査部重爆班長酒本英夫少佐、海軍空技廠飛行実験部小栗忠明少佐が木型審査に立ち会った。

「これは小栗少佐、ご無沙汰しています」

広沢は小栗少佐を見つけて声をかけた。

「ああ、広沢技師、久しぶりだな」

「小栗少佐、一三試陸攻ではお役に立てず、申し訳ありません」

「仕方ない。それより一日も早い富嶽の完成を期待している。富嶽なら大きな作戦も容易に立てられるはずだ」

「私のみならず、中島飛行機の全社員が全力を尽くし、富嶽を完成させます」

木型審査は無事に終わり、中島飛行機へ陸軍予算で試作機四機、海軍予算で試作機二機が発注された。

4

木型審査の後、中島倶楽部でパーティーが開かれた。その場で広沢は小栗少佐と雑談をかわした。

「小栗少佐は明治三九年、日本橋の浜町で生まれたのですか。すると今は三五歳、私より九歳年上ですね」

「九歳も年上か。自分は学習院中等部卒業後、大正一三年に海軍兵学校第五五期生として入学した。兵学校卒業後は艦隊勤務を経て、昭和六年一二月に第二二期飛行学生となり、昭和七年一一月に同課程を修了した。それから自分は、航空畑一筋で過ごしてきた」

　小栗少佐は昭和一〇年に英国大使館付海軍武官となり、昭和一二年に無事任務を終えて帰国した。帰国すると今度は中支戦線へ出動となり、陸攻部隊を指揮したという。

「昭和一三年一〇月に戦地から内地へ戻り、横須賀航空隊勤務となったのですか」

　小栗少佐は戦地での経験を活かし、横空で九六式陸攻部隊を育成した。その後、昭和一五年一〇月に空技廠飛行実験部勤務になった。

　経歴から見て、小栗少佐は今年の一〇月に実戦部隊へ異動すると思われる。

「小栗少佐は深い棘（いばら）の道を歩んで来たのですね」

「棘の道ではない。自分は海軍軍人として当たり前の道を歩んで来た。

　それより英国勤務のときに感じたことだ。英国は極秘のうちに、新しい原理に基づく発動機を研究していると思った。今となってみれば、それがジェット・エンジンと呼ぶ発動機ではないかと思う。

　空技廠でも細々とタービンロケットの研究を続けている。だが、この四月にドイツから帰国した熊沢中佐の話を聞くと、我が国のタービン研究はドイツや英国より遅れているような気がする。

　このままでは、我が国はタービン発動機の分野で、欧米に遅れをとる恐れがある」

　広沢は、自分の研究はターボプロップだと口にすべきか迷った。少し間があいて、小栗少佐が意外なことを口にした。

「富嶽に強力なタービンロケットを装備すれば、米国の戦闘機に邪魔されず米本土を攻撃できるのだが。空技廠がタービンロケットを実用化するには、まだ一〇年はかかるような気がする。

　日本を取り巻く環境は年々厳しくなってきている。あまり時間はないのだがな」

　広沢は、初期の富嶽はＢＺ発動機を装備するが、ＢＴの実用化に成功すれば改良型富嶽に搭載されると思っている。しかし小栗少佐の言葉から、早急にターボプロップを実用化しなければと肝に銘じた。

　その日、広沢は中島倶楽部に宿泊して翌日、東京製作所へ戻った。

　九月に入り、ターボプロップの製造設計が出来上がった。広沢は計画通りの作業進捗でひとまず安心した。

「いよいよターボプロップ発動機の製造だ。問題は材料となる耐熱鋼だな」

日本における耐熱鋼の研究は、戦艦安芸の建造の頃から本格的になった。大正一三年には、日本特殊鋼がクローム一三パーセント、ニッケル二パーセントの耐熱鋼を開発し、船舶用タービン翼の主要材料となった。ボイラーの蒸気管や過熱管などの材料には、住友金属が開発した耐熱鋼が多く利用されている。

中島飛行機でも寿や栄発動機の排気バルブ、排気管、排気集合管の材料は耐熱鋼である。

広沢は耐熱鋼など冶金（やきん）の知識は豊富ではないが、ある程度は持っている。懸念を口にした。

「一八‐八不銹鋼（ステンレス）は、摂氏六〇〇度以上に熱せられると錆びやすく、亀裂も起こりやすくなる弱点がある。溶接時の温度は摂氏一〇〇〇度以上になるはずだ。溶接したら一八‐八不銹鋼の高温強度と耐食性特性は失われる。当然と言えば当然だな。

昭和一五年にドイツから購入した排気タービン過給器の材質は、不銹鋼に少量のモリブデンを加えた合金とわかっている。モリブデンを加えることで、溶接に強い不銹鋼になるのだ。ただ、その材料が手に入らない。どうすべきかな」

広沢は初め、一八‐八不銹鋼にモリブデン一パーセントを加えた耐熱鋼の製造を日本製鋼所、住友金属、日本特殊鋼へ依頼した。日本国内では不銹鋼の製造方法が確立しており、どの企業も製造を引き受けてくれるだろうと考えていた。

ところが、各社は製造が難しいと断ってきた。最終的に、古河電工日光精銅所がなんとか工夫して作る努力をしましょうと、製造を引き受けてくれた経緯がある。

「数カ月で新しい合金が作れるとは思っていない。となれば、ここは溶接せずにターボプロップ発動機を製造する方法を見つけなければ」

広沢は大きな問題を抱えながらも、ターボプロップ発動機の試作に取りかかる決意を固めた。

発動機の大量生産は武蔵野製作所へ移行しており、東京製作所は試作工場の色合いを深めている。試作は東京製作所で行う。

広沢は試作着手を前に、問題点を新山課長に相談した。

「ヤス、三人集まれば文殊の知恵というではないか。そんなときは一人で考えるより大勢で考えろ」

「なるほど、その方法がありました」

広沢は新山課長の言葉に妙に納得してしまった。早速、設計チームを集めて課題を検討する場を設定した。

「みんなの知恵を借りたい。溶接せずにタービン翼を回転板に接合する方法を考えてもらいたい」

しばらくは誰も発言しなかった。やがて意を決したように、東京府立工芸学校出身で製造設計を担当している、まだ二三歳の荻原吉平技手が小さな声で言った。

「溶接できないなら、タービン翼を回転板にはめればいいと思う」

広沢は荻原技手の声を聞き逃さなかった。ピンときた。つい大きな声を出した。

「荻原技手、今なんと言った。どうすればいいと言うのだ。大きな声で話してくれ」

全員が荻原技手を見た。荻原技手は顔を赤くして下を向き、何も言わない。

広沢が促した。

「荻原技手、タービン翼を回転板に接合するため、どうすればいいと言うのか。君の考えを聞かせてくれ」

ようやく荻原技手が顔を上げて答えた。

「回転板の穴にタービン翼の先をはめればと思っただけです。回転板とタービン翼の先に少し勾配をつけてはめれば、タービン翼が回転すると遠心力でピッタリ合うのではと思いました。すみません、でしゃばりました」

「いや、素晴らしい考えだ。よし、みんな設計図を少し手直しする」

広沢は荻原技手の考えを取り入れると告げた。そして、その足で製作部長沼津武志技師を訪れて状況を話し、試作着手を一日遅らせる要請をした。

「わかった。工場では、これまでの製造設計図をもとに部品製造に入っている。だが心配はない。調整は可能だ」

沼津技師は設計の手直しには十分対応できると答えた。

部品製作におよそ一カ月を要した。さらに組み立てに一カ月、一一月中旬になって、ようやくターボプロップ発動機の試作機が出来上がった。

「これがターボプロップ発動機か。いよいよ試験運転だな」

新山課長が組み立ての終わったBT試作機を見て、感慨深げに言う。

「明日、田無の試験場へ運びます」

発動機の運転試験は、田無の防音運転試験所で行うことになっている。BT試作機は一一月二〇日に貨物自動車で田無へと運ばれた。

一一月二六日、すべての調整を終え、第一回の火入れ運転日を迎えた。

式典には小山技師長をはじめ、東京製作所の関根隆一郎所長、沼津武志製作部長、沢守源重郎検査部長、片岡正治風洞部長、はては村田和福財務部長まで顔を揃えた。

一連の挨拶が終わり、運転開始となった。三馬力の電動機が唸りをあげる。計測員がメーターを読み上げる。

「六〇〇、八〇〇、一〇〇〇、二〇〇〇……」

広沢が号令をかける。

「燃料弁開け、電動機停止！」

音が急激に大きくなり、甲高い音とともに発動機の回転数が毎分六〇〇〇回転を超えた。発動機は自身の力で順調に回り続ける。

「おめでとう、成功だね」

小山技師長が広沢に握手を求めた。

「やったな、ヤス」

最後に新山課長が声をかけた。

「いえ、本番はこれからです」

「その通りだ。試作機の六基は順次出来上がってくる。運転試験を十分にこなし、一日も早くすべての問題点を洗い出せ」

広沢の予想通りだった。初めのうちは運転試験は順調に進んでいるように思えた。

ところが、一週間も過ぎると、まず燃焼室で故障が発生した。次にタービン翼で不具合が起きた。それに圧縮機の能力が不足しているためか、予定出力が得られない。

「これでは耐久試験までもっていけるか怪しいものだ」

広沢は予想以上に発生する問題に頭を抱えた。燃焼室の手直し、タービン翼の形状変更など、考えられるあらゆる改善を加えながら運転試験を続ける。

一二月八日となった。水谷技師が試験場へ顔を見せた。

「どうだ、ヤス、試験運転の状況は」

「次から次へと不具合が出てます。これでは耐久試験どころではありません」

「何を言っている。試験運転は問題点をあぶり出すために行うのではないか。多くの問題が出るのは、試験運転が順調に進捗している証拠だ」

そして、小さな声で重大な話をした。

「ところでな、日本軍がハワイの真珠湾を攻撃したそうだ」

「まさか！」

広沢は天地がひっくり返ったような声を出した。

「本当だ。東京放送局も臨時ニュースを流した」

「これは、とんでもないことになった。アメリカとまともに戦って勝てるはずがない」

大社長の言葉が頭に思い浮かんだ。

「とうとう大社長の言葉が現実になった。早く戦争を終わらせるには一日も早く富嶽を完成させ、日本にアメリカ本土を爆撃できる能力があることを示さなければ。そのためには、死んだ気になって一日も早くBTを完成させなければ」

真珠湾攻撃は広沢の気持ちを絶望的な状況に追い込むと同時に、何があっても活路を見いだすとの強い気持ちも芽生えさせた。

広沢は一心不乱になって改善策を探りながら、燃焼室の手直し、タービン翼の形状変更を行い、試験運転を続けた。

昭和一七年一月の中旬を迎えた。広沢はこの一カ月の試験運転で明らかになった問題点を整理した。

「問題点を大きく分類すると、圧縮機の能力不足、燃焼室の振動、推力軸受けの焼け付き、タービン翼の亀裂に集約される。つまり、大きな問題点は四つだ。

なかでも深刻なのが、計算値より大幅に低い圧縮力に起因すると思われる出力不足だ。今のままでは実用化の目処がたたない」

広沢は発動機全体の設計を根本的に見直すべきと考えた。

「沼知博士に相談すれば解決策が見つかるかもしれない」

広沢は藁にもすがる思いで、発動機の設計図と試験結果のデータを持って東北大学の恩師、沼知福三郎教授を訪ねた。

沼知博士は広沢の話をじっくり聞くと、解決策の検討を快く引き受けた。

「ただちに問題の解決策が見つかるわけではない。棚沢泰教授とも相談し、問題点を明らかにして改善策を検討する」

仙台から戻っても、広沢は設計図を何度も見直し、計算に間違いがないかチェックを繰り返した。二月になると沼知博士が東京製作所を訪ねてきた。

「教授、わざわざありがとうございます」

広沢は新山課長、水谷技師にも出席を願い、沼知博士から改善策を聞いた。

博士は問題点の根本原因を指摘した。

「圧縮力の不足は圧縮機の構造にも問題はあるが、根本原因は扇が近すぎて干渉し合うからだ。計算したところ、現在の構造を踏襲するなら圧縮機は八段で十分だ。同時にタービン翼も、計算では三段で十分と思える。

燃焼室の振動は、材料の強度不足が原因と考えられる。タービン翼の亀裂は耐熱鋼が長時間高温にさらされ、強度不足に陥ったためと考えられる。

BTは回転板にタービン翼をはめる工法を用いている。これは素晴らしい工法だ。この工法により回転板とタービン翼の間に遊びが生まれ、強い衝撃をやわらげる効果があるとわかった。この工法は今後も踏襲すべきだ」

「では、構造上の問題とは？」

沼知博士はスケッチを取り出して説明する。

「圧縮機の原理は、壁に空気をぶつけて圧縮する考え方だ。空気を圧縮するなら、回転翼の間に壁となる静止翼を設ければよい。

それと、燃焼ガスが流れるタービン翼室の形状を工夫すべきだ。一段目に比べて二段タービン翼の筒状を細くし、三段目を再び太くすると燃焼ガスの流れが速くなり、より強い回転力が得られるはずだ」

新山課長が言った。

「ヤス、博士の助言をもとに試作機を改造し、試験運転で結果を確認すべきだ」

「もちろん、そのつもりです」

沼知博士がカバンから論文を取りだして言う。

「これは、東北大学冶金研究所における耐熱鋼の最新研究の論文だ。これまでの耐熱鋼に少量のコバルトを加えると高い性能が得られるようだ。参考になるのではと思って持参した」

「ありがとうございます」

広沢は恐縮して論文を受け取った。

論文のタイトルは『耐熱金属材料委員会研究報告』である。ページをめくると、ガスタービン材料に関する高温性質に及ぼす合金元素の影響とあった。

炭素、クローム、ニッケル、コバルトなどの合金元素が、強度や耐食性に及ぼす影響について研究した結果が図や表を交えて書かれている。

広沢が確認した。

「この論文を古河電工へ提供してもよろしいですか」

「構わない。許可は得ている」

思いがけない情報だった。

広沢は一週間ほどで試作機の一基を、あいだに静止翼を置く圧縮機六段、タービン翼三段に作り変えて試験運転を行った。

「沼知教授の言う通りだ」

試験運転の結果、圧縮比が三・〇近くまで高まり、ほぼ計算通りの出力が得られた。

「沼知博士は、圧縮翼の直径を数センチ大きくすれば、もう少し効率が高まるとも助言した。この助言をもとにBTを再設計する」

広沢は、発動機の寸法を直径八八〇ミリ、長さ四七五六ミリ、六段軸流圧縮機、回転数毎分九〇〇〇回転、圧縮比三・三、直流型燃焼室七個、燃焼ガス温度八〇〇度、三段タービン、乾燥重量九七四キログラムで構想をまとめた。

圧縮機は回転翼の間に静止翼があるため、見た目は一一段に見える。

「計算では確実に、タービン出力七七二〇馬力、燃料消費量毎時五八〇リットル、ターボプロップ出力二五八七馬力、ジェット推進力六二〇キログラムが得られるはずだ。

これで、ターボプロップとジェット推力を合わせ、馬力換算で五〇〇〇馬力になる」

広沢は構想をまとめ上げて、再設計作業に没頭した。

第４章　鹿屋航空隊

1

永野軍令部総長は昭和一六年八月一二日に、万が一の事態に備え、英米に対して編成強化の準備を進め、「昭和一六年度帝国海軍戦時編制」を上奏した。二六日にはその裁可が下り、海軍は予定通り九月一日に戦時編制を実施した。これにより外戦部隊の司令長官と部隊は、次のようになった。

連合艦隊　司令長官山本五十六大将、旗艦長門、第一戦隊

第一艦隊　司令長官高須四郎中将、旗艦日向、第二戦隊、第三戦隊、第六戦隊、第一水雷戦隊、第三水雷戦隊、第三航空戦隊

第二艦隊　司令長官近藤信竹中将、旗艦高雄、第四戦隊、第五戦隊、第七戦隊、

　　　　第八戦隊、第二水雷戦隊、第四水雷戦隊
第三艦隊　司令長官高橋伊望中将、旗艦長良、第一六戦隊、第一七戦隊、第五水
　　　　雷戦隊、第六潜水戦隊、第一二航空戦隊、第一根拠地隊、第二根拠地
　　　　隊
第四艦隊　司令長官井上成美中将、旗艦鹿島、第一八戦隊、第一九戦隊、第六水
　　　　雷戦隊、第七潜水戦隊、第三根拠地隊、第四根拠地隊、第五根拠地隊、
　　　　第六根拠地隊
第五艦隊　司令長官細萱戊子郎中将、旗艦多摩、第二一戦隊
第六艦隊　司令長官清水光美中将、旗艦香取、第一潜水戦隊、第二潜水戦隊、第
　　　　三潜水戦隊
第一航空艦隊　司令長官南雲忠一中将、旗艦赤城、第一航空戦隊、第二航空戦隊、
　　　　　　第四航空戦隊、第五航空戦隊
第一一航空艦隊　司令長官片桐英吉中将、第二一航空戦隊、第二二航空戦隊、第
　　　　　　　二三航空戦隊、第二四航空戦隊
連合艦隊司令長官直率部隊　第一一航空戦隊、第四潜水戦隊、第五潜水戦隊、第
　　　　　　　　　　　　一連合通信隊

支那方面艦隊　司令長官古賀峯一中将、旗艦出雲
第一遣支艦隊　司令長官小松輝久中将、旗艦宇治
第二遣支艦隊　司令長官新見政一中将、旗艦足柄
第三遣支艦隊　司令長官杉山六蔵中将、旗艦磐手
南遣艦隊　司令長官小沢治三郎中将、旗艦香椎

発令に際して永野総長は、年度戦時編制の全計画に対し、艦船部隊の九割以上を連合艦隊に編入して有事即応態勢を保持すると述べた。

このような状況のもと、小栗忠明少佐は相変わらず木更津飛行場で、一三試陸攻の試験飛行に取り組んでいた。

今日の試験飛行を前に、小栗は一三試陸攻を点検しながら考えた。

「残念ながら一三試陸攻は制式採用とならず、試製『深山』として六機の生産で打ち切りと決まった。

それでもＤＣ４の客室与圧装置、動力操舵装置、機上補助動力装置、隙間フラップなどの新機軸を応用し、これを国産化して深山で実用化することに成功した。この技術は富嶽に引き継がれると聞いている。今は富嶽の完成に期待するだけだな」

深山の開発によって、富嶽に結びつく多くの新技術が習得できたのだ。

小栗は深山の実用化に全力を注いできた。それだけに、たとえ「バカ鳥」と呼ばれても、深山で開発された技術が次世代陸攻へ引き継がれると知り、無念さよりも喜びのほうが大きかった。

「さて、三菱の火星を積んだ深山はうまく飛ぶかな」

今日の試験飛行は、発動機を三菱の火星に換装した深山の試作五号機だ。三菱の火星一二型発動機は、出力が護発動機の一八七〇馬力に対して一五三〇馬力とかなり低い。

それでも木更津飛行場は滑走路の長さが一七〇〇メートルもあり、離着陸に関しては問題ないはずだ。

「コンタクト！」

三菱の発動機は、中島の発動機と比べて重々しい音がする。スロットルを全開にして、深山はゆっくりだが確実に加速する。

滑走距離五〇〇メートル付近で前輪が浮き、八〇〇メートル付近で機体が浮いた。

「いつもながら火星発動機は安定して回転する」

小栗は一式中攻の試験飛行にも深く関わってきた。火星発動機の扱いにも十分慣れている。

操縦桿を握りながら思った。

「深山が計画通りの性能を満たしたとしても、もはや陸上攻撃機としては性能不足かもしれない。

だが輸送機は、攻撃機のように急激な運動性能を必要としない。深山は後方を飛ぶ輸送機としてなら十分使える可能性はある」

このまま深山を諦めるのはもったいない気がした。

この日の試験飛行は、深山が火星発動機でどのような飛行を見せるかを確認することが目的だ。試験飛行は大きなトラブルもなく無事に終了した。小栗の気持ちは複雑だった。

「深山は小笠原諸島上空まで安定した飛行を見せた。これも故障の少ない火星発動機のおかげかもしれない。護発動機も火星発動機のように安定していればな」

今となっては仕方のない思いである。

五号機に続いて、火星発動機を搭載した六号機も木更津飛行場へ運ばれてきた。

五号機と六号機の機体は、これまで発生した不具合のほとんどが改善されている。

試験飛行は攻撃機としての項目を削除してある。深山は安定した飛行を続けた。

小栗は一カ月近い試験飛行を終えて確信した。

「深山は輸送機としてなら十分使える」

所定の試験飛行を終えた小栗は、自分の率直な感想を記述した報告書を提出した。

一〇月一日、小栗は鹿屋(かのや)航空隊への異動辞令を受け取った。丸三年に及ぶ実験飛行隊勤務を終え、三日の朝に行李(こうり)一つを持って木更津を出立した。

鉄道を乗り継ぎ、鹿児島へ着いたのは五日である。その日は鹿児島の宿屋に泊まって旅の埃を払った。

「ああ、いい朝だ！」

六日月曜日の朝、小栗は大きく背伸びをして鹿児島港へ向かった。鹿児島港からは連絡船で大隅半島の古江港へと向かう。

「あれが桜島か、雄大だな」

古江港から鹿屋飛行場までは、歩いて一時間ほどだった。午後三時頃、小栗はようやく鹿屋飛行場に着いた。

その足で鹿屋航空隊のある建物へ向かう。

鹿屋航空隊は第一一航空艦隊第二一航空戦隊に所属する。司令は海兵四四期出身の藤吉直四郎大佐、飛行隊長は海兵五二期出身の入佐俊家少佐だ。

当番兵の案内で鹿屋航空隊の司令室に入ると、緊張した雰囲気が感じられた。小栗は司令の藤吉大佐を見つけ、着任の挨拶をした。

「小栗少佐であります。ただ今、着任しました」

藤吉大佐は大袈裟な態度で小栗を迎えた。

「小栗少佐、待っていたぞ」

藤吉大佐は少佐時代の昭和四年に、ドイツ軍の飛行船ツェッペリン号で霞ヶ浦からアメリカへ渡った唯一の日本人である。

「知っていると思うが紹介しよう。副長兼飛行隊長の入佐少佐だ」

藤吉大佐のとなりに座っているのは、陸攻の神様と言われている入佐少佐であった。入佐少佐は中支戦線において十数回出撃したが、ほとんど部下を殺さなかった名指揮官として知られている。温厚寡黙、率先躬行(きゅうこう)を旨とし、部下も絶大なる信頼を寄せている。

入佐少佐が言う。

「小栗少佐、よく来たな。歓迎する。早速だが、一〇日から第一一航空艦隊の臨戦特別訓練が始まる。我々は一一航艦参謀の浅田昌彦中佐から、特別訓練の説明を受けているところだ。貴様も、このまま説明を受けろ」

「了解しました」

第一一航空艦隊は四月一〇日に新設された。戦力は第二一航空戦隊、第二二航空戦隊、第二三航空戦隊の三個航空戦隊で、司令部を台湾南部の岡山に置いている。初代司令長官は片桐英吉中将だったが、九月一日に塚原二四三中将に代わっている。参謀長大西瀧治郎少将、機関長西岡喜一郎機関大佐、首席参謀高橋千隼大佐だ。第一一航空艦隊司令部は現在の厳しい状況を踏まえ、臨戦特別訓練の実施を命じてきたという。

浅田中佐が、小栗の着任挨拶で中断した特別訓練の説明を再開した。

「特別訓練の最終目的である。海上を高速で航行する敵艦船に対し、爆弾や魚雷を命中できるまで錬度を高めることにある。

具体的な訓練内容である。訓練は、まず空中操縦から始める。次は、地上の静止標的に対する高度二〇〇〇からの爆撃訓練とする。錬度が上がれば、次は高度を三〇〇〇に引き上げる」

小栗は浅田中佐の説明を聞いて耳を疑った。陸攻部隊は、いまだ搭乗員の爆撃操縦も未整備の段階にあるというのだ。小栗は内心で思った。

「我が国はすでに臨戦態勢に入っている。それなのに実戦部隊の準備はまったく整っていない状況だとは」

　最後に浅田中佐が要望した。

「一一月末までに、中攻の編隊による水平爆撃と魚雷攻撃を可能となるよう錬度を十分に高めてほしい」

　場がざわついた。藤吉大佐が返答した。

「一一航艦司令部には承知したと伝えてほしい」

「藤吉司令、よろしくお願いします」

　浅田中佐は快く承諾した藤吉大佐に礼を言って立ち去った。

　入佐少佐が小栗に改めて言う。

「小栗少佐、鹿屋空の状況を説明しよう。海軍陸攻部隊の多くは、いまだに九六式中攻を装備しているのが実情だ。だが鹿屋空は、常用機五四機、補用機一八機ともに新鋭の一式中攻が定数通り配備されている。貴様なら、この意味がわかるな。我々の責任は重大だぞ。

　したがって、鹿屋空はなにがなんでも第一一航空艦隊の臨戦特別訓練を予定通り達成しなければならない。よいな」

「やってみましょう」

入佐少佐は、浅田中佐の説明を受けていた中隊長クラスの池田拡己大尉、森田林次大尉、鍋田美吉大尉、田中武克大尉、壱岐春記大尉を一人ひとり紹介した。

小栗は、鹿屋空の飛行隊長を命じられた。飛行隊副長は小栗の海兵一期後輩で、水上機出身の宮内七三少佐である。

小栗に休む時間など与えられるはずがなかった。

「搭乗員は、いまだ爆撃操縦も不備の段階にあるという。これらの搭乗員を短期間で、海上を高速で航行する敵艦船を攻撃できる錬度まで高めるのだ。どのような方法があるか」

小栗は、実戦部隊の実情とはこんなものかと啞然とした。それでも短期間で搭乗員の技量を上げるにはどうすべきか、考えに考えた。

だが、結論は常識的なものに落ち着かざるを得なかった。

「腕を上げるための近道などない。猛訓練で鍛えるしか方法はない」

たどりついたのは、やはり地道な猛訓練であった。そして、その訓練方法に関する計画を立案した。

2

一〇月一〇日は朝から天気に恵まれた。小栗は藤吉大佐、入佐少佐とともに日差しを避けるテントで訓練の様子を見る。

午前九時になり、藤吉大佐が聞いた。

「一番機は誰か」

小栗は二日前に作成した訓練の搭乗割当表を見ながら答えた。

「池田大尉機で操縦は奥村義美飛曹長、偵察は栗原庄三郎一飛曹。着弾の成績より爆撃操縦の手本を見せてくれると思いますよ」

「来た！」

入佐少佐が、単機で向かって来る一式中攻を指さした。

標的は地上に張られた布だ。布には白いペンキで、直径五メートルの円が描かれている。

高度二〇〇〇から地上の小さな標的を見つけることはきわめて難しい。藤吉大佐が期待を込めて言う。

「風はほとんどない。さて、着弾はどうかな」

「一番機、模擬弾投下！」

観測員の高橋幸人一飛曹が双眼鏡を覗きながら叫んだ。通常、高橋一飛曹は電信員として中攻に搭乗するが、この日は観測員を命じられている。

「着弾、距離三〇！」

高橋一飛曹が怒鳴った。無風に近いとはいえ、模擬弾は風に流され、標的の右奥およそ三〇メートルに着弾した。

一式中攻は単機で飛来し、次々と模擬弾を投下して飛び去る。

三個中隊二七機の成績は、一番機の成績が最もよかった。なかには一〇〇メートル以上も離れた場所に着弾するものもあった。

午前の訓練を終え、藤吉大佐が訓練の講評をした。

「着弾の成績は必ずしも意に添うものではなかった。それでも初回にしては、まあまあの操縦法だった」

これまで鹿屋空は、編隊による夜間飛行訓練などに力を入れてきた。その成果から か、操縦法に関しては搭乗員の誰もが申し分のない技量を持っている。

艦船攻撃は、洋上を航行する標的をピンポイントで攻撃する。小栗はこれが次の課題なのだと理解した。

　小栗が答えた。

「藤吉司令、操縦法を見ると搭乗員の技量は高い。これから連日、午前と午後に投下訓練を実施します。地上の動かぬ標的なら一週間ほどで満足できる腕に鍛えられます」

「時間はないが頼むぞ」

「午後の訓練では自分も搭乗し、爆撃状況を観察します」

「いいだろう。良い訓練方法が見つかるかもしれない」

　午後一時、小栗は第三中隊一番機に搭乗した。機長は中隊長の壱岐大尉だ。

　一式中攻は離陸すると大隅半島を一周するように飛び、標的へと向かう。

「右一〇度、標的発見、距離二〇〇〇!」

　偵察員の矢萩友二飛曹長が双眼鏡を覗きながら報告した。

　標的のおおよその位置はあらかじめわかっているが、これを発見するのは広い草原で一本の針を探すようなものである。

「よし、面舵一〇度。標的に向かえ」

　壱岐大尉の命令で標的を機体の表面に捉えた。これからは爆撃手となる矢萩飛曹長の指示で、操縦員の安藤良治一飛曹が微妙な操縦を行う。

「ちょい右、ちょい左」

矢萩飛曹長がボイコー照準器を覗きながら、微妙に誘導する。安藤一飛曹は微妙に操縦舵輪を動かし、機体を爆撃針路に乗せる。

「よーい、テーッ！」

模擬弾が投下された。

「標的の近くに着弾した」

午前の訓練で第三中隊一番機の着弾は、標的から三〇メートルほど離れた位置だった。それが午後の訓練では、標的から一〇メートルほどの距離まで縮まったのだ。午前の訓練で得た経験が確実に活かされている。

小栗は一日の訓練が終わると考えた。

「操縦員は爆撃手の誘導で、微妙に機体を操縦する。操縦員と爆撃手は、絶妙な阿吽の呼吸で攻撃しなければ、標的に命中弾を与えるのは困難だ。操縦員と爆撃手がその域に達するまでには、お互いに相手の癖を理解しなければならず、長い時間を要する。

日本軍は臨戦態勢に入っている。米英と戦闘状態に入れば、操縦員と爆撃手が常に同じ組み合わせで出撃できるとは限らない。

操縦員と爆撃手が初めて組んだ場合、いきなり阿吽の呼吸で敵を攻撃しろというのは無理だ。戦時ともなれば、阿吽の呼吸を得るまでの訓練時間は取れないに決まっている。

では、どうするか。一式中攻は自動操縦装置を装備している。悪天候下での飛行は機体が揺れて制御が難しい。それが自動操縦に切り替えると、機体の揺れがピタリと収まる。

照準器を自動操縦装置と連携させれば、爆撃手の意思のみで阿吽の呼吸に等しい微妙な操縦が可能になるのではないか」

小栗は、照準器の改良により爆撃手の意思のみで、阿吽の呼吸と同等に機体を制御できる可能性を見いだした。

そして、二日間で改良すべき照準器の内容を項目ごとにまとめ、空技廠へ提出する要望書として書き終えた。

一日の訓練が終わると、藤吉大佐、入佐少佐、小栗少佐、宮内少佐、それに中隊長が集まり、訓練内容と搭乗員の技量向上などについて反省会を開く。一二日は日曜日だが、通常通りの訓練日である。

この日の訓練が終了し、いつものように反省会が開かれた。訓練成果についてひと通りの報告が終わった。

小栗は照準器の改良について、空技廠への要望書を見せながら提案した。

「爆撃は、爆撃手と操縦員の間で微妙なやり取りをし、息の合った阿吽の呼吸で投弾しなければ命中弾を得るのは難しい。自動操縦装置と連結した照準器ならば、爆撃手が照準器を操作するだけで阿吽の呼吸に等しい命中弾が得られる」

鍋田大尉が意見を述べた。

「それが本当に可能ならば、確実に命中率が向上すると思う。是非とも実現してほしい。欲を言えば、投下から着弾までの弾道計算を自動的に行い、照準器内の標的に反映するようにしてほしい」

入佐少佐が場を制して言った。

「可能性があるなら、要望書を提出するのは構わないだろう。照準器と自動操縦装置を連結させ、さらに爆弾の落下軌道を自動計算すれば、命中率が上がるのは確かだ。

ある人から聞いた話だ。まもなく竣工する戦艦大和の射撃盤には、主砲弾の弾道を自動計算する装置が組み込まれているという。

だから、投下から着弾までの弾道計算を自動的に行う装置は作れるはずだ。大型陸攻なら、照準器が多少大きくなっても搭載できる」

小栗も、大和の九八式射撃盤改一には主砲弾の弾道を自動計算するアナログ式電子計算機が組み込まれていると、空技廠の技術将校が話していたことを覚えていた。

戦艦大和は現在、最終的な試験航行を行っている。豊後水道や瀬戸内海では、航行する巨大な大和の姿を目撃することができる。

わざわざ大和の姿を見に瀬戸内海まで出かける人もいるほどだ。九八式射撃盤改一は、すでに完成していると考えられる。

最後に藤吉大佐が言った。

「いきなり空技廠へ要望書を提出するのは駄目だ。手続き通り連合艦隊司令部から軍令部へ、そして空技廠への手順を踏まないと要望は無視される」

藤吉大佐は要望書を第一一航空艦隊司令長官名で連合艦隊司令部へ提出すると約束した。

小栗は思う。

「正規の手続きを踏んでも、富嶽の完成時期には間に合うだろう。富嶽には是非とも優れた性能の照準器を装備したい」

小栗の要望が受け入れられ、反省会は終了した。

訓練は続き、搭乗員の技量は見る見るうちに向上していった。訓練開始から一週間、ほとんどの搭乗員は高度二〇〇〇からの投弾で標的に命中させる腕前となった。一七日からは、予定通り高度を三〇〇〇に上げての投下訓練となった。訓練は土曜日、日曜日も休みなく続けられる。

二四日の反省会が始まった。小栗が訓練の成果を話した。

「これまでの訓練で、ほとんどの機が高度三〇〇〇から標的に命中弾を与えられる腕前となった。ここまでは予定通りの技量に達したと言える」

藤吉大佐が同意するように言う。

「地上の標的に対しては、ほぼ満足できる腕になってきた。予定通りの成果をあげたと言える」

入佐少佐が今後の訓練内容にふれる。

「明日からは海上に浮かべた子船を標的とする訓練に入る。一一月には艦隊司令部が見守るなかで、海上を航行する標的艦摂津を相手の訓練もある。それまでになんとしても、動的標的へ命中弾を与えられる技量を身につけねば」

特別訓練の最終目標は、海上の標的を編隊で攻撃できる技量の養成にある。これは、きわめて高度な技量を要する。

　それでも小栗はあまり心配していない。

「これまで通り厳しい訓練を続ければ十分、目的を達成できる。鍛えられるだけ鍛え、摂津との合同訓練に臨むしか方法はない」

　入佐少佐も同意する。

「もちろん、それ以外の方法はない。ただ心配なのは、搭乗員は一日の休みもなく訓練に励み、心身ともに疲れがたまっているだろう。疲れは不注意に繋がる。それが心配なのだ」

　藤吉大佐が言う。

「もう少しの辛抱だ。時期が時期だけに頑張ってくれ」

　入佐少佐も納得せざるを得なかった。

「搭乗員には睡眠と栄養を十分に取らせ、細心の注意を払いながら訓練に励むよう心がけます」

　一週間ほど鹿児島湾に浮かぶ小舟を標的にした訓練が行われた。その後は、波の荒い太平洋での訓練であった。

「搭乗員の技量は想像以上に高まり、満足できる水準に達したと言える。これなら、いつでも摂津を相手の訓練ができる」

小栗は摂津との共同訓練に自信を持った。

訓練は最終段階に入り、鹿屋空の月月火水木金金の猛訓練が続いた。

3

「これまで私は実戦部隊を指揮した経験がない。アジアは未知の世界だ。日本海軍についても知識は皆無に等しい」

サー・トーマス・フィリップス中将は、少しずつ遠ざかって行くテーブルマウンテンを眺めながら、不安を口にした。

フィリップス中将は五三歳の今日まで、軍令部一筋で海軍に奉公してきた。海上に出るのは初めてである。

一九四一年に入ると、アジアにおける日本軍の進出は目覚ましく、七月末にはアジアのフランス植民地が日本軍の勢力圏内に入った。

チャーチル首相は、このまま手をこまねいていては、イギリス植民地にも独立の機運が高まってくるとの危機感を表した。

イギリスはアジアの植民地維持のため、同じくアジアに植民地を持つアメリカと連携し、東洋のイギリス軍増強に踏み切る決定を下した。

チャーチル首相はルーズベルト大統領との約束により、一〇月二〇日に閣議を開き、キング・ジョージ五世級戦艦一隻と巡洋戦艦レパルスを東洋艦隊へ派遣するとの閣議決定をした。

チャーチルは閣議決定の翌日、軍令部へ最も頼りになる戦艦を東洋へ派遣せよと命じた。そして、戦艦の東洋派遣に反対する軍令部次長フィリップス中将をG部隊司令官に任命した。

二三日、戦艦プリンス・オブ・ウェールズはスカパフロー港を出て、スコットランドのグリーノック軍港へ向かった。そこで補給を終え、新司令官フィリップス中将が座乗すると将旗を掲げた。

プリンス・オブ・ウェールズが、クライド湾から大西洋へ乗り出したのは二五日である。

ウェールズはUボートの襲撃を避けるため、二〇ノットの高速でジグザグ航行を続けた。

一一月一六日、ウェールズはようやくケープタウンへ入港したが、それも束の間だった。二日後の一八日には、追われるようにケープタウンを出港しなければならなかった。

「ケープタウンの街は素晴らしかった。次の寄港地はセイロン島のコロンボだな。いや、その前にモーリシャスに寄港しなければ」

フィリップスは、ウェールズを直衛する駆逐艦エクスプレスとエレクトラの姿を見て、現実に立ち戻った。排水量一三七五トンの駆逐艦には、ケープタウンからセイロン島まで直行する航続力がないのだ。

ケープタウン出港から一〇日後の二七日、ウェールズは無事にセイロン島のコロンボに入港した。フィリップスは本国の軍令部へコロンボに入港した旨の報告をすませた。

「少しの時間、コロンボで静養するのも悪くないな」

フィリップスが考えていると、ウェールズ艦長のリーチ大佐が知らせを持ってきた。

「司令官、戦艦レパルスの艦長テナント大佐から報告が入りました。セイロン島トリンコマリ港に駆逐艦エンカウンター、バンパイアとともに入港しているとのことです」

フィリップスの気持ちが高ぶってきた。

「コロンボで英気を養い、それからシンガポールへ出撃だ」

フィリップスの気持ちとは裏腹に、軍令部からは早急にコロンボを出港し、シンガポールへ入港せよとの指令電文が届いた。

ウェールズは休む時間も与えられず、再び追われるようにコロンボを出港した。

「シンガポールまで四日間の行程だ。なにごとも起こらないといいが」

フィリップスは神に無事を祈る気持ちで航行を見守る。

「左後方より、レパルス接近しまーす」

航海科見張り員の報告が聞こえてきた。双眼鏡で見ると、頼もしい勇姿の戦艦レパルスと駆逐艦エンカウンター、バンパイアが左後方から近づいて来る。

「これより本部隊はZ部隊と称す」

フィリップスはレパルスが合流した時点で、G部隊からZ部隊へ呼び名を変えると宣言した。

翌三〇日、フィリップスは無事にシンガポールへ入港できることを願い、朝からウェールズの艦橋に詰めた。なにごともなく航行を続け、正午前になった。

フィリップスは突然、リーチ艦長から祝福を受けた。

「提督、大将昇進おめでとうございます」

「なにを馬鹿なことを言うのだ。悪い冗談はやめたまえ」

「いいえ、冗談ではありません。たった今、本国から電文が入りました。本日をもってフィリップス提督を大将に任ずると」

五三歳での大将昇進はイギリス海軍では最年少である。シンガポールに入港すれば、その時点で東洋艦隊司令官となる。

「悪い気はしないが、それ以上にシンガポールでの任務が困難なのだ」

異例のスピード出世は、チャーチル首相の差し金と考えざるを得ない。チャーチル首相が、自分に反対する人物を決して許さない陰湿な性格であることを、フィリップスはこれまで何度も体験している。

昇進させて死地に追いやる。これがチャーチル首相の常套手段なのだ。

午後に入ると、悪い予感が的中するような事態が発生した。前線が近づいて天候が崩れ出し、視界が悪くなってきた。

「右前方、潜望鏡発見！」

いきなり見張り員の大声が聞こえた。

Uボートの攻撃かと一瞬、艦内がざわついた。だが、ドイツ戦艦ビスマルクと戦った経験のあるリーチ艦長は落ち着いている。

「ここはインド洋だ。Uボートが活動している海域ではない。潜水艦はどこか?」

リーチ艦長の凜とした声が響いた。

「いえ、どうやら木材を潜望鏡と見間違いしたようです」

見張り員の声が聞こえた。それっきり潜望鏡騒ぎは収まった。

数時間後、なにごともなく日没を迎えた。

「夜になれば、たとえ近くにUボートがいたとしても雷撃される恐れはない」

フィリップスは安心し、司令官室で横になって身体を休めた。疲れているはずなのに、神経が高ぶったままで眠れない。その夜はなにごともなく、Z部隊は順調に航行を続けた。

一二月二日、数々の紆余曲折を経て、戦艦プリンス・オブ・ウェールズ、巡洋戦艦レパルス、駆逐艦エレクトラ、エクスプレス、エンカウンター、バンパイアの六隻はジョホール水道に面したセレター軍港に入港した。

「海軍基地としてセレター軍港は申し分ないな」

セレター軍港は緑深い陸地に挟まれ、波の穏やかなジョホール水道に面している。付属のキング・ジョージ六世ドックは長さ三六〇メートル、幅四一メートルもあり、戦艦も余裕を持って入渠できる大きさがある。

「僻地と思っていたアジアに、シンガポールのような近代的な都市があろうとは思ってもみなかった。東洋艦隊にとって、セレター軍港以上の海軍基地は望めそうにもない」

フィリップスは、ひと目でスコットランドのグリーノック軍港よりシンガポールのセレター軍港のほうを気に入った。フィリップスの気分は一気に晴れ渡った。

「さて、ブルックポッパム大将から東洋艦隊の指揮を引き継がなければなるまい」

昨日まで東洋艦隊は、イギリス極東軍司令官ロバート・ブルックポッパム大将の指揮下にあった。今日からはブルックポッパム大将の指揮を離れ、フィリップスの指揮下に入るのだ。

フィリップスはブルックポッパム大将へ引き継ぎの会談を申し入れた。ブルックポッパム大将はしぶしぶ会談に応じたが、その内容はあまりにも杜撰であった。

ブルックポッパム大将の説明である。

「極東の陸軍はパーシバル中将の指揮下にある。兵力は、イギリス軍二万人、オーストラリア第八師団一万五二〇〇人、インド第三軍三万七〇〇〇人、マレー義勇軍一万六八〇〇人である。

マレー半島には、インド軍とマレー義勇軍を中心に展開させている。これらの兵士は十分に訓練が行き届いており、万が一、日本軍がマレー半島へ上陸しようとしても容易に撃退できるだろう」

ブルックポッパム大将は、マレー半島の地図上に描かれたインド第九、第一一師団、独立インド第四五旅団、オーストラリア第八師団の配置状況を指しながら説明した。イギリス第一八師団は、全軍シンガポール配置となっている。

ブルックポッパム大将はさらに続けた。

「空軍はプルフォード少将の指揮下にある。東洋艦隊は私の管轄外にある。したがって東洋艦隊については、参謀長のパリサー少将に尋ねるべきであろう。もし何か東洋艦隊に問題があるなら、フィリップス司令官が自らの手で解決すべきである」

フィリップスはなんとか怒りを抑えて、会談を終えた。

「ブルックポッパム大将の協力は得られない。やむを得ぬ。東洋艦隊については、自分の手で調べるしかあるまい」

フィリップスは、参謀長パリサー少将に東洋艦隊の実情を調べて報告するよう求めた。

フィリップスは四日になって、ようやくパリサー少将から報告を受けた。

「フィリップス司令官、東洋艦隊の実情を調べた結果を報告します」

フィリップスは身を乗り出して報告を聞く。しかし、パリサー少将の報告はフィリップスの気持ちを暗くするものであった。

「建前上、東洋艦隊は戦艦プリンス・オブ・ウェールズと巡洋戦艦レパルスのほかに巡洋艦五隻、駆逐艦七隻、砲艦三隻の陣容であります。

しかし実際には、六インチ砲六門搭載の軽巡洋艦ダネーとドラゴンは行動不能のまま放置されております。新鋭軽巡洋艦モーリシャスは入渠中で、行動可能な軽巡洋艦はダーバンのみであります」

フィリップスは頭を抱えてしまった。

軽巡洋艦ダネーとドラゴンは基準排水量が五〇〇〇トンにも満たない旧式艦で、元イギリス中国艦隊所属だった。それでも六インチ砲六門搭載は大きな戦力である。

「日本海軍相手なら、ダネーとドラゴンの二隻は旧式巡洋艦とはいえ、戦力として期待できる。それが行動不能のまま放置とは、どういうことかね」

「イギリス本国から部品が届かず、東洋艦隊としては打つ手がないのです」

それにしても、あまりにお粗末すぎる。フィリップスは確認するように聞いた。

「レパルスと行動をともにしてきた駆逐艦エンカウンター、頼りになると期待していたジュピターは、イギリス本国からの長い航行で故障を起こしたというのかね」

「その通りであります。長い航行のために入渠せざるを得ない状況にあるのです。ほかにも駆逐艦ストロングホールドは使用不能の状態です」

　フィリップスは途方にくれ、つぶやくように言った。

「出動可能なのはプリンス・オブ・ウェールズとレパルス、軽巡ダーバン、駆逐艦エクスプレス、エレクトラ、バンパイア、テネドスのみとは」

　それでもパリサー少将は自信を見せる。

「司令官、日本海軍が保有する主力艦は、我が国のビッカース社で建造されたコンゴー一隻のみと聞いています。

　したがって、戦艦プリンス・オブ・ウェールズとレパルスが出動すれば、コンゴーは尻尾を巻いて逃げざるを得ないと思います。何も心配はないでしょう」

　イギリス本国では、アジアの後進国である日本に関心を持つ者はほとんどいない。日本海軍はウェールズを脅かすような戦艦は保有していないとの認識が常識になっている。

　フィリップスは何が本当なのか判断できず、複雑な気持ちに陥った。

「とにかく、空軍の実情も知らねばなるまい」

フィリップスはその日のうちに、極東空軍司令官プルフォード少将へ面談を申し入れた。

プルフォード少将はブルックポッパム大将のような横柄な態度ではなかったが、返ってくる答えはパリサー少将と同じような内容だった。

「フィリップス司令官、極東空軍にはバッファロー戦闘機六〇機、ブレンハイム爆撃機四七機、ビルデビースト雷撃機二四機、ロッキードハドソン爆撃機二四機、カタリナ飛行艇三機があり、このように配備されています」

プルフォード少将はマレー半島のアロルスター、スンゲイパタニ、コタバル、クアラペスト、クワンタン飛行場、シンガポールのテンガ、セレター、カラン、センバワン飛行場に配置した航空戦力について説明した。

フィリップスは少し心配になって聞いた。

「ハリケーンやスピットファイア戦闘機は配置されていないのかね」

プルフォード少将は自信を持って答えた。

「日本空軍がメッサーシュミットを装備しているとの情報はありません。それに、我が空軍の戦闘機パイロットの中には、ロンドン上空でドイツ空軍のメッサーシュミットを打ち破った兵（つわもの）が多く含まれています。

たとえ日本空軍がメッサーシュミットを装備していたとしても、パイロットの技量を考えれば、バッファロー戦闘機で十分対抗できます」

イギリス本国では、日本人が戦闘機を操縦できるとは誰も信じていない。ましてや極東空軍には、ロンドン上空でメッサーシュミットを撃破した空軍パイロットが多数配置されているのだ。

フィリップスは話を聞くうちに、自分は心配し過ぎかもしれないとの思いが少しずつ強くなった。

「海上には戦艦プリンス・オブ・ウェールズとレパルスを配置し、空中にはメッサーシュミットを打ち負かしたパイロットが操縦するバッファロー戦闘機が待ち構えている。

これなら、たとえ日本軍と戦闘状態に入ろうとも、敵を打ち負かすのに必要な戦力が十分あるというのだな。それを聞いて安心した」

ブリュスターF２Aバッファロー戦闘機は、一九三八年に制式採用された艦上戦闘機だ。ライト一二〇〇馬力エンジンを搭載し、最大速度は時速五二〇キロに達する。操縦性もよく、パイロットの評判も上々と聞く。

ドイツ空軍のメッサーシュミット戦闘機と戦うならともかく、日本空軍が戦闘機を繰り出してきたとしても、常識的にはバッファロー戦闘機以上の性能を持つ戦闘機とは考えられない。

フィリップスはパリサー少将、プルフォード少将から話を聞いて、ようやく気持ちが落ち着いた。その夜は久しぶりにぐっすり眠った。

4

一一月二八日は、鹿屋航空隊にとって特別訓練の最終日となる。

昨日は標的艦摂津を相手に雷撃訓練を行い、予想以上の命中率を得た。今日は中隊九機による編隊爆撃訓練である。

編隊爆撃は一個中隊九機が雁行陣（がんこうじん）を作り、教導機にしたがって、高度三〇〇〇から編隊で一斉に爆弾を投下する。九個の爆弾はV字型に落下する。これは一個中隊で標的に一発か二発、命中させようとする襲撃方法だ。

小栗は、熟練偵察員の柳沢良平飛曹長が爆撃手を務める第一中隊第一小隊一番機に搭乗した。正操縦員は中隊長の鍋田美吉大尉、副操縦員檀上行男一飛曹、偵察員柳沢良平飛曹長、電信員高村充一飛曹で小栗は機長席に座った。

第一中隊は鹿屋飛行場を飛び立つと第一小隊長機を先頭に、右に二番機の北島源六一飛曹機、左に三番機の小島登一飛曹機の編隊を作った。

第一小隊の右後方には、第二小隊長の須藤遡中尉機、納富一一飛曹機、今野正人一飛曹機が山型の編隊を作って続く。

第一小隊の左後方は、第三小隊長の西川時義飛曹長機、堀田邦夫一飛曹機、木村高治一飛曹機の三機編隊だ。

「標的発見！」

双眼鏡で海面を見ていた柳沢飛曹長が落ち着いた声で報告する。

「雁行陣作れ！」

鍋田大尉の命令で、第一中隊は第一小隊の三機を頂点に右後方に第二小隊の三機、左後方に第三小隊の三機が一列になる見事な雁行陣となった。

「ちょい右、もうちょっと右！」

柳沢飛曹長が鍋田大尉へ指示を送る。

「ようそろー、よーい、テー！」

柳沢飛曹長が投下レバーを引いた。模擬弾は摂津の手前二〇メートル地点で水しぶきを上げた。

「見事だ！」

小栗が思わず叫んだ。

九個の模擬弾はV字型に落下し、標的艦摂津へ二発命中した。

「柳沢飛曹長は編隊攻撃のやり方を見事なまでに会得している。特別訓練の成果が、短期間でこれほどあがるとは」

小栗は予想以上の成果に、訓練の重要性を認識せざるを得なかった。

特別訓練が終わり、中隊長以上による反省会が始まった。藤吉大佐は各中隊長の報告が終了すると、訓練の終了を告げた。

「これまで血のにじむような訓練に、よくぞ耐えてくれた。そのおかげで搭乗員の錬度は飛躍的に高まり、実戦でも大きな戦果をあげられると確信するにいたった。

これで特別訓練の目標を達成したと判断する。鹿屋空は一二月一日をもって、戦力を本隊と分遣隊の二つに分ける」

これより重要な話をする。本日をもって特別訓練を終了する。

突然の話に、全員が緊張した表情で藤吉大佐の言葉に耳を傾ける。

「本隊は第一、第二、第三中隊の戦力である。分遣隊は第四、第五、第六中隊の戦力である。

本隊は自分が指揮し、飛行隊長を小栗少佐とする。分遣隊は入佐少佐を指揮官とし、宮内少佐を飛行隊長とする」

藤吉大佐が質問はあるかと全員を見渡した。誰もが無言のままだ。

「質問がないなら今後の予定を述べる。みんなも知っての通り、我が国は米英を相手に臨戦態勢に入っている。そこで本隊は一二月二日に鹿屋を出撃し、南部仏印へ進駐する。分遣隊は一二月四日に鹿屋を出撃し、台湾の高雄へ進駐する」

ここまでの話で、本隊はマレー攻略軍に、分遣隊はフィリピン攻略軍に組み込まれることがわかった。

「諸君には、これまでの訓練の成果をいかんなく発揮し、大きな戦果をあげるよう期待してやまない。諸君の武運長久を祈る」

いよいよだ。全員に緊張感が漂った。

小栗も休む時間はない。早速、出撃準備に取りかかった。まずは知らされた南方軍の戦力を見た。

「第二二航空戦隊がマレー攻略軍に組み込まれたのか」

第二二航空戦隊は元山空と美幌空で編成されている。戦力は元山空が三個中隊、美幌空が四個中隊だ。装備機は元山空、美幌空ともに九六式陸攻である。

「これでは戦力不足なので、鹿屋空の半数がマレー攻略軍に組み入れられたのか。そして戦闘機部隊は山田隊か」

中支戦線の状況から、陸攻部隊のみでの作戦は大きな犠牲を伴うことがわかっている。

第一一航空艦隊司令部は、第二三航空戦隊の第三航空隊と台南航空隊から戦闘機三六機、陸偵六機を抽出し、第二二航空戦隊へ編入した。

この部隊は指揮官が山田豊中佐であるため、通称山田部隊と呼ばれている。

小栗は搭乗員名簿を確認する。

「第一中隊は中隊長鍋田美吉大尉、第一小隊長柳沢良平飛曹長、第二小隊長須藤朔中尉、それに第三小隊長は西川時義飛曹長だ」

小隊長はいずれも爆撃手が務める。さらに名簿を確認する。

「第二中隊は中隊長東森隆大尉、第一小隊長渡辺福松飛曹長、第二小隊長高松直一飛曹長、第三小隊長松尾常吉飛曹長。

第三中隊は中隊長壱岐春記大尉、第一小隊長矢萩友二飛曹長、第二小隊長畦元一郎中尉、第三小隊長岡田平治飛曹長。

爆撃手はいずれも名手と謳(うた)われる熟練搭乗員だ。これなら十分な戦果をあげられる」

　小栗は可能な限り搭乗員の組み合わせを維持するつもりでいた。そのほうが阿吽の呼吸で攻撃し、命中弾も多く得られるはずだ。

「二日は早朝に鹿屋を飛び立ち、琉球列島に沿って台南まで一気に飛ぶ。飛行距離一五〇〇キロ弱だが、飛行時間は余裕を持たせて六時間ほど見込んでおこう」

　一式陸攻一一型は魚雷を搭載した過荷重状態でも高度三〇〇〇、巡航速度時速三一五キロで飛ぶなら航続距離は三七五〇キロもある。

　小栗はかなりの余裕を持たせて飛行計画を作成した。初日は台南まで、二日目は北部仏印のハイフォンまで、三日目に南部仏印サイゴンの北方ツダウム飛行場へ飛行する計画を立てた。

　順調に行けば、一二月四日にツダウム飛行場へ展開できる。

　小栗は飛行計画を藤吉大佐へ見せた。

「これでいいだろう」

　飛行計画は変更なく、藤吉大佐の承認を得た。

　搭乗員に三日間の休暇が出た。故郷へ帰るには短すぎるのか、搭乗員は鹿児島や宮崎へ外出したようだ。

一二月三日午前六時、鹿屋飛行場に一式陸攻二七機の爆音が鳴り響いた。藤吉大佐は一番機の第一中隊第一小隊長機に、小栗は第二中隊第一小隊長機に便乗する。

「乗せてもらうよ」

小栗は中隊長で機長の東大尉に声をかけた。

「これは飛行隊長、ご苦労さまです」

東大尉は正操縦員として第一小隊長機を操縦する。小栗は正操縦席の後ろにある機長席に座った。

午前六時三〇分、第一中隊の一番機が滑走を始めた。二〇秒間隔で第一中隊の九機が上空へと舞い上がり、午前六時三三分に東大尉機が滑走を始めた。

第二中隊の九機は、高度四〇〇〇で飛行場上空を大きく旋回する第一中隊九機の右後方につける。今度は第三中隊九機が、第一中隊の左後方で編隊を組んだ。

午前七時、第一中隊一番機の鍋田大尉機が大きくゆっくりバンクし、台南へ針路を向けた。

琉球列島沿いに順調に飛行する。

「飛行隊長、まもなく台湾が見えますよ」

「ここまでは順調だな。台南は山脈を越えたところだ。少し揺れるかな」

「この天気なら大丈夫だと思います」

東大尉の言葉通り新高山(にいたかやま)を右手に見て、山脈を越えても揺れは小さかった。

台南基地が見えてきた。上空から滑走路脇の吹き流しで、風向きと風力を確認する。どうやら舗装された長さ一五〇〇メートルの滑走路を使えるようだ。

時間は昼の一二時二四分である。このままなにごともなければ着陸時間は一二時三〇分となる。

東大尉機は着陸態勢に入り、高度を下げて行く。

「見事な着陸だ」

東大尉は滑るように第一小隊長機を三点着陸させた。駐機場へと向かう。発動機をとめたのは、ちょうど一二時三〇分であった。

台南基地には長さ一五〇〇メートルと一四〇〇メートルの滑走路がある。第二一航空戦隊が司令部を置き、陸攻部隊の第一航空隊、第二三航空戦隊に所属する戦闘機部隊の台南航空隊が駐留している。

「基地はがらんとしている。やはり訓練中なのか」

小栗がつぶやきながら指揮所に向かって歩く。爆音が聞こえたので上空を見上げた。

「零戦だ！」

見事な編隊を組み、零戦が飛行場上空を旋回すると着陸態勢に入った。先頭の零戦は隊長機のようだ。

「小栗少佐か、何を見ている」

指揮所の中から声が聞こえた。声をかけたのは二一航戦参謀の柴田文三中佐だった。

「これは、柴田中佐。零戦の着陸風景を見ていたのですが、見事なものですね」

「あれは台南空の零戦だ。三空飛行長柴田武雄中佐の発案で、三空と台南空は片道一〇〇〇キロ、沖縄上空までの往復飛行を繰り返している。近くに行って搭乗員の報告を聞いてみろ。驚くぞ」

台南空は司令斎藤正久大佐、飛行隊長新郷英城大尉である。

最初に着陸したのは新郷大尉だという。新郷大尉は駐機場の所定位置に機体をとめると、地上で全機の着陸を見守っている。

二番機、三番機と零戦が危なげなく着陸する。鮮やかな三点着陸を見せるのは古参搭乗員であろう。全機無事に着陸し、搭乗員が指揮所前に整列した。

「各自、燃料消費量を報告せよ」

搭乗員に向かって指示したのは、分隊長の浅井正雄大尉だという。

「燃料消費量を確認しているのか。なぜだろう」

小栗は分隊長の言葉に興味を持った。小栗は、零戦の燃料消費量は一時間当たり平均一三〇リットルと聞いている。

ひと通りの報告が終わったようだ。搭乗員が解散した。小栗は浅井大尉に近寄って聞いた。

「浅井大尉、鹿屋空の小栗だ。興味があるので知りたい。台南空の零戦は、どれくらいの燃料で飛べるのだ」

浅井大尉はいきなりの質問に戸惑ったようだが、すぐに気を取り直して答えた。

「そうですね。実用機教程を終えて一一月初めに配属された新人搭乗員でも、今では一時間当たりの燃料消費量は八〇リットルを切るようになっています。あそこにいる古参搭乗員の坂井三郎一飛曹などは、たったの六七リットルと前代未聞の記録を持っています」

「なぜ、このような訓練を」

浅井大尉の答えは明快だった。

「第一航空艦隊は空母を持っていません。三空副長柴田中佐は日米開戦に備え、台湾から直接進撃してフィリピンの米軍基地を制圧する作戦を実施するつもりなのです。

搭乗員の空戦技量にはまったく問題がないので、作戦の課題を零戦の航続距離をいかに伸ばすかにおいて訓練しています。

これまでの訓練で、三空と台南空の零戦は台湾から出撃し、フィリピンの米軍基地を攻撃できる技量に達しています」

三空、台南空ともに開戦の準備は整ったと言っている。日本は米英を相手に着々と開戦準備を進めているのだ。

米英との開戦は、一〇〇機ほどの富嶽があれば決して負けはしない。広沢技師にはなんとしても頑張ってもらわねばならない。

小栗に一抹(いちまつ)の不安がよぎった。しかし、もちろん表情には出せない。

翌三日、台南基地は夜明け前から轟音に包まれた。

「気象状況によると、南部仏印に前線が横たわっているそうだ。台湾から北部仏印までは気象状況に問題はない」

小栗は今日の気象状況を確認してから一式陸攻に乗り込んだ。

台湾の時刻は日本本土より一時間遅れだ。日本時間午前八時、鹿屋空の一式陸攻が次々と台南飛行場を離陸し、北部仏印のハイフォンを目指した。

昼過ぎに一機の落後機もなく、ハイフォン飛行場に着陸した。小栗はマレー部隊付属の特別気象班に、明日の気象状況を確認した。

「司令、どうやら南部仏印に前線が停滞しているようです」

藤吉大佐が答えた。

「そうか。明日の気象状況によっては、ツダウムへの飛行を一日延期する」

藤吉大佐は全機が無事にツダウムへ到着する方法を選んだ。四日になっても気象状況は改善せず、搭乗員にとっては久しぶりの休息日となった。

五日早朝、小栗は気象班に南部仏印の気象状況を確認した。

「司令、南部仏印の前線は弱まったようです」

「わかった。今日はツダウムへ向け、飛び立つぞ」

「了解」

鹿屋空は日本時間の午前一〇時に、ハイフォン飛行場を飛び立った。

二時間が経過した。急に雲が増えてきた。

「前線の雲だな」

雲の高さは一万メートル以上に達するようだ。

「前方の雲は避けられない。各機、編隊を解き、機長の判断で前線を突破せよ」

東大尉が中隊各機に通告した。

五分後、東大尉機は雲に突入した。機体は激しく揺れ、前後左右はまるで見えない。搭載している無線電信機、無線電話機、方位測定機は正常のようだ。ツダウム飛行場からのビーコン電波も正しく受信している。

「右へ五度、修正!」

雲の中では外の状況はまったくわからないが、東大尉は高度計をチェックしながら針路をツダウム飛行場に合わせる。

「高度四〇〇〇。飛行航路上に高い山はない。このままの針路で目的地へ向かう。問題は飛行場上空の天候だ」

東大尉は冷静に操縦する。

雲の中を飛行すること一五分、急に雲が切れて視界が開けた。下には密林の緑が広がっている。

方位測定機とビーコン電波で針路を確認する。

「大丈夫だ。飛行航路は間違っていない」

時計を見る。あと三〇分ほどの飛行で、ツダウム飛行場上空に達するはずだ。

周囲を見渡した。バラバラだが、あちらこちらに一式陸攻の姿が見える。やがて三機で小隊を組み、さらに九機による中隊編成を組んだ。

「おお、第一中隊だ。後ろに第三中隊が続いている。全機無事に飛行している」

鹿屋空は無事、二七機揃ってツダウム飛行場へ到着した。

「これはすごい」

ツダウム飛行場には美幌空の九六式陸攻三六機がびっしりと並び、翼を休めていた。

藤吉大佐が司令部から戻ると告げた。

「この二日に英戦艦二隻がシンガポールへ入港したそうだ。いつ出撃命令が出るかわからない。

搭乗員の技量を落とさぬよう訓練を続ける。今日は搭乗員を十分休ませるように」

藤吉大佐は小栗にも早く休むように言った。

「了解しました。今夜は明日からの訓練に備えて休みます」

南部仏印は本土と違い、最前線の雰囲気が漂っていた。

第5章　マレー沖海戦

1

一二月二日、戦艦プリンス・オブ・ウェールズと巡洋戦艦レパルスは、無事セレター軍港へ錨（いかり）を降ろした。フィリップス大将は、シンガポール入港をイギリス本国の軍令部へ報告した。軍令部からの返答は、即座に両戦艦を率いて出港し、ボルネオ海、シャム湾方面の警備につくようにという命令であった。

「本国は現地の状況をまったく理解していない。出撃できる状態にあるのは、二隻の戦艦と軽巡ダーバン、それに駆逐艦五隻のみではないか。それも合わせて報告したのに。

日本軍の動きもまるでつかめていない。Z部隊が出撃するには、直衛を務める巡洋艦と駆逐艦の数が不足しているのだ」

フィリップスは、Z部隊が出撃できる状況にはないと判断して出撃を控えた。それにも関わらず、軍令部は三日にも出撃するよう要請してきた。

たとえ軍令部の要請であろうと、フィリップスは腰を上げるつもりはなかった。

四日の午後、首席参謀サイモン・ヘイワーズ大佐が重大な報告を持ってきた。

参謀長パリサー少将は、フィリップスに代わって陸軍司令部や空軍司令部との交渉を続けている。そのためフィリップスの相談相手は、もっぱらヘイワーズ大佐があたっている。

「司令官、マニラのアメリカ軍司令部からです。アメリカ軍の哨戒機が、仏印沖を南下しつつある日本軍の潜水艦一二隻を発見したとの報告が入りました」

「日本軍の潜水艦だと。ヘイワーズ大佐、君はこれをどう考えるかな」

「日本軍はシンガポール沖合に潜水艦の哨戒線を張り、ウェールズ、レパルスの出撃を待ち伏せするつもりではないでしょうか」

ヘイワーズ大佐の答えはきわめて常識的な内容だった。

フィリップスは自分なりに、戦艦を出撃させる条件を考えていた。

「Z部隊は、まだ戦艦への補給と弾薬の積み込みが終わっていない。ここ数日は出撃できる状態にないのだ。それに重巡エグゼターは、まだシンガポールへ到着していないではないか」

ヘイワーズ大佐はZ部隊がすぐに出撃することがないことを確認すると、司令官室を出て行った。

Z部隊の乗組員はフィリップスの判断を歓迎し、毎夜シンガポールの街に繰り出して久しぶりの休暇を楽しんでいる。

フィリップスは、空母インドミタブルの到着を待つべきだと考えていた。

空母インドミタブルは東洋へ回航中の一一月三日、バミューダ沖で座礁した。自力で離礁し、アメリカのノーフォーク工廠で修理を受けた後、南アフリカのケープタウンを経由してインド洋に向かったとの情報が入っている。

「空母インドミタブルは、ホーカーハリケーンを空母機に改造した戦闘機四八機を搭載している。残念ながら、Z部隊は空軍の協力が得られない状況にある。裸で戦艦を出撃させる危険を冒すわけにはいかない。

インドミタブルの到着を待つか、空軍の協力を取りつけるか、いずれかの条件が整わなければ、Z部隊は出撃できない」

フィリップスには自分の考えを曲げるつもりはなかった。

参謀長のパリサー少将は空軍の協力を得るため、プルフォード少将との交渉を重ねている。

プルフォード少将によると、イギリス空軍は日本の空軍と上陸軍に対応するので精一杯で、とてもZ部隊を護衛する余裕などないと協力を拒んでいた。

バッファロー戦闘機の行動半径は三三〇キロが精一杯だ。シンガポールからアナンバス諸島沖合までは四五〇キロほどで、この距離はバッファロー戦闘機の行動半径を上回ってしまう。

バッファロー戦闘機の護衛が無理なら、空母インドミタブルのシンガポール到着を待つしか方法はない。これが、フィリップスの考えであった。

再びヘイワーズ大佐が司令官室に入ってきた。

「司令官、極東軍総司令官のポッパム大将が本国の三軍幕僚長委員会へ、現在の情勢では対日戦は避けられないだろうと現状報告をしたようです。どうやらマニラのアメリカ軍司令部からの報告を、重大事項として捉えているように思われます」

「ポッパム総司令官は、イギリス軍から戦いを仕掛けるつもりなのか。タイ内閣は、イギリス軍がタイ領内に進攻すれば、イギリスはタイ国への侵略者になるとの声明を出しているではないか。

タイ内閣は親日派なのだ。ここは自重すべきところなのに」

だからと言って、フィリップスからポップパム大将へ抗議ができるはずもない。

五日になると、事態はさらに悪くなってきた。本国の三軍幕僚長委員会はポップパム大将に対し、独断でマタドール作戦を下令する許可を与えるとの返答をしてきたのだ。

マタドール作戦とは、日本軍のマレー半島上陸に先立ち、機先を制してイギリス軍が南タイへ出撃する作戦だ。マタドール作戦を発動すれば、イギリスはタイへの侵略者になってしまう。

六日の正午過ぎになって、ヘイワーズ大佐が思わぬ報告をしてきた。

「司令官、空軍のラムショー大尉から重大な報告が入りました。戦艦一、巡洋艦五に護衛された二〇隻以上の大船団が、カマウ岬の南東一五〇キロ沖合の海上を西進中との電文を発信しました」

カマウ岬はインドシナ半島最南端の岬だ。

「日本軍の船団に間違いないのだな」

「はい。ラムショー大尉は今朝早くハドソン機でコタバル基地を飛び立ち、行動半径最大の地点で日本軍の船団を発見したようです」

空軍はロッキードハドソン二型爆撃機をコタバル、クワンタン、センバワン飛行場に数機ずつ配置し、偵察機として使っている。

頻発するスコールと北東季節風による低い雲のため、哨戒飛行は難航をきわめている。そのなかにあって、ラムショー大尉は幸運にも日本軍の船団を発見したという。フィリップスは覚悟せざるを得なかった。

「Z部隊はいつでも出撃できるよう、各艦艇に準備を進めるよう命じたまえ」

「了解しました」

乗組員にとって貴重な休暇は終了し、大急ぎで出撃準備に取りかかった。

七日の夜が明けると、空軍は日本軍船団が集結すると思われる海域へカタリナ飛行艇を特派し、偵察を行った。ところが、カタリナ飛行艇からはなんの報告もない。しかも、夜になっても帰還しなかった。日本軍機に撃墜された可能性も否定できない。

八日の朝、参謀長パリサー少将がドアを蹴破るように司令官室に入ってきた。

「司令官、大変です。日本海軍がハワイの真珠湾を奇襲攻撃しました。アメリカ太平洋艦隊は、壊滅的打撃を受けた模様です」

フィリップスは事態を呑み込めなかった。

「日本軍が真珠湾を？　まさか」

「これは演習にあらず。司令官、アメリカ太平洋艦隊は、このような電文を平文で発信しています」

「日本は満足に自動車も作れないと聞いていたが」

　そのときだった。今度はヘイワーズ大佐が真っ青な表情で司令官室に入ってくると、事態の急変を知らせる重大な報告した。

「司令官、日本軍がタイ領のシンゴラとイギリス領のコタバルに上陸を開始しました」

　ここにいたり、フィリップスはもはや準備不足や護衛艦艇の不足を理由にZ部隊の出撃を躊躇(ためら)うことは許されないと悟った。マタドール作戦の発動が可能になったのだ。

　午後零時三〇分、フィリップスは戦艦プリンス・オブ・ウェールズの長官公室に参謀長パリサー少将、先任参謀ベル大佐、プリンス・オブ・ウェールズ艦長リーチ大佐、レパルス艦長テナント大佐、各駆逐艦艦長を招集し、緊急作戦会議を開いた。

　フィリップスが状況を説明する。

「諸君、本日の早朝から日本軍はシンゴラ及びコタバルに上陸を始めた。確かな情報によると、輸送船団は少なくともコンゴー級戦艦一隻、重巡洋艦三隻、軽巡洋艦二隻、駆逐艦二〇隻に援護されている。

この事態に際し、海軍がただ傍観していることは許されない。東洋艦隊は戦艦二隻を主力とするZ部隊を出撃させる。戦闘機の支援さえあれば、Z部隊はシンゴラとコタバルで日本軍を撃破できる十分な勝算がある」

パリサー少将が発言する。

「司令官、Z部隊はただちに出撃すべきです。私は全力でプルフォード空軍少将を説得します。不幸にして空軍の援護が得られなかったとしても、心配はないと思います。

たとえ日本軍機が空襲をかけてきても、地中海でイタリア軍機を撃退したように、ポンポン砲が敵機を撃退するに違いありません」

プリンス・オブ・ウェールズは二ポンド八連装ポンポン砲六基、ボフォース製四〇ミリ機銃、エリコン製二〇ミリ機銃を多数装備している。

地中海の戦いでは、次から次へと来襲するイタリア空軍の雷撃機を撃ち落とし、なんの損傷も受けなかった実績がある。

乗組員の誰もが、日本空軍の雷撃機はイタリア空軍機以下の性能と信じて疑わない。空軍の援護を得られないと聞いても、全員に動揺の表情は見られなかった。

フィリップスは頭がよく、切れ者と言われているが、現場の指揮官としては妥協性に欠け、資質を問われる点がいくつかあった。これが、空軍の協力を得られない原因とも考えられる。そのため、空軍との交渉はパリサー少将の仕事になっている。

フィリップスは決意を表明した。

「Z部隊は本日のうちにセレター軍港を出撃する」

フィリップスの決意を受け、パリサー少将が壁に貼られた地図を前に状況を説明する。

「これまで極東軍司令部や空軍司令部で得た情報を説明する。戦艦を含む日本海軍の戦力、サイゴン周辺の飛行場を中心に配置されている日本軍の爆撃機については、これまで説明してきた通りである。

アメリカ軍司令部から、きわめて重要な情報が寄せられている。日本軍の敷設隊が、七日にアナンバス諸島とチオマン島の間の海域に機雷を敷設し、艦隊の北上を阻止しようとしている。機雷には最大の注意を払う必要がある。

それから空軍から大きな援護が受けられる望みは薄いが、東洋艦隊から空軍へいくつか要請を出している。

九日の日中一杯のZ部隊前方一〇〇海里の哨戒、一〇日はコタバルからシンゴラ方面の敵状偵察とＺ部隊上空直衛などの要請である。

空軍に対しては、今後も本国の軍令部にも働きかけ、協力を要請するつもりである」

フィリップスが明言した。

「諸君、本国の軍令部は空軍の支援なしにＺ部隊をシンゴラ沖へ出撃させよとの要求を繰り返している。状況を鑑(かんが)み、私はＺ部隊を出撃させる決意を固めた。

出撃するＺ部隊の編成である。主力艦二隻のほかに駆逐艦エレクトラ、エクスプレス、バンパイア、テネドスの四隻とする。なお、パリサー少将はシンガポールに残り、情報収集と軍令部、極東軍司令部、空軍司令部との交渉を続けてもらう。

Ｚ部隊は本日のうちに出撃し、機雷原を避けるためアナンバス諸島の東方を迂回、そこから反転しシンゴラ沖合へと向かう。

日本艦隊の戦艦は一隻だが、我がＺ部隊は戦艦プリンス・オブ・ウェールズとレパルスの二隻である。日本艦隊が現れたなら、Ｚ部隊はこれと決戦し、必ずや敵を打ち破れると確信している。

その後は、戦艦の巨砲で日本船団と上陸部隊を木端微塵に粉砕し、イギリスの威厳を世界に示す」

全員の表情に悲壮感はなかった。フィリップスの檄に気勢は大いに盛り上がった。

一二月八日午後六時五分、Z部隊は駆逐艦エレクトラ、エクスプレス、旗艦プリンス・オブ・ウェールズ、戦艦レパルス、駆逐艦バンパイア、テネドスの順にセレター軍港を出港した。

艦隊は灯火管制のために明かりのないシンガポールの街を左に見て、ダトク岬を回り、ビンタン島とシンガポールの間を抜けてボルネオ海に入った。

午後八時過ぎ、ヘイワーズ大佐が笑顔で報告する。

「司令官、シンガポールに残ったパリサー参謀長から連絡が入りました。明日の朝八時から、カタリナ飛行艇が艦隊の前方一〇〇海里を哨戒飛行するそうです」

「パリサー参謀長は、とうとう空軍の協力を取りつけたのか」

フィリップスは満面に喜びを表しながら言った。

「それだけではありません。一〇日は早朝からシンゴラ、コタバル方面の偵察を実施するとのことです。さらに極東軍司令官ポッパム大将は、マニラのマッカーサー司令官に対し、B17爆撃機でサイゴン周辺の日本軍基地を爆撃するよう要請したとのことです」

「そうか。ポッパム司令官は、ようやく海軍に協力する気になったか。ここにいたって、陸軍も事の重大さを認識したというのだな」

フィリップスは作戦の成功を確信した。

九日の朝を迎えた。相変わらず雲は低く垂れこめ、スコールが視界を遮っている。

「この天候では、日本軍も飛行機を飛ばせない。艦隊にとってこの天候はむしろ歓迎すべきかもしれないな」

フィリップスは複雑な気持ちであった。

午前七時一〇分、海図を見ていた航海長プライス中佐が報告する。

「艦長、アナンバス諸島の東方海面に達しました」

艦長のリーチ大佐が大声で下令した。

「速度そのまま、針路変更。針路三三〇度に取れ」

午前七時一三分、艦隊は予定通りアナンバス諸島の東方海面で、強速の速力一八ノットのまま針路を北北西へ変えた。

「パリサー少将からです。天候不良のため、カタリナ飛行艇は発進を中止したとの報告が入りました」

ヘイワーズ大佐が不安そうな表情で報告した。

「やむを得まい。この天候が続けば、Z部隊も日本軍の飛行機に発見される恐れはない。おそらく日本艦隊と交戦する前にシンゴラ沖へ達し、陸揚げ中の日本軍船団を木の葉のように粉砕できるだろう。そのうえで陸上でイギリス軍と対峙している日本軍に対し、背後から巨弾を浴びせて壊滅する」

フィリップスは、なんとか希望を見いだそうと考えた。

Z部隊は北西に向けて順調に航行を続ける。正午過ぎに低い雲の隙間をぬって、一機のカタリナ飛行艇が姿を現した。

「司令官、カタリナ飛行艇です」

フィリップスはヘイワーズ大佐の声で上空を見上げた。

「シンガポールは天候が回復したのだな」

味方機の姿は乗組員に大きな力を与える。

午後一時(日本時間午後二時三〇分)、カタリナ飛行艇は姿を消し、Z部隊は予定航路の半ばに達した。周囲には依然として雲が低く垂れこめている。

フィリップスが力強く口にした。

「このぶんなら、明日の朝には日本軍に一四インチ砲の雨を降らせられるだろう」

その三〇分後、Z部隊はサイゴンの南方およそ六七〇キロの海域に達した。

突然だった。フィリップスの希望を打ち砕くような声が聞こえた。

「左前方三〇〇〇、潜望鏡発見！　日本軍のものと思われる」

艦長のジョン・C・リーチ大佐が大声を出した。

「潜望鏡はどこか」

「消えました。敵潜は潜航したようです」

一瞬の出来事だった。Z部隊は一刻も早く戦場へ到着するため、潜水艦の攻撃を避けるためのジグザグコースを取らずに航行している。

「司令官、どうしますか」

ヘイワーズ大佐が見た。天候は依然として不良のままだ。

「針路を北方寄りの三四五度へ変針。このままの速度を維持し、シンゴラへ急ぐ」

フィリップスの読み通り、その後、日本軍は姿を見せなかった。そして無事に日没を迎えた。

2

南方作戦陸海軍中央協定に基づき、一一月一〇日に陸軍大学校で南方軍総司令官と第二艦隊司令官の間で共同作戦に関する協定が開かれた。

この協定により仏印南部及びマレー方面の作戦を担当する海軍部隊として、南遣艦隊司令長官小沢治三郎中将を指揮官とするマレー部隊が編成された。

マレー部隊の当初の兵力は、艦艇が重巡洋艦五、軽巡洋艦二、駆逐艦一六、潜水艦八、水上機母艦三、航空兵力が戦闘機三六、中攻七二、陸偵六、水偵二四であった。その後、南方作戦の具体化に伴い、何度か兵力の調整が行われた。

一二月一日に潜水艦部隊は、第四潜水戦隊（司令官吉富説三少将）の第一八潜水隊（イ五三、イ五四、イ五五）、第一九潜水隊（イ五六、イ五七、イ五八）、第二一潜水隊（ロ三三、ロ三四）、第五潜水戦隊（司令官醍醐忠重少将）の第二八潜水隊（イ五九、イ六〇）、第二九潜水隊（イ六二、イ六四）、第三〇潜水隊（イ六五、イ六六）、第六潜水戦隊の第一三潜水隊（イ一二一、イ一二二）の一六隻に増強された。

イ一二一、イ一二二の二隻はドイツの大型機雷敷設潜水艦U一一七の設計図をもとに、大正一二年度計画により川崎造船所が建造した機潜型だ。

この二隻の潜水艦は機雷四二個を搭載し、敷設もできる機能を持つ。さらに、艦首に魚雷発射管四門を装備し、魚雷一二本を搭載して艦船を魚雷攻撃できる。

一二月一日早朝、イ一二一とイ一二二の二隻はマレー部隊として海南島の三亜港を出港し、シンガポール方面へ向かった。

一二月二日には、イギリス東洋艦隊の主力戦艦キング・ジョージ五世級と巡洋戦艦レパルスが、シンガポールのセレター軍港に入港したとの情報が伝えられてきた。日本時間の七日午後八時（シンガポール時間午後六時三〇分）、第一三潜水隊司令宮崎武治大佐は、ダトク岬北東海面に機雷敷設を命じた。

イ一二一とイ一二二は、午後八時三八分から午後一〇時四一分までの間に八四個の機雷の敷設を終えた。

宮崎大佐は機雷原の近くにイ一二一を、機雷原の東方海域にイ一二二を配置し、作戦の目的を明言した。

「イ一二一は機雷で損傷した敵艦にとどめを刺し、イ一二二は機雷原を避けて航行する敵艦を魚雷攻撃せよ」

同じ七日の夕刻、辰宮丸はチオマン島とアナンバス諸島の間に、四五六個もの厖大な数の機雷を敷設した。

四潜戦司令官吉富少将は、機雷原の北方海域、クアンタンの真東に第一哨戒線を設定すると、西からイ五五、イ五四、イ五三を配置した。

さらに醍醐少将と協議し、東方からコタバルへ向かう際には必ず通ると見られる第一哨戒線の北方一三〇キロの海域に第二哨戒線を設定した。

そのうえで西から順にイ五八、イ五七、イ六二、イ六四、イ六六、イ六五を配置する濃密な哨戒線を張った。

吉富少将は万全を期すため、イ五八を単艦でコタバル沖に配置する慎重さを見せた。

八日の夕闇が迫る頃、航海長佐藤忠雄大尉はイ六五の位置を確認し、艦長原田亳衛少佐へ報告する。

イ六五はこれまでの海大型と巡潜型の実績から、大幅に設計を改正した海大五型の一番艦だ。海大五型は艦首に四門、艦尾に二門の八八式無気泡魚雷発射管を備え、内殻増厚で安全潜航深度を七五メートルに増大させている。

「よし、電波探知機に異状はないな」

「受信状態に異状ありません」

イ六五はMV式水中聴音機、昇降式短波檣を装備するなど、従来の海大型と比べて大きな進歩を見せている。

哨戒の目的は英戦艦の偵察であり、電波探信儀は使用しない。英戦艦が夜のうちに散開線を横切れば、よほどの偶然が重ならない限り発見するのは難しい。

「英戦艦がなんらかの電波を発射すれば簡単に見つかるのだが、おそらく無線封止のまま航行しているに違いないから無理か」

本岡貞久中尉が電波探知機のメーターを見ながらつぶやく。

電波探知機は電波を捉えるとブザーが鳴る仕掛けになっている。本岡中尉はメーターから離れようとしない。気負っているようにも見える。

九日の午後、イ六五が哨戒に入って丸一日になろうとしていた。依然として英戦艦の行方は不明のままだ。

「英戦艦はどうした。見逃してしまったか」

今日も昨日と同じく雲が低く垂れこめ、スコールが発生して視界は最悪である。

「予想通り英戦艦が東からコタバルへ向かうなら、今日こそ敵を発見できるはずだ。敵戦艦を発見したら距離を置いて浮上し、後方を追いかけるのだが、この天候では、たとえ敵艦が近くを航行しても発見するのは困難かもしれないな」

原田少佐は水雷長兼副長の和田睦雄大尉に話かけた。

「それなら、いっそのこと浮上しましょう」

和田大尉の言葉に原田少佐は一抹の不安をのぞかせた。そのとき、潜望鏡を覗いていた哨戒士官の山口鉄男中尉が大きな声をあげた。

「敵らしきもの発見。右前方二五、どうやら駆逐艦のようです」

イ六五は艦首を東に向けている。右前方二五度はイ六五から見て、方位一〇五度の方向になる。

「予想よりずいぶん東寄りだな。時間は午後三時か」

日本時間はシンガポール時間より一時間三〇分早い。午後三時はシンガポール時間の午後一時三〇分となる。

「よし、代われ」

原田少佐が山口中尉に代わって潜望鏡にしがみついた。潜望鏡の視界ぎりぎりに二隻の艦影が見える。

二本煙突に大きな砲塔を備えている。どう見ても、駆逐艦よりはるかに大きい艦影だ。

(やった。ついに敵戦艦を発見した!)

原田少佐の鼓動が急激に高まった。

「これは駆逐艦などではない。大物だぞ。副長、例の英戦艦かもしれないぞ」

アメリカ戦艦は籠型マスト、日本戦艦は凹凸のある櫓マスト、イギリス戦艦は直線的な単純マストが特徴だ。

司令塔にある艦型図と比較して確認する。二本煙突に大きな砲塔の形から見て、イギリスのR級戦艦に間違いない。

「二番艦は間違いなくR型戦艦のレパルスだ。一番艦ははっきりしないが、艦型図に載っていない新型戦艦かもしれない。いずれにしろ、英戦艦に間違いない。しかも二隻だ。ただちに司令部へ報告する」

原田少佐が弾んだ声で命令した。

イ六五は潜航したまま短波用アンテナを海面上へ出し、最大出力で暗号電報を発信した。

『敵レパルス級戦艦二隻見ゆ。地点サイゴンの南方三六〇海里、針路三四〇度、速力一四ノット、一五一五』

電報を発信すれば戦艦も電報を受信し、こちらの位置をつかむだろう。そうすれば駆逐艦が向かって来て、爆雷を投下するかもしれない。

「このまま潜航！」

午後三時三〇分、イ六五は安全深度ぎりぎりまで潜航して敵の襲撃に備える。

「敵駆逐艦は」

「こちらに向かって来る様子はありません」

原田少佐は浮上して、最大速度で再び接触を試みるつもりだった。

午後三時四二分、原田少佐が命令した。

「浮上せよ！」

浮上と同時にハッチを開ける。途端に潮の香りがして清々しい気分になる。

原田少佐は艦橋へ登り、双眼鏡で前方の戦艦を観察する。機関長半田正夫機関少佐のディーゼル発動機の出力を最大にする命令が聞こえてきた。

イ六五は最大速度で英戦艦二隻を追いかける。全身に雨と海水が降り注ぐが、そんなことに構ってはいられない。

「おかしいな。敵戦艦の姿が見えない。艦長、敵が一四ノットで航行するなら、視界から遠ざかるはずない。敵は一八ノット以上で航行しているのかもしれない」

艦橋にあがってきた山口中尉が、双眼鏡を覗きながら疑問を投げかけた。それに護衛についているはずの駆逐艦の姿が、どこにも見えない。それとも駆逐艦は戦艦のはるか前方にいるのか。

突然、山口中尉が怒鳴った。

「左後方、敵、駆逐艦！」

原田少佐は瞬時に駆逐艦の爆雷攻撃を予想した。

「急速潜航、深度七五！」

原田少佐は大声で命令を発しながら艦内へ飛び込んだ。イ六五は急速に潜航する。

それから三〇分、爆雷攻撃はなかった。

「もう大丈夫だろう。浮上するぞ」

イ六五が浮上したとき、戦艦の姿も駆逐艦の姿も見えなかった。

「見失ったか」

原田少佐はがっくりと首をうなだれた。

鹿屋空は第二一航空戦隊所属だが、サイゴンに司令部を置く第二二航空戦隊司令官松永貞一少将の指揮下に入っている。

イ六五が発信した敵発見の電報は、第四潜水戦隊旗艦軽巡洋艦鬼怒が受信した。鬼怒は南方部隊の各部隊へ電報を中継発信した。

二二航戦司令部は午後五時一〇分に鬼怒からの中継電報を受信し、麾下(きか)の航空隊へイギリス戦艦発見を知らせた。

小栗はすぐさま藤吉大佐に報告する。

「藤吉司令、二二航戦司令部から英戦艦発見の報が入りました。サイゴンの南方海上三〇〇海里の地点です」

日本時間午後五時一〇分はシンガポール時間午後三時四〇分で、空はまだ明るい。

藤吉大佐は出撃準備状況を聞いた。

「英戦艦発見は今から二時間前か。連絡態勢を万全にしないとダメだな。それはそれとして、陸攻の出撃準備はどうなっている。まもなく英戦艦への索敵攻撃命令が出るぞ」

小栗が答えた。

「午前一一時に山田部隊の陸偵から、英戦艦二隻はシンポールに停泊中との報告が入りました。出撃準備は今夜、シンガポール停泊中の英戦艦を攻撃するためのものです。

水平爆撃の命中率を考え、二五番二発を搭載した状態で待機しています」

「敵艦隊は海上を航行している。まもなく爆装から雷装への転換命令が出るぞ」

午後五時三〇分、松永少将よりイギリス戦艦攻撃の命令が届いた。

「藤吉司令、松永少将からの命令電報です。読み上げます。

一、今夜のシンガポール攻撃は中止とする。

二、各隊は全力をあげて敵艦隊を攻撃せよ。一五一五における敵艦隊の位置、サイゴンの南方三六〇海里、針路〇度、速力二〇ノット。

以上です」

藤吉大佐は考えながら言った。

「敵艦隊の位置は、マレー半島のクアンタンから方位五七度、距離三〇〇キロといったところか。敵艦隊の攻撃目標は、コタバルに上陸中の日本軍だろう。

このまま北上するとは思えない。いずれ西に変針するに違いない」

鹿屋空は午後六時一五分までに雷装への転換を終え、出撃準備を整えた。小栗は第一中隊一番機に乗り込んだ。すでに黄昏（たそがれ）どきである。

「敵艦隊のいる海域は天候が悪いらしい。うまく発見できるか心配だ」

小栗の心配は明るいうちに敵艦隊を発見できるかにあった。明るいうちなら多少天候が悪くても、雷撃可能だと思っている。

夜になれば敵を発見できないばかりか、発見したとしても雷撃は困難だ。

メコンデルタ地帯を南下するにしたがい、雲は低く垂れさがり、ついに視界が遮られる状態になってきた。

海上に出る頃には陽はとっぷりと暮れ、雨雲は海面にまで達していた。

小栗は指揮官席から外を見るが、窓ガラスには水滴が糸を引き、暗くなった海面は白い波頭が見えるだけだ。

　小栗は機内を見回し、左どなりの偵察席で必死になって窓の外を見ている柳沢良平飛曹長に声をかけた。

　一式陸攻は右側に正操縦席、左側に副操縦席がある。正操縦席の後ろが指揮官席、副操縦席の後ろが偵察席になっている。中央、主翼の後方に機関員席、その後ろに電信機と電信員席という配置となっている。

「柳沢飛曹長、どうだ。海面に何か見えるか」

「海面は大波小波の白い波頭が見えるだけで、ほかには何も見えません」

「このままでは飛行そのものさえ危険極まりない。事故を起こす心配もある。そうなれば元も子もなくなる。無事に戻れば、明日もっと良い条件で出撃できる」

　小栗は決心した。

「鍋田大尉、ちょっと電信席へ行って来る」

　小栗は機長の鍋田大尉に声をかけて電信席へ行き、松永司令官宛に攻撃延期を具申する電報を打たせた。

　しばらくして、電信員の高村充一飛曹が松永司令官からの電文を届けた。電文の文面は『指揮官より基地宛、攻撃を断念して引き返せ。明朝の攻撃準備をされよ』

とある。

「鍋田大尉、今夜の攻撃は中止だ。明日、もう一度出直す」

松永司令官は翌一〇日の索敵を、元山空第四中隊の九六式陸攻九機に命じた。

「機長、海上は何も見えませんね」

偵察員席で頑張る鷲田光雄飛曹長が、機長兼正操縦員の帆足正音予備少尉へ話しかける。

一〇日の索敵線は、第一線がコタバル方面、第二線がクアンタン方面、第三線がチオマン島方面と、反時計回りにアナンバス諸島方面、さらにブングラン諸島方面の東方海域までカバーする九本線である。

帆足機は針路一九五度の第三索敵線を担当する。

「ああ、この天候では、敵艦の真上を飛んでも何も発見できないかもしれない」

帆足少尉は鷲田飛曹長の呼びかけに、うらめしそうに外の天候を見た。

一二月八日夕刻、英戦艦二隻は四隻の駆逐艦を伴ってセレター軍港を出たとの報告が相次いだ。九日の午後三時一五分には、イ六五が敵戦艦発見を打電した。

「ほかの索敵線はどうかな」

帆足機は第二小隊一番機、つまり小隊長機だが索敵線は第三線である。ほかの機から敵発見の報があれば、ただちにその無電を受信できるように周波数を合わせているが、今のところなんの報告も入らない。

午前六時二五分にレド基地を飛び立ち、針路一九五度で南下を続け、まもなく五時間になろうとしている。

レド飛行場上空は快晴だったが、海上に出ると熱帯特有の断雲が広がり始めた。南下するにしたがって高度三〇〇〇メートル付近にも雲の層が出てきた。

雲は少しずつ厚くなり、ついには索敵不可能と思えるほどの厚みとなった。ところどころに海面まで届いている雲の層がある。これは激しいスコールを降らせている雲だ。

哨戒飛行は高度三〇〇〇、巡航速度のおよそ時速二七八キロで飛ぶ。飛行時間が五時間を過ぎると、帰りの燃料が心配な距離となる。

「今日はここまでか。やむを得ない、戻ろう。無事に戻れば、明日の索敵で英戦艦を発見できる。いや、必ず発見する」

午前一〇時四三分、帆足少尉は英戦艦の発見を諦めて反転し、針路を帰路の三四〇度に取った。

帰路に入ると少しずつ天候がよくなってきた。

「機長、航跡が見えます！」

午前一一時四二分、双眼鏡を手にした偵察員鷲田飛曹長が左舷前方、断雲の隙間を指さしながら怒鳴った。

見ると、確かに白い筋が尾を引いている。

「その先に大型艦、しかも二隻だ。機長、例の英戦艦だ。間違いない」

「ついにやったな」

帆足少尉は電信員の森慎吾一飛曹に命じた。

「森一飛曹、司令部へ報告。敵主力見ゆ、針路六〇度、一一四五。平文で構わない。最大出力で打電しろ」

電信員森一飛曹は、この電文を平文で三度打電した。これが有名な敵発見の第一電となる。

続いて帆足少尉は、『敵主力は三〇度に変針す、一一五〇』の第二電を打たせた。

そして、第三電で詳細な情報を報告した。

『敵主力は駆逐艦三隻の直衛を配す。北緯四度、東経一〇三度五五分、針路一六〇度、速力二〇ノット、雲高三〇〇〇、雲量三、視界良好、一二〇五』

電信員森一飛曹は各電文を平文で三度ずつ打電した。帆足機はなおも接触を続け、敵状を観察しながら報告した。

3

一二月九日の日没は、日本時間の午後七時三九分である。これからは日本時間で表記する。

プリンス・オブ・ウェールズのレーダーは、日没まで三度にわたり航空機の輝点を捉えた。悪天候のためか、日本軍機がウェールズを発見した様子は見られなかった。

フィリップスはひと安心して口にした。

「ようやく日没を迎えた。これで無事、シンゴラへ急行できるだろう」

Z部隊はシンゴラへ上陸中の日本軍を叩くべく、針路二八〇度で予定のコースを西進している。

九時四五分に首席参謀へイワーズ大佐が新しい情報を持って、艦橋にあがってきた。

「司令官、シンガポールのパリサー参謀長から情報がもたらされました」

「読みあげてみよ」

「本日午後の航空偵察によれば、コタバル付近の海面に戦艦一、重巡洋艦一、駆逐艦一一および輸送船多数、集結中。以上です」

実はこれは誤報であるが、フィリップスにはわかるはずもなく信じざるを得ない。

「コタバルはシンゴラより一一〇海里も南東の海域になる」

ここで、フィリップスに迷いが生じた。

「これはZ部隊にとって、待ちに待ったチャンス到来とも言える。針路をコタバルへ向けるべきか」

フィリップスは不安に陥り、ウェールズ艦長のリーチ大佐、ヘイワーズ大佐、ベル大佐と協議を始めた。フィリップスはどう判断すべきか迷いながら話す。

「昼にレーダーは何度か日本軍を捉えている。日本軍は、おそらくZ部隊の所在を突き止めていると思われる。私が日本海軍の提督なら、明日の夜明けと同時に一〇機ほどの索敵機を飛ばし、Z部隊の行方を特定する。

水上部隊がZ部隊の近くならば、ただちに襲いかかる。遠ければ爆撃機を差し向ける。そうであるなら、Z部隊がこのままシンゴラへ向かえば、日本軍の落とし穴にはまる危険があるのではないか。新しい情報では、日本艦隊がコタバル沖で待ち構えているという。

そこで、Z部隊が取るべき手段は何か。諸君の考えを聞かせてほしい」

リーチ大佐は、不沈戦艦と言われたドイツ戦艦ビスマルクと戦った経験がある。

リーチ大佐が勇んで答えた。

「報告のあった日本海軍の戦艦はコンゴーであろう。コンゴーなどウェールズの敵ではない。

ウェールズがコンゴーと撃ちあっている間に、レパルスは日本軍の巡洋艦や駆逐艦を沈めればいい。勝算は十分にある」

ベル大佐は慎重な意見を述べた。

「自ら落とし穴にはまるべきではない。コタバルへ行けば、艦隊同士の戦いとなる可能性が大であり、Z部隊が日本軍の上陸部隊を叩くという目的から外れてしまう。

つまり、コタバルへ行く意味は考えられない。

明日は、シンゴラへ自殺的突入を敢行するか、それともシンガポールへ引き返すかであろう」

ベル大佐は作戦を中止し、シンガポールへ戻るべきだと言う。議論は延々と続いた。

　ついにフィリップスが結論を言い渡した。

「諸君の考えは十分にわかった。ここは一旦、シンガポールへ引き返す。そのうえで重巡エグゼター、オランダ軽巡ジャワ、それに最も頼りとする空母インドミタブルの到着を待って、Ｚ部隊を再編成し、日本艦隊に決戦を挑む」

　午後一〇時三〇分、フィリップスは発光信号によって各艦へ作戦中止を伝えた。レパルスのテナント大佐からは、司令官の決断に賛意を表すとの返答が返ってきた。

　Ｚ部隊は、シンガポールへ帰投するため南下を始めた。

　一〇日午前一時、再びシンガポールのパリサー参謀長から緊急電が入った。ヘイワーズ大佐が戸惑いながら報告する。

「司令官、シンガポールのパリサー参謀長からの緊急電です」

「読みあげてみよ」

「日本軍は九日夜、クアンタンに上陸を開始、目下我が軍と交戦中なり。以上です」

　クアンタンは北緯三度五〇分、シンガポールとコタバルのちょうど中間地点にある。シンガポールからは二八〇キロも離れていない。

フィリップスに、これを捨てておいていいのかとの迷いが生じた。

「クアンタンはシンガポールへ帰投するコースの途中にある。クアンタン沖合の日本艦船なら、コタバルやシンゴラと違って深入りはせず、危険は伴わないはずだ」

実際にはこの情報も誤報であったが、フィリップスは誘惑に負けた。

「リーチ艦長、針路をクアンタンへ向けよ」

午前一時三二分、シンガポール時間で日付が一〇日に変わった直後、リーチ艦長はクアンタンへ向け、針路二四〇度、速力二五ノットを命じた。

一〇日の午前六時を過ぎた。Z部隊は無線封止のまま航行している。シンガポールのパリサー参謀長も、Z部隊が現在どこの海域を航行しているか知らないままだ。ただ、Z部隊がクアンタンへ向かっていると知ったなら、空軍のプルフォード少将はバッファロー戦闘機でZ部隊を援護するに違いないとの思いはある。

しかし、味方機は現れない。

午前七時三〇分（シンガポール時間午前六時）、Z部隊は依然として二五ノットの高速でクアンタンを目指している。この日の日の出は午前七時五七分だ。

「艦長、朝食はすませたかね」

「日の出一時間前にすませてあります」

日の出と同時に、各艦長は『配置につけ』を下令し、全乗組員は戦闘配置についた。

午前八時三〇分、フィリップスが尋ねた。

「クアンタンの海岸まで、どれくらいの距離かね」

航海長プライス中佐が海図にコンパスをあてて答えた。

「一一〇キロほどです」

「艦長、偵察機を出したまえ」

「了解」

午前八時五〇分、ウェールズからウォーラス水陸両用機が射出された。ウォーラス機ならクアンタンの海岸まで三〇分ほどで到着する。

一時間と少し経過し、ウォーラス機がウェールズ上空へ戻ってきた。ウォーラス機は発光信号で報告する。

「なんだって。クアンタン沖合に敵影を見ずだと。日本軍の上陸は誤報だったのか」

フィリップスは怒りで身体が震えた。Z部隊は目標を失い、出撃は徒労に終わった。

「艦長、針路をシンガポールへ向けよ」

午前一〇時三〇分、フィリップスはすべてを諦めて、シンガポールへ戻る決心をした。

シンガポールへの帰投は機雷原を避ける航路を進まなければならない。それには針路を北東に向け、さらに北北東に取り、今度は東へ向ける航路となる。

そこから改めて南東へ針路を向け、アナンバス諸島の東方を回ってシンガポールへ戻るのだ。

一一時三五分、駆逐艦テネドスから緊急電が入った。

「司令官、テネドスが日本軍機の空襲を受けています」

そう言って、ベル大佐が電文を手渡した。

『我、日本軍の双発爆撃機の空襲を受けつつあり、一〇〇五』

一〇〇五は日本時間の午前一一時三五分だ。

「テネドスは、ここから東南東へ二四〇キロも離れた海域を航行している。ということは、日本軍の爆撃機はZ部隊にも襲いかかってくるぞ」

フィリップスは、日本の空軍はイタリア空軍より技量が劣ると信じ込んでいた。ところが、目の前の現実はイタリア空軍どころか、イギリス空軍以上かもしれないと思い知らされる状況が展開している。

フィリップスは各艦に対空戦闘用意を命じた。

午前一一時四〇分を過ぎた。

「敵飛行機、右三〇度、距離三〇〇〇！」

見張り員の大声が聞こえた。

フィリップスは双発機を見上げて叫んだ。

「あの飛行機を撃ち落とせ。敵発見の電信を打たせてはならぬ！」

リーチ艦長が怒鳴った。

「対空戦闘！」

射撃指揮所の砲術長マクマレン少佐が叫ぶ。

「高角砲、撃ち方はじめ！」

ウェールズは一三・三センチ高角砲を二二門搭載している。

『敵主力見ゆ、針路六〇度、一一四五』

ウェールズでも平文の日本語電文を受信した。日本軍機は盛んに電文を発信しているが、ほかに日本軍機が現れる気配はない。

リーチ大佐は今のうちにと戦闘配食を命じた。戦闘配食はハムと野菜のミックスサンドイッチとゆで卵、それに気付けのラム酒である。

午後〇時四二分、乗組員が食事にありついているとき、拡声器から命令が伝えられた。

「頭上に敵機。対空戦闘、撃ち方はじめ！」

ウェールズ艦内は騒然となった。上空を見ると、八機の双発爆撃機が高度三〇〇〇を見事な逆V字型の編隊で迫ってくる。

ウェールズとレパルスの高角砲、ポンポン砲、機銃が一斉に火を噴き出した。駆逐艦エクスプレス、エレクトラ、バンパイアも撃ちだした。

「敵機はレパルスへ向かっているぞ」

ベル大佐が不思議そうに言った。

見ると、双発爆撃機の編隊はZ部隊の西側上空を迂回するように南側に出た。レパルスを標的とした爆撃コースだ。旗甲板にいた見張り員が叫んだ。

「敵編隊、一斉に爆弾投下！」

フィリップスは旗甲板に出て、レパルスを見た。レパルスは周囲を大きな水柱に囲まれ、姿が見えない。水柱が収まった。

見張り員がレパルスの状況を双眼鏡で確認する。

「司令官、一弾命中です！」

「命中箇所は」

「右舷後方、格納庫付近です。被害状況は軽微のようです。速力も衰えていません」

レパルスは最大速力の三〇ノット以上で航行している。

「これで、敵機が引き上げてくればいいが」

フィリップスの希望通り双発爆撃機の編隊は翼を翻し、北方へと消えていった。

「一機も撃墜できないとは」

フィリップスは双発爆撃機の編隊が視界から消えると我に返り、不満を漏らした。

「敵編隊、南方から接近中！」

午後一時、再び悪魔のような声が聞こえた。

「南からだと。味方機ではないのか」

先ほどの敵機は北からやってきた。フィリップスは疑問に思って聞き返した。

「いえ、敵の双発爆撃機です。今度は大編隊です」

見張り員が震える声で報告する。

フィリップスはまた旗甲板に出て、自ら敵編隊を確認する。九機編隊の塊が三つになって迫ってくる。

「何をする気だ」

双発爆撃機はウェールズの右真横を通り過ぎた。ウェールズの前方に出ると、三隊に分かれて反転した。

一隊は高度三〇〇〇のまま爆撃コースへ向かい、二隊は低空へ降りるとウェールズの右舷と左舷に分かれた。

「艦長、敵機が反転した。攻撃してくる！」

航海長のテナント少佐がリーチ艦長に怒鳴った。

「面舵、いっぱい。最大戦そーく！」

リーチ艦長が怒鳴っても、ウェールズの舵はなかなか反応せず、針路二二〇度のまま三〇ノットで突っ走る。

敵機は双発機にも関わらず、海面ぎりぎりの高度五メートルの低空を迫ってくる。距離が七〇〇メートルまで近づいた。

「敵機、魚雷投下！」

双発爆撃機は艦橋前の四連装砲塔すれすれの上空を飛び去った。胴体の日の丸が鮮やかに見えた。

「なんという奴らだ」

リーチ艦長は無鉄砲な奴らだと毒舌を吐いた。

その二分後、ウェールズの右舷に強い衝撃が走り、マストよりも高い大きな水柱が立った。

「魚雷が命中した！」

またしても右舷で大きな衝撃が起きた。

「続いて魚雷命中！」

見張り員の怒鳴る声が響く。

「被害状況知らせ」

リーチ艦長の興奮した報告と、副長ロースン中佐が電話で怒鳴る声が、同時に聞こえてきた。

水柱が収まった。今度は後部三番砲塔付近で火災が発生したとの声が聞こえてきた。

さすがのウェールズも、少しずつ速度が落ちてきた。だが、致命的な損害は受けていないようだ。

「まだまだやれる」

リーチ艦長は強気の姿勢を崩さない。そのときだった。ウェールズの艦首を、今度は左から右へ一〇機近い双発爆撃機が飛び去った。

「右と左からの同時攻撃か」

リーチ艦長が悔しそうにつぶやいた。

その三分後、下から突き上げられるような、にぶい衝撃が数度にわたって走った。

「またしても魚雷命中だ!」

リーチ艦長が叫んだ。急激にウェールズの速度が落ちて行く。

「スクリュー破損!」

副長ロースン中佐の声が聞こえる。その直後だった。

ズダーン。艦橋前の四連装砲塔近くで爆発が起きた。

「上空に敵機!」

海面ばかり見ていたら、いつの間にか上空に敵機が忍び寄り、爆弾を投下して飛び去ったのだ。

爆弾は厚さ七五ミリの鋼板を突き破り、内部で爆発したようだ。一番砲塔近くの甲板が下から持ち上げられ、黒い煙が勢いよくのぼっていった。

今度は艦尾近くから衝撃が伝わってくる。ウェールズの機関が停止した。

見張り員が震えながら怒鳴った。

「レパルス、沈みまーす」

ズダーン。再び停止しているウェールズを数発の敵弾が襲った。一弾は艦橋横の側舷に命中し、フィリップスは火に包まれた艦橋の壁に叩きつけられた。

「これまでか」

フィリップスは長年の軍令部勤務中、アジアにはまったく関心を払わず、対ドイツ戦の研究のみに力を注いできた。

「アジアにも優れた技術を持つ国があると、認識すべきだった」

フィリップスは自分を悔やみ、ウェールズの最期を感じながら気を失った。

４

九日夜、第二二航空戦隊司令官松永貞市少将は攻撃隊に帰投を命じると、サイゴンの司令部で明日の索敵・攻撃に関する作戦会議を開いた。

出席者は、二二航戦参謀高馬正義中佐、元山空司令前田孝成中佐、美幌空司令近藤勝治大佐、山田部隊指揮官山田豊中佐、鹿屋空司令藤吉直四郎大佐である。

作戦会議は午後一〇時少し前に一応の結論を得て終了した。藤吉大佐は午後一一時頃に自動車でツダウム飛行場へ戻った。

小栗が搭乗する鹿屋空第一中隊一番機は、午後一一時一〇分頃に無事、ツダウム飛行場へ着陸した。小栗は指揮所前で、次々と着陸する一式陸攻の数を数える。黄昏時に出撃したのは二七機だ。着陸した一式陸攻も二七機だった。

「よかった。全機、無事だった」

早速、小栗は藤吉大佐に歩み寄り報告する。

「藤吉司令、敵発見ならず、ただいま戻りました。成果はありません」

「成果がなくてもやむを得まい。俺も先ほどサイゴンでの作戦会議から戻ってきたところだ」

「作戦会議？　明日の索敵と攻撃についてですか」

藤吉大佐が作戦会議の結果を伝えた。

「作戦会議の協議で明日の攻撃部署が決まった。甲空襲部隊は元山空だ。元山空は四個中隊の戦力なので、二個中隊が雷撃、一個中隊が爆撃、一個中隊が早朝からの索敵を担当する。

美幌空が乙部隊となる。美幌空も四個中隊なので編成は元山空と同じだ。ただし、索敵は元山空が敵を発見できなかった場合の備えとなる。山田部隊は丙部隊で陸偵による索敵を行う。

鹿屋空は丁部隊となる。三個中隊のうち二個中隊は雷撃、一個中隊は爆撃で、元山空や美幌空と同じ編成での攻撃部隊となる」

「了解しました。第一中隊を爆撃隊、第二中隊と第三中隊を雷撃隊とします。自分は今日と同じく、第一中隊一番機で指揮を執ります。これから明日の出撃準備に入ります」

「頼んだぞ」

小栗に休む時間はなかった。整備員は夜明けまで寝ずの作業に入る。整備員はすでに、飛行機の着陸と同時に点検作業に入っている。

点検の後は、給油と爆弾や魚雷を搭載する作業である。一連の作業を夜明けまでにすませなければならないのだ。

魚雷の搭載は、まず爆弾投下器を外して魚雷投下器に替える。そこへ武器庫で調整済みの魚雷を運搬車で運び、ジャッキで持ち上げて投下器のフックに掛ける。その後で投下装置がうまく働くか、機内操縦席の引き金を引いて投下試験を行う。

これを念入りに三度行って、装置に不具合がないか確認する。

標的は戦艦と限らず、状況によっては巡洋艦や駆逐艦もあり得る。そのため、魚雷は深度五メートルに調定される。

ツドウム基地には八〇番通常弾が準備されていない。やむを得ず、明日は五〇番通常弾を搭載し出撃することになった。

一〇日午前六時二五分、松永司令官は元山空の第四中隊九六式陸攻九機を索敵のために発進させた。この中の第二小隊長機が帆足少尉機である。

午前七時三〇分に松永司令官は、各攻撃隊は準備がすみ次第、シンガポールへ逃走中の敵主力を攻撃せよと命じた。

「司令、元山空は午前七時五五分に出撃したようです」

小栗は電話で入った元山空からの連絡を藤吉大佐へ報告した。

「ずいぶん早いな」

小栗は前田中佐の思惑を口にした。

「索敵機が発見してから出撃すると、敵主力はシンガポールの直衛機の圏内に入ってしまうのではと、心配したのだと思います」

「では、鹿屋空は何時に出撃する？」

小栗は自分なりに計算した作戦を述べた。

「おそらく敵主力は索敵線の先端ぎりぎりで発見されると思います。九六式陸攻は索敵線の先端まで五時間ほどの飛行時間です。敵発見時に、索敵線の先端とサイゴンとの中間地点に達していれば、ちょうど良い地点で待ち構えることになります」

「すると、午前九時頃の出撃になるな。元山空より一時間遅れか。いいだろう」

午前八時五〇分、天幕張りの指揮所前に搭乗員が整列した。藤吉司令が訓示する。

「ただ今より、英国艦隊攻撃のため出撃を命ずる。諸君も知っての通り、コタバル、シンゴラには陸軍の輸送船団が敵前上陸を敢行中である。

これに対しキング・ジョージ級を含む戦艦二隻を中心とする英東洋艦隊は、八日夕刻にシンガポールを出港し、我が輸送船団の攻撃を企図している。

我が軍は水上部隊、航空偵察部隊の全力をあげて敵主力との接触を試みている。

鹿屋航空隊は誓って敵主力を殲滅せんとす。諸君の武運長久を祈る」

小栗は藤吉司令の訓示が終わると同時に号令をかけた。

「かかれー！」

小栗は今日も昨日と同じ、第一中隊一番機に乗り込んで全体指揮を執る。地上整備員はすでに試運転を始めている。

「試運転完了、異常なし」

整備員の下士官が報告する。

鍋田大尉以下の搭乗員が乗り込み、最後に小栗が乗り込んだ。鍋田大尉は火星発動機の全速回転など、一連の手順で改めて試運転を行う。

「鍋田大尉、調子はどうだ」

「順調です。出発します」

鍋田大尉は列機に出発の合図を送る。列機から出発準備よしの合図が返ってくる。

「チョーク外せ」

鍋田大尉は両手を顔の前で交差させ、左右に小さく開いた。整備員がチョークを外すと機体が動き出す。

整備員の帽振れのなか、機体は轟音をあげながら加速し、空中に浮いた。

高度三〇〇〇、針路一八〇度、時速三一五キロの巡航速度で飛行する。メコンデルタ上空は快晴で視界もよい。

南下するにしたがい、高度三〇〇〇付近に薄い層雲が現れ始めた。海上に出ても高度三〇〇〇付近に薄い層雲がある。それでも昨日と違い、雲量は三から五程度であった。

小栗がつぶやいた。

「雲が出ていれば、上空から敵を発見するのは難しい。これは航空機の大きな欠点だ」

午前一二時を過ぎた。飛行時間は二時間を超えている。

「まだ敵発見の知らせはないか」

小栗にも、そろそろ敵を発見しなければとの思いが募ってくる。さらに四五分が経過した。

高村一飛曹は電信機にへばりついている。高村一飛曹が大きな声で叫んだ。

「敵発見！」

鍋田大尉が聞き返す。

「場所は？」

「待って下さい」

電信は平文だが、第二電も位置の報告がない。一二時五分、ついに詳細な情報がもたらされた。高村一飛曹が再び大きな声で叫んだ。

「敵はクアンタン沖一三〇キロ。主力艦二、駆逐艦三、視界良好」

鍋田大尉は大きくバンクし、針路をクアンタンへ向けた。一時間一〇分後、小栗が指揮官席から右前方の海面に航跡らしい白い帯を見つけた。

「鍋田大尉、あれは航跡ではないのか！」

「そうだ。航跡だ。右三〇度に敵の航跡発見」

鍋田大尉が興奮して叫んだ。

小栗は胸を熱くして命じた。

「高村一飛曹、全軍突撃せよを打て」

「了解」

高村一飛曹が全軍突撃を意味する『ト、ト、ト』を打電した。

九六式陸攻も一式陸攻も隊内無線電話機を装備している。だが感度が悪く、連絡はどうしても電信に頼らざるを得ないのが現実だ。

鹿屋空は南方から接近し、敵主力を正面に見る。副操縦席の檀上行男一飛曹が不思議そう言った。

「敵主力二番艦、火を吹いています」

「元山空は二番艦に攻撃を集中させたな」

出撃前、元山空の第三中隊は二五番を搭載して出撃すると連絡してきた。

元山空の指揮官は、二五番では新型の一番艦に致命傷を与えられないと判断し、魚雷攻撃を含め二番艦に攻撃を集中させたと小栗は推測した。

「ならば、鹿屋空は一番艦に攻撃を集中すべきだ」

射点が近づいてきた。小栗は攻撃目標をはっきりさせた。

「敵主力一番艦に攻撃を集中する。第二中隊、敵一番艦を右舷から攻撃せよ。第三中隊、敵一番艦を左舷から攻撃せよ。第一中隊、太陽を背に敵一番艦を爆撃せよ」

小栗は命令を伝えると、あとは各中隊長に指揮を任せる。これまでの訓練で中隊長も小隊長も錬度を満足するほどに高めている。指揮官の口出しは混乱を招くだけだ。

第二中隊、第三中隊が魚雷投下地点へ向けて高度を下げて行く。

「爆撃隊形作れ。編隊を緊密にせよ」

鍋田大尉は通常の中隊編成から山型の雁行陣へ移る命令を伝えた。

午後一時、クアンタン沖の太陽は、ほぼ真南の七〇度付近で輝いている。鍋田大尉は太陽を背にする爆撃コースに入った。

「柳沢飛曹長、どうだ。敵を捉えたか」

鍋田大尉はボイコー照準器に取りついている柳沢飛曹長に言った。柳沢飛曹長は返事をする代わりに誘導を始めた。

「よし、捉えた。ちょい右、ちょい左」

柳沢飛曹長が操縦を誘導する。その声に合わせて鍋田大尉はフットバーを微妙に踏み、機体を爆撃コースに合わせる。

「よーそろー」

緊張して気づかなかったが、下からはシャワーを逆さにしたような赤い火箭が湧くように上がってくる。機体は小刻みに揺れている。おそらく数発は機体に命中しているだろうが、搭乗員に怪我はないようだ。

「投下、よーい」

第一中隊の運命が柳沢飛曹長の号令にかかっている。緊迫した空気のなか、柳沢飛曹長の大きな声がした。

「テーッ！」

柳沢飛曹長が叫びながら投下ボタンを押した。列機も教導機である一番機から爆弾が落ちるのに合わせ、自機の投下ボタンを押す。

九発の五〇番爆弾がV字型になって落下する。

「当たった！」

一発は四連装砲塔の近くに命中した。もう一発は後部三番砲塔近くに命中した。

敵主力艦は三〇ノットの高速で爆弾を回避している。その敵艦に九発投下して二発の命中弾を得たのは奇跡に近い。

「魚雷命中！」

敵主力一番艦の右舷で、大きな水柱が二本連続して立ち昇った。

「あっ、陸攻が火を吹いた」

左舷から迫っていた第三中隊の一機が魚雷投下後、一番艦の上を飛び越えようとしたときに火だるまになって海面に突っ込んだ。

「陸攻、もう一機、火を吹いた」

第三中隊は二機を失った。機体はそのまま海面に突っ込んだ。これでは搭乗員は助からない。

初めての犠牲者だ。誰もが口を開かず、機内はしんとなった。

「左舷に魚雷命中。また命中した！」

小栗はその声で我に返った。

「先ほど犠牲になった陸攻が発射した魚雷かもしれない」

ようやく慰めの言葉が出た。

敵主力一番艦は、五〇番が二発命中しても速度は落ちなかった。しかし、四本の魚雷命中によって急激に速度が落ちた。それでも一番艦は沈みそうにない。

「とどめを刺さなければ」

二番艦は元山空が、一番艦は鹿屋空が手傷を負わせた。それでも、このままでは敵主力艦は魚雷の命中箇所を修復し、夜のうちにシンガポールへ逃げおおせる可能性がある。

小栗は再出撃の必要性を感じながら命じた。

「帰投せよ」

鹿屋空は針路を北方に向けた。

「美幌空だ！」

針路を北方に向けて三〇分ほど飛行したとき、前方から美幌空の大編隊が迫って来た。

「美幌空は準備に手間取って出撃が遅れたのだな。それが幸いし、進行途中の絶妙の間合いで帆足機の電信を受信し、直接クアンタンへ駆けつけられたのだ。敵の主力艦は二隻とも手傷を負っている。とどめは美幌空が刺してくれるだろう。幸運、我にありと言えそうだな」

小栗はこれで再出撃の必要がなくなったと胸をなで下ろした。小栗は武運長久を祈るの信号を送り、美幌空を見送った。

電信員の高村一飛曹が興奮して叫んだ。

「帆足機から電文です。二番艦、沈みつつあり！」

小栗は驚いて言った。

「帆足機だと。帆足機は、まだ現場にとどまって状況を報告していたのか」

機内は興奮に包まれた。

「やった！」

「ばんざーい！」

時に午後二時三分であった。

しばらくして、またしても帆足機からの電文を受信した。

「一番艦に魚雷命中三。徐々に沈みつつあり」

鹿屋空は一番艦に四本の魚雷を命中させた。新鋭艦であろうと七本のもの魚雷を食らっては、どうにもならない。そこに今度は、美幌空が三本の魚雷を命中させた。

戦艦プリンス・オブ・ウェールズは司令官フィリップス大将、艦長リーチ大佐とともに午後三時頃、マレー半島沖で海中に姿を消した。

日本軍の損害は、元山空の一機と鹿屋空第三中隊二番機の山本福松一飛曹機、三番機の中島勇壮一飛曹機の三機であった。

小栗は今日を振り返って強く感じた。

「もはや戦艦は海戦の主力になり得ない」

小栗はマレー沖海戦の教訓から、富嶽で是非とも実現してほしい装備の機能を書きとめた。

一つは、雲上や夜間でも地上を観測できる装置だ。もう一つは、航空機同士のみでなく航空機と艦船、航空機と地上の間で支障なく使える無線電話装置であった。

第6章　山本五十六の檄

1

昭和一六年末、広沢がBT（ターボプロップ発動機）の試験運転に没頭していると、総合研究所本館の竣工式に出席するように要請があった。

かねてから中島飛行機は中央線を挟んだ武蔵野製作所の南側、六〇万坪もの広大な敷地内に飛行機関連にとどまらない世界最先端の総合研究所を建設していた。それが、このほど計画通り研究所の本館が竣工したのだという。

竣工式は一二月三一日水曜日の午前一〇時から、本館一階の大会議室を兼ねる講堂で行われた。初めは中島社長による総合研究所の目的や意義などの話である。

中島社長の話は、総合研究所は世界から各分野の優れた研究者を集め、政治、経済ならびに航空機を含む先端技術の総合研究機関を目指すのが目的だったが、世界情勢の変化により、総合研究所を富嶽開発の拠点にすることに変更があったという内容だった。

最後に中島社長が宣言した。

「この研究所を、中島飛行機三鷹研究所と命名する」

総合研究所は三鷹研究所と命名され、所長に取締役の佐久間一郎技師が任命された。

式典には当然、陸海軍の首脳も大勢出席している。軍人の挨拶は作戦が順調に推移しているせいか、誰もが鼻息の荒い内容だった。

式典は一二時に終了し、あとはいつものようにパーティーが始まった。酒がまわるにしたがい、場の雰囲気はくだけてくる。

広沢は小泉製作所から顔を見せた内藤技師を見つけて話しかけた。

「内藤さん、加藤さんも一緒ですか」

「おう、ヤス。それにしても三鷹研究所は広いな」

内藤技師が窓の外を見渡して、しみじみと口にした。

三鷹研究所の敷地は、戦後に西武多摩川線となる是政（これまさ）線に沿った東側一帯で、川が流れ、わさび畑や桑畑が広がる昔ながらの農村地帯だ。研究所内へは鉄道が引かれており、交通の便は確保されている。

本館は鉄筋コンクリート三階建てで、敷地内の中央よりやや北側の位置に建設された。本館の西側には食堂が入る建物も同時に竣工した。

本館の北側には、平屋だが本館とほぼ同じ大きさの板金工場、その西側には本館の三倍以上も大きい発動機試作工場、さらに木工場の建設が進められている。これらの工場は、昭和一七年三月末に竣工する予定である。

中島社長の話からも、三鷹研究所は富嶽の開発拠点となるのだ。通達によれば、本館の三階に機体関連、二階に発動機関連の拠点が設けられる。二階には広沢の技師としての席も設けられている。

加藤技師が背伸びをしながら言った。

「我々はまもなく三鷹研究所で仕事を始めるのか」

広沢は驚いて聞いた。

「機体関係者は、試作工場が完成していないのに三鷹研究所へ引っ越すのですか」

「我々だけではない。今月中には三〇〇名近い陸海軍の若手技術者が移ってくる」

「陸海軍の技術者が？　本当ですか」

「ああ、陸・海軍航空本部、陸軍航空研究所、海軍航空技術廠から若手技術将校や技手たちが三鷹研究所へ派遣されてくる」

内藤技師が言った。

「富嶽委員会は、官民一体となって富嶽を開発すると言っている。富嶽は九月末に第二次木型審査を終えた。これからは機体製造に向けた詳細設計や製造設計、そして実験など厖大な作業をこなさなければならない。

富嶽は官民一体となって開発するのだから、中島委員長の要請があれば、陸海軍も技術者を三鷹研究所へ送り込まざるを得ない。当然であろう。

それより中島大社長の凄いところは、開発作業の混乱を避けるため、陸海軍からの派遣技術者を中島飛行機技師の手足となって働ける若手に限ったことだ」

広沢は不思議に思った。

「軍部は、よく中島大社長の要請を受け入れましたね」

「富嶽を官民一体となって開発すると言っている以上、軍部は中島委員長の要請を、そのまま受け入れざるを得ないだろう」

飛行機開発の成否は、発動機と主翼の設計にかかっていると言っても過言ではない。特に主翼の設計は膨大な量の計算が必要になる。

そのためなのか、内藤技師のグループには陸海軍の技術者が大勢配置される予定だという。新たに三〇〇名もの技術者が加われば、富嶽の開発作業は加速するに違いない。

広沢の班に陸海軍から技術者が応援にくるとは聞いていない。BTはBZの予備機の位置付けである。広沢はやむを得ないと思った。

「ところで、ヤス、BTの開発は順調か」

広沢は正直に答えた。

「BTは試運転の最中です。これまで解決すべき問題が出るたびに、改善策を探りながら発動機を手直しして試験運転を行う試行錯誤の連続ですよ」

「三鷹研究所にはいつ移るつもりだ」

「試作工場が完成しないうちは、我々の班が三鷹研究所へ移る意味がないので、試作工場が完成してから移ります。それまでは東京製作所で仕事を続けます」

「それもそうだな」

内藤技師があっさりと言った。

パーティーは午後五時にお開きとなった。

昭和一七年の正月、広沢は三が日を岩手県の実家で過ごした。戦時中は実家で過ごす時間はないと考えての里帰りだった。

二日夜、ラジオのニュースを聞いていた兄の安太郎が話しかけてきた。

「安次郎、日本軍がマニラを陥落させたようだぞ」

「アメリカ軍がそんな簡単にマニラを手放すだろうか」

広沢は疑問を口にした。

兄の安太郎は家業の牧場経営に精を出すのみで、多くの国民と同じように世界情勢とは無関係と思える毎日を過ごしている。

安太郎は感じるままに言う。

「それだけ日本軍が強いのかもしれないな」

広沢は何も答えられず、三日の夜には東京へ戻った。

広沢は沼知博士の指摘に基づき、BTの再設計作業に没頭していた。そんなある日、水谷技師が新聞を片手に話しかけてきた。

「ヤス、シンガポールが陥落したぞ」

二月の一〇日頃から、日本軍がジョホール水道を渡りシンガポールへ上陸したなどの記事が新聞紙上を飾っていた。一七日の新聞は、イエスかノーかの言葉でパーシバル中将に迫る山下奉文中将の写真を載せ、シンガポール陥落を報じた。

水谷技師が不安気に言った。

「アメリカは、そろそろ底力を発揮してくるぞ」

広沢は中島大社長の言葉を思い出しながら言う。

「じり貧に陥る前に富嶽を完成させてアメリカ本土を爆撃できれば、日本はアメリカと講和を結ぶ機会があると思う。自分は一日も早くＢＴを完成させることに没頭します」

「そうだな。機体設計も陸海軍からの応援もあって、順調に進んでいると聞いている。なんとかボーイング・フィールドのＢ29製造工場やピッツバーグの製鉄工場を破壊できれば、日本の生き残る道はあるはずだ」

口には出さないが、広沢と同じく水谷技師も、これまでと同じ戦略で戦えば日本の勝利はないと思っているようだ。

その後も日本軍の破竹の勢いは止まらなかった。バンドンのオランダ軍も日本軍に降伏した。

広沢のチームは三〇人ほどの小さな所帯である。広沢の意気込みもあってまわりの雑音に左右されず、全員がＢＴの再設計作業に取り組んだ。

三月末、ようやく設計書が出来上がった。

「計算上、タービン出力七七二〇馬力、燃料消費量毎時五八〇リットル、ターボプロップ出力二五八七馬力、ジェット推進力六二〇キログラムとなった。ターボプロップとジェット推力を合わせると、馬力換算で出力は五〇〇〇馬力を発揮する発動機になる。何度も計算して確認した値だから間違いない」

広沢は今度こそ自信を持った。

そして三鷹研究所の板金工場、発動機試作工場、木工場も予定通り三月末に竣工したとの連絡が入った。

「三月末に三鷹研究所の発動機試作工場、木工場も完成したそうだ。四月には我々も、東京製作所から三鷹研究所へ移る。

荻原技手、引っ越し作業に入る前に、木工場にBTの実物大木型の製造を依頼して来い」

「わかりました。すぐに行ってきます」

荻原技手はBTの設計図と新山課長の依頼書を抱え、三鷹研究所へ向かった。

四月に入り、引っ越し作業が始まった。

「これは大変だな」

広沢のグループはターボプロップ発動機関連の実験設備を含め、一切を東京製作所から三鷹研究所へ移さなければならない。

引っ越しで混乱が起きないようにあらかじめ計画を立て、人員を割り当てて準備する。各個人の物品は一人ひとりが物品を梱包して箱に詰め、宛先を書いた荷札をつける。

試作工場の実験設備の機械一つひとつをどのように分解し、梱包し、新しい場所に運んで組みたてるか、計画を立てて担当人員を割り当てる。

荷物を運び、梱包を解いた後に機械や道具に欠品がなく、破損箇所がないかを確認する。そして、機械を据え付けて試験運転を行い、間違いなく動くか確認しなければならない。

四月初めから二週間は東京製作所と三鷹研究所の間を何度も往復し、引っ越し作業に取り組んだ。

四月中旬のある日、広沢はその日の引っ越し作業を終え、夕食をとるため本館となり合わせの食堂に入った。すると内藤技師、加藤技師と顔を合わせた。

「あ、内藤さん、加藤さんも一緒ですか。久しぶりです」

内藤技師たちはすっかり三鷹研究所での仕事になじんでいる様子だ。

「引っ越し作業はすんだのか」

「荷物の運び込みは終わりました。明日から機械の据え付けをやります」

久しぶりに四方山話に花が咲いた。いつしか陸海軍技術者の話になった。

「陸海軍技術者はどうですか」

内藤技師の答えは意外なものだった。

「陸海軍の技術者か。そうだな。彼らは経験が浅いので、理屈は理解できても判断力はない。ただ、計算能力は抜群だぞ。

それに疑問点は質問するが、納得した後の仕事ぶりが凄い。彼らは休まず、黙々と最後まで仕事をやり遂げる。おかげで主翼の設計は予定よりも早く進んでいる。大いに助かっているよ」

厖大な計算を伴う主翼の設計作業は、計算力抜群の陸海軍技術者にとって、最も得意とする仕事だという。しかも、彼らは中島飛行機の自由な雰囲気のせいか、伸び伸びと明るく仕事をしていると内藤技師は絶賛する。

内藤技師が声をひそめて言った。

「ところでな、ヤス。今日の昼頃、アメリカ軍機が東京を爆撃したらしい」

「まさか！」

広沢の驚きは尋常ではなかった。内藤技師がこんな冗談を言うはずはない。しかし、広沢にはどうしても信じられなかった。

「本当だ。ニュースでも報じられている」

広沢は、アメリカ軍機の爆撃は事実であったとしても、どうすることもできない。ただ目の前の仕事をこなすのみである。

四月後半に入ると、広沢のグループも荷物の整理、各種設備を試作工場へ据え付ける作業もほぼ終わり、いよいよBT開発作業の再開にこぎつけた。引っ越し作業のせいで四月のBT開発作業はほとんど進まなかった。

四月末になって、木工場からBTの実物大木型が出来上がったとの連絡が入った。広沢が試作工場に足を運ぶと、実物大木型は荻原技手と技手仲間の手で組み立てが終わっていた。

「見た目も前のBTより少し大きいな。この大きさで、本物は五〇〇〇馬力を発揮する発動機になるのだな」

新しいBTは直径八八〇ミリ、長さ四七五六ミリの大きさがある。広沢は木型の部品を開いて、一一段に見える六段軸流圧縮機、直流型燃焼室七個、三段タービン室の形状をじっくりと観察した。見事な出来栄えである。

広沢は、このまま順調に開発作業が進むようにと願った。

「これで五月から部品製造に取りかかれるぞ」

部品製造は一カ月を予定している。その後は、ターボプロップ発動機の組み立て作業となる。広沢は気合を入れ直した。

2

五月初め、古河電工日光精銅所から待ちに待った耐熱鋼が届いた。耐熱鋼はドイツから購入した排気タービン過給器の材料を参考に、不銹鋼（ステンレス）に少量のモリブデンを加え高温強度を高めた合金である。

「製造を依頼して八カ月、これが出来上がった耐熱鋼か。圧延で薄い板状に加工してあるが、タービン翼に加工するのは難しそうだな」

四月に部長へ昇格した新山技師が、銀色に鈍く光る耐熱鋼を手で触りながら言った。広沢は古河電工から受けた説明をそのまま話した。

「古河電工によれば、モリブデンは融点が摂氏二六二三度と高いので製造が難しく、八カ月も試行錯誤を繰り返し、ようやく出来上がったようです。

この耐熱鋼は常温での加工性がいいらしく、タービン翼への加工はそれほど難しくないみたいですよ」

「期待通りの性能を有するか、試験で確認する必要があると思う。もし性能不足だった場合、さらに優れた耐熱鋼が必要になると思うが、古河電工はなんと言っている」

「古河電工は、耐熱鋼は研究段階にあると言っています。炭素の含有量とかチタン、タングステンやバナジウムなど、耐熱のみならず高張力鋼にも繋がる合金の研究は、これからもっと強化する必要があると言っています。

いずれにせよ、基本となる耐熱鋼の材料が出来上がりました。これからはこの基本鋼に新しい金属を加えたり、配分量を変えたり、製造方法を工夫したりと、研究は加速度的に進むと思います」

「なにはともあれ、これでBTの試作機を製造する材料は揃ったのだな」

「ええ、これで六基のBT試作機を製造する材料はすべて揃いました。古河電工は、さらに耐熱鋼の研究を強化すると言っています。BTの量産に入る頃には、さらに優れた耐熱鋼が出来上がっているかもしれません」

「そう願いたいものだ」

「これで、五月末までに試作機の部品製造を終える目処がたちました」

新山技師が期待を込めて言った。

「六月に組み立てを終え、七月には試運転開始だ。もうすぐ五〇〇〇馬力の発動機が誕生するな」

新山技師の話は、どんどん先へ進んでしまう。それだけ期待が大きいのかもしれない。

聞けば、BZの開発は予定より遅れているらしい。新山技師にすればBTは保険のつもりだったが、むしろ本命に躍り出るかもしれないと思っているようだ。

広沢は毎日のように熟練工が作業する試作工場に足を運び、部品製造の進捗状況を見守った。

五月を一週間ほど残した二五日の月曜日、広沢は出勤するといつものように試作工場に足を運んだ。すると、BTの部品製造を取り仕切る三〇代半ばの小田切春雄主任が近づいてきた。

「広沢さん、BT試作機の部品は一基分すべてが揃いました。確認しますか」

BT発動機は圧縮翼、燃焼室、タービン翼とほとんどの部品が板金工場で作られる。小田切主任は、製造された部品を実物大木型や製造設計図と照らし合わせ、寸法や仕上げ状況をチェックし、合格品のみを台の上に並べる。

台の上には番号を振られた部品が一つひとつ並べられている。小田切主任は丁寧な仕事ぶりで知られており、ひと目で部品の品質チェックまですんでいることがわかる。

「部品は一つひとつ小田切主任が確認しているのだろう。それなら間違いない。それにしても、一基分の完成が予定より一週間ほど早かったな。助かるよ」

小田切主任が笑顔を返した。小田切主任のグループは残るBT試作機五基の部品製造に入っている。これ以上の邪魔だては足を引っ張るだけだ。

発動機の組み立ては広沢らの手で行う。組み立てをまとめるのは、三月に陸軍から召集解除になり、四月に中島飛行機へ戻ってきた前畑正雄主任だ。

前畑主任は昭和一二年三月に工業高等学校を卒業し、四月に中島飛行機東京製作所へ入社した。昭和一三年一月、陸軍に召集された直後、二等兵で甲種技術幹部候補生の試験を受けて合格した。

三月には少尉任官となり、昭和一七年三月末に中尉で召集解除となった経歴の持ち主である。前畑主任は陸軍の技術中尉で退官したので、中島飛行機の社内では技師補としての扱いをされる。

六月下旬、試作工場でBTの組み立てが終わった。

「これで七月初めには火入れ式が行える」

広沢はひと安心と安堵した。そんなある日、三鷹研究所にいつもと違う緊張した雰囲気が漂った。

「新山さん、どうしたのですか」

広沢はいつものように試作工場で作業をしていた。そこに新山技師が足早に近づき、緊張した様子で広沢に告げた。

「まもなく大社長が山本大将一行を案内してくる」

まさに青天の霹靂である。山本大将は海軍における実質的な最高実力者と言える人物だ。その山本大将が三鷹研究所を視察しているのだ。

どうやら緊張感の原因は山本大将の視察にあったらしい。

「いつもの通りに仕事を続けていればいいんでしょう」

「それはそうだが、山本大将に質問されたら事実を正直に話すように」

「わかりました。質問がなければ、何も話さなくてもいいんですね」

「それはそうだ。自分から話す必要はない」

中島大社長が山本大将一行を案内して試作工場に入ってきた。小山技師長が大社長を補佐しているようだ。

「将官のお通りか」

広沢は大名行列のような視察団を見て思わず口にした。

視察団は二つに分かれている。先頭のグループが組み立ての終わったＢＴの前で立ち止まった。

「これが新しい方式に基づくターボプロップと呼ぶ発動機で、社内ではＢＴと呼んでいます」

中島大社長が中央の小柄な人物に説明をする。どうやらそれが山本大将のようだ。

「こちらがＢＴ主務設計者の広沢技師です」

大社長が山本大将に広沢を紹介した。

広沢は恐縮して深く礼をした。大社長は視察団員の名前を一人ひとり紹介した。

先頭のグループは、連合艦隊司令長官山本五十六大将、海軍航空本部長片桐英一中将、海軍省兵備局長保科善四郎少将、海軍航空技術廠飛行機部長佐波次郎少将、四月二〇日に陸軍省軍務局長に就任した佐藤賢了少将、航空研究所所長緒方辰義少将、参謀本部作戦課長真田穣一郎大佐、航空本部安藤成雄中佐の八名であった。

海軍は四人とも将官、陸軍は将官二人に佐官二人だ。

「陸軍と海軍では、航空機に対する力の入れ具合が違うのかな」

航空兵力が大事とは言うものの、陸軍と海軍の航空兵力に対する考え方の違いがわかったような気がした。

山本大将は不思議なものを見るかのように腰をかがめ、じっくりとBTを観察した。広沢は山本大将から少し離れて様子を見ていた。

「この発動機は何馬力か」

広沢は山本大将の質問で我に返った。

「離昇時の出力は五〇〇〇馬力になります」

広沢は慌てて答えた。噂通り山本大将は航空機に明るいようだ。

「一万メートルの上空では何馬力か」

「計算では四五〇〇馬力になります」

「燃料は揮発油でなく軽油だと聞いたが」

「その通りです。燃料は灯油か軽油になります」

山本大将は今度は小山技師長に聞いた。

「先ほどのBZは高度六三〇〇メートルに上昇すると、出力は四〇六〇馬力に低下すると聞いた。そして、燃料は高オクタン価の揮発油が必要だとも聞いた。

ＢＴは軽油で十分動作すると言う。そうであるなら、富嶽の発動機はＢＴにすべきではないか」

「ＢＺは既存の技術を組み合わせた発動機です。ＢＴはまったく新しい方式の発動機なので、不確実な問題点が多く内在していると考えられます。

試験運転でこれらの問題点を見つけて解決する必要があります。ＢＴが完成した時点で、富嶽の発動機をＢＺからＢＴへ換装する方針です」

「そうか」

山本大将は納得した様子を見せた。佐藤少将は鋭い目でＢＴを見つめていた。

一〇分ほどで先頭のグループは、次の視察場所へと去って行った。立ち去る山本大将の後ろ姿は、身長一六四センチの広沢より小柄のように見えた。これが、広沢の山本大将に対する第一印象だった。

入れ替わるように、次の視察グループが近づいて来た。このグループは全員が佐官クラスで、海軍一〇名、陸軍一〇名、合わせて二〇名の実務担当者のようだ。

広沢は視察団一行を無視して通常の作業を続けた。一行はＢＴの前で足をとめ、不思議なものを見るように好奇心を表した。

だが、誰も質問する様子もなく、すぐに立ち去って行った。

午後になって技師に大会議室への招集がかかった。広沢は水谷技師と一緒に一階の大会議室に入った。

「すごいな、将官がずらりと揃っている」

水谷技師が小さな声で言った。

正面の席に山本大将、そのとなりに片桐中将、さらに保科少将、佐波少将が座っている。陸軍側の席には佐藤少将、緒方少将、真田大佐、安藤中佐が座っていた。その後方には、佐官クラスの人々が二列で座っている。

「陸軍は金は出すが口は出さないと言うのかな」

広沢は会議室の様子を見て思った。

陸軍は富嶽開発費の六割を負担している。そのうえ技術士官を含め、二〇〇名もの技術者を富嶽開発の応援に派遣している。

それなのに会議室の状況を見ると、富嶽に対する陸軍首脳陣の力の入れ具合は海軍より小さいと感じた。

「実戦では、陸軍は海軍より航空機への依存度が小さいのかもしれないな」

中島大社長が司会進行を行うようだ。初めは山本大将の訓示に似た挨拶である。

「帝国は容易ならざる状況にある。南方作戦がいかに順当に行っても、完了せる時期においては甲巡以下小艦艇に相当の損害を見た。航空機にいたりては六割もの消費をし、海軍兵力が伸びきる有様と相なるところ多分にある。

しかも航空兵力の補充能力が、はなはだしく貧弱なる現状においては、続いて来るべき作戦に即応すること至難なりと認めざるを得ない。

種々考慮研究のうえ、結局は有力なる航空兵力により敵本営に斬り込み、彼をして物心ともに立ち難きまでの痛打を加えるほかなしと考えるにいたる。

聴くところによれば、富嶽は敵本営を急襲し得る航空兵力にて、国家超非常時に陥る羽目に追い込まれざる前に実現し得るよしとのこと。非常の無理ある次第にても、これを押し切り敢行せざるを期待するものである」

山本大将はなにやら難しい言葉を並べて一〇分ほど話をした。広沢は山本大将の訓示を、敵の心臓部を攻撃できる富嶽を一日も早く完成してほしいと要約して聞いた。

今度は片桐中将が立ち上がった。

「富嶽に関し、今後の日程表はどうなっているか」

小山技師長が答えた。

「この五月より群馬県の小泉製作所で、一号機の組み立て工事に入っています。九月には一号機の完成審査を受け、一〇月には地上滑走を開始します。一号機の初飛行は一〇月末を予定しています。年末には進空式を敢行したいと思っています」

片桐中将は手元の資料と比較しながら話を聞いている。そして確認した。

「試作機は六機製造の予定だな」

「はい。その予定で手はずを整えています」

中島飛行機のZ機開発計画は、試作機六機による試験飛行を昭和一八年末までの一年間を見込んでいる。量産機の製造開始は昭和一九年の初めからの線表となっている。

片桐中将が述べた。

「軍としても、その日程表に合わせ準備を進める。くれぐれも開発作業が遅れることのないよう全力を尽くしてほしい」

さらに片桐中将がつけ加えるように言った。

「爆撃機に対し、戦地からの強い要望があがっている。富嶽は、これから説明する機能を一号機から実現してほしい。よろしいか」

広沢は気を引き締めた。要望ならば具体的な内容であるはずだ。

「要望の第一は、地球の磁気に左右されない羅針儀の搭載。第二は、自動操縦装置と連動し、風向きや風力、それに高度による爆弾の落下軌道を自動計算し、標的を捉える照準器の装備。

第三は、雲上、夜間でも地上の形状を識別できる観測装置の実現。

第四は、隊内のみならず、地上や艦船と会話できる無線電話装置の装備である」

今度は佐波少将が、海軍としての方針を明らかにした。

「転輪羅針儀と照準器に関しては空技廠で研究を始めており、昭和一九年初頭までに実現可能と考えている。観測装置は技術研究所が研究を進めている新式の電波探信儀で実現できると考えている。無線電話装置は、陸軍の歩兵隊用、砲兵観測用の九四式無線機を基本に、これを改良した無線機で実現可能である」

佐波少将の発言は、事前に海軍と陸軍が協議したと考えられる。

佐波少将が話を締めるように言った。

「中島飛行機は今後の富嶽開発作業において、これらの機器を搭載するため、空技廠をはじめとする部署との連絡を密にしてもらいたい」

必要は発明の母と言われている。広沢は片桐中将と佐波少将の話を聞き、内心で思った。

「戦地からの要望は切実なものであろう。この中にはすでにドイツで実用化された装置も含まれているはずだ。日本でも本気で研究すれば、長い時間をかけずとも、実現可能な装置であるのは間違いない。

艦船の羅針儀は転輪式であり、地球の磁場に左右されない。爆撃照準器についても、自動操縦装置との連動はそれほど難しくはない。

戦艦の主砲は、諸元を入力すると艦底にあるアナログ式自動計算機が瞬時に弾道を計算すると聞いている。陸軍の九四式無線通信機は幅二五センチ、縦四九センチ、厚さ二五センチ、重さ二四キロで、歩兵が背負って運べる大きさだ。だから、やる気さえあれば実現は可能だ」

推測するに、技術的な問題よりも海軍内部の部門間協力や、陸海軍で協力関係を結ぶほうが難しいのかもしれない。

山本大将や参謀本部作戦課長の名前はカリスマ性がある。部門間の協力関係も築きやすいのかもしれない。

広沢は、ひょっとしたらと思った。

「今日の視察は、中島大社長がいかにして陸海軍の垣根を取り払うべきか考えた末に企画されたものかもしれない」

ところが、視察が終わって数時間が過ぎると意外な事実がわかった。

「どうやら海軍はミッドウェーでアメリカ軍に大敗したらしい」

新山技師は誰かから、海軍が隠していた事実を聞いたようだ。

「山本大将は、起死回生となる作戦はアメリカ本土爆撃しかないと強く考えているように思える。愛知航空機は潜水艦に載せる攻撃機の開発を始めたそうだ。アメリカ本土近くまで忍びより、攻撃機を発進させる大型潜水艦の建造も始まるらしい」

三鷹研究所には陸海軍の技術士官が大勢いる。視察団から色々な話を聞いたのかもしれない。しばらくの間、三鷹研究所内では噂が飛び交った。

これらの情報は機密事項であり、外部での発言は禁止だ。必然的に広沢は、研究所外での口数が少なくなった。

3

改良型ＢＴは、七月三日金曜日の夜までにすべての調整を終えた。あとは明日の火入れ式を迎えるだけである。

火入れ式は状況に鑑み、身内の者だけで行うことになった。立ち会うのは小山技師長、新山技師、水谷技師だ。

四日は半どんの土曜日だが時節柄、三鷹研究所は土曜日や日曜日も平日と変わりのない日々だった。

午前九時になった。BTには出力一〇キロワットの電動機が組み込まれている。この電動機はBTが自力で動き出すと発電機となり、富嶽が上空で必要とする電力を供給する。

BTの起動は、地上の外部電力により一〇キロワットの電動機が圧縮機を回転させて行う。

電動機がうなりをあげる。計測員がメーターを読み上げる。

「六〇〇、八〇〇、一〇〇〇、二〇〇〇……」

広沢が号令をかける。

「燃料弁開け。電動機停止！」

音が急激に大きくなり、甲高い音とともに発動機の回転数が毎分六〇〇〇回転を超えた。

ここまでは前のBTと同じ動きを見せた。発動機は自身の力で順調に回り続ける。

「順調に動いているな。今度はうまくいくかな」

小山技師長が広沢に問いかけた。

「ここまでは前のBTと同じです」

新山技師も声をかけた。

「前のBTで、ターボプロップの根本的な問題を洗い出してある。これからの一連の試験運転で、根本的な問題が解決済みかわかるだろう」

小山技師長はBTに期待しているようだ。

「BTがうまくいけば、軽量の発動機で富嶽を飛ばせる。しかも燃料は灯油で十分だ。なんとか成功してほしいものだ」

どうやらレシプロ式のBZに多くの問題が発生し、解決策を模索しているようだ。

BTの運転試験は順調に進んだ。運転試験開始から一週間、小田切主任は計測機のデータを調べていたが、しきりにおかしいと言う。

「小田切主任、どうした」

広沢が声をかけると、小田切主任が計測データをプロットしたグラフを示して言う。

「確か計算では、最大出力は五〇〇〇馬力のはずですよね。ところが、計測データの値は最大出力が五四〇〇馬力を指しているんです。計測機器の故障かもしれない」

広沢も不思議に思って聞いた。

「出力試験は一度だけか」

「三度やりましたが、三度とも五四〇〇馬力を指しているのです。計算値より高い数値なんてあるのかな」

「三度とも同じ数値なら、計測機器の故障とも思えない。調べてみよう」

広沢は、計算値と実測値が異なるのは自分が理解していない事実が隠されているからだと思った。たとえ実測値が良い数値であったとしても、その原因を突きとめておかなければ、BTに問題が発生したときに解決できない恐れがある。

広沢は設計図を何度か見直し、計算に間違いがないか確認したが不備は見つからず、原因追及に行き詰まった。そのとき、ふと同期入社の戸田技師の顔が浮かんだ。

「そうだ、物理屋の戸田に相談してみよう」

戸田康明技師は昭和一二年三月に北海道大学理学部物理学科を卒業し、中島飛行機に入社した広沢と同期の技師だ。中島飛行機では燃焼と冷却の研究を担当している。

点火プラグで発生した火花が、どのように混合気に着火して燃え広がるか、その経緯を観察できるようにし、写真にも写せる装置を開発した。戸田技師は燃焼と冷却の基礎理論を確立したスペシャリストなのだ。

戸田技師は広沢の依頼を受けると、まずＢＴの設計図を片手に発動機を分解し、全体の形状を確認しながら言った。

「発動機内部で燃焼ガスがどのような状況になっているか、目で見えるようにしないと何もわからない。まずは内部を見えるようして発動機を運転する」

戸田技師はデータ採取の計測装置を作るつもりのようだ。戸田技師は一週間ほどで計測装置を作り上げ、ＢＴに取りつけた。

「ヤス、発動機を動かしてくれ」

広沢は戸田技師の指示通りＢＴを起動させた。回転数が上がり、ＢＴは最大出力状態になった。

戸田技師はしばらくの間、さまざまな計測機器のデータを見つめていた。そして、ぽつりとひと言漏らした。

「ああ、そういうことか」

戸田技師は一度の実験で、出力向上の原因がわかった様子だった。

「原因はわかった。報告書を作って説明する」

戸田技師は数日で実験運転の結果をまとめてきた。広沢は新山技師にも同席を願い、戸田技師の説明を聞いた。

「圧縮機は回転翼と静止翼を交互に組み合わせ、前の三段が低圧圧縮機、少し間隔を開け、後ろの三段が高圧圧縮機になっている。

外部から取り入れた空気は回転翼から静止翼、静止翼から回転翼へスムーズに流れるよう、曲線で結ぶように翼を加工してある。

この構造は素晴らしい。この構造によって吸入空気量が増加し、圧縮比が計算上の三・三から三・五へ高まった。その結果、燃焼ガス温度は想定した計算値より高い八五〇度に上昇した。

空気量が増えると燃焼温度が高まる。これは鍛冶屋で見る、ふいごで空気を送ると炉の温度が上昇するのと同じ理屈だな」

「なるほどな」

新山技師が納得したように言った。戸田技師が説明を続ける。

「燃焼ガスは燃焼室から高圧タービン、低圧タービンを回転させ、噴出口から外部へ排出される。燃焼ガスはこの間を抵抗が少なくスムーズに流れている。噴出口の形も燃焼ガスが流速を増大する形状になっている。

つまり、圧縮比が増え、さらに燃焼室から噴出口までの形状が、想定したよりガスの流れをよくした。これが出力向上の原因だ」

広沢は、物は美しくあるべきだと思っている。BTの設計時も圧縮機の扇やタービン翼の形を美しくするため、曲線を用いて見た目にも満足できる形にした。

それが結果的に圧縮機内の空気の流れ、タービンを回転させる燃焼ガスの流れをよくし、主力を向上させたというのだ。

広沢は感謝を込めて言った。

「よくわかった。早速、計算式の係数を修正し、発動機の出力を再計算する。原因がわかり、すっきりした。助かったよ」

「役に立てて嬉しいよ」

広沢は計算式の係数を戸田技師の指摘に合わせ再計算した。

「戸田の指摘通りだ。計算値と実測値が一致した。戸田の指摘は的を射ていて本当に助かった」

広沢は計算結果を新山技師へ報告した。すると、新山技師は新たな問題を指摘した。

「設計に問題がないと知って安心した。今後発生するかもしれない問題は、耐熱鋼が想定より高い温度に耐えられるかどうかだな。

これからの耐久試験で、少なくとも八〇時間程度はもつとは思うが」

BTの耐久時間は八〇〇時間を目指している。新山技師の推測は長年の経験によるカンだが、これがよく当たるのである。

広沢が答えた。

「ともかく、どれだけ耐久力があるか試験で確認します」

八月に入ると、BTの運転試験は耐久試験に移った。

「八〇時間の耐久試験で、BT一基の燃焼室にひびが入った。やはり新山技師のカンは鋭いな。指摘した通りの事態となってしまった。すると、次はタービン室で不具合が起きるな」

新山技師のカンは冴えていた。次はタービン室で異常が発生した。BTを分解して調べると、原因はすぐにわかった。

「材料が金属疲労を起こしている。古河電工から材料部に入った連絡によると、このほど完成した耐熱鋼は性能が二割ほど向上したと言っている。

そうであるなら、耐久時間は二〇〇時間を超えるに違いない。ここは古河電工の研究に期待しよう」

中島飛行機の材料部には金属研究室、非金属研究室があり、数十人の材料研究者が分析、化学、金属組織、X線、電子解析、熱処理、溶接、強度、疲労などの試験機器を揃え、企画、研究、実験に携わっている。

材料部は古河電工と共同で、さらなる高性能の耐熱鋼を開発中だ。基礎材料ができたことで研究速度は初期より相当速くなっており、早期に高性能耐熱鋼が完成すると十分期待できる。

八月一〇日朝、広沢が出仕すると新山技師に呼ばれた。

「小山技師長が大事な話があるそうだ。一緒に来い」

「はい、わかりました」

広沢が新山技師と技師長室に入ると、Z機開発の発動機マネージャーである小谷武夫技師が顔を見せていた。

小谷技師は栄発動機の設計主務を務め、新山技師とは同世代の入社だ。二人とも四月から部長職を務めている。

「おう、来たな」

二人の真剣な様子から、これから重要な話があると感じた。広沢が座ると小山技師長が事情を話した。

「昨日、海軍軍令部航空参謀三代(みよ)辰吉中佐、連合艦隊航空参謀佐々木彰中佐が三鷹研究所を訪れた。目的は富嶽の開発工程表の確認だった」

広沢はピンときた。

「工程表を守れと言うのですね」

小山技師長が昨日の出来事を話した。

「そうだ。この前の視察の後、山本長官は軍令部と連合艦隊の全参謀を前に、富嶽はどのような事情があっても予定通り完成させるようにと念を押したそうだ。そして、三代中佐と佐々木中佐が富嶽開発の工程表を確認し、この線表を必ず守るようにと、わざわざ申し入れに来たのだ」

小山技師長は苦しそうに言う。

「第一号機の機体は、九月末に機体の組み立てが終了する線表になっている。こちらのほうは予定通りの作業進捗状況だからなんとかなるだろう。問題はBZ発動機のほうだ」

BZの設計主務者は田中清史技師だが、開発責任者はマネージャーの小谷技師である。小谷技師が問題点を話した。

「BZは二つの大きな問題を抱えている。一つは、五〇〇〇馬力の出力がなかなか得られないのだ。知っての通りBZは寿系のシリンダーを一八気筒としたBHを二基、タンデムに歯型セレーションにより連結した形式だ。

BHはブースト、プラス五五〇ミリ、回転数毎分二八〇〇回転、二四五〇馬力の発動機として完成目前だ。一方でＢＺが五〇〇〇馬力を得るには、計算上ブースト、プラス六〇〇ミリが必要になる。ＢＨとＢＺのブーストは五〇ミリの差だが、未知の分野であり、試作機の運転で確かめるまで予断を許さなかった」

寿の過給器は扇直径が一九二ミリである。ＢＨの過給器は扇直径が三四五ミリだ。ＢＺの過給器はこれをさらに大きくしてプラス六〇〇ミリを得る。

ＢＨは寿のシリンダーを九気筒二列一八気筒化した発動機で、ようやく完成目前まで開発が進んだところだという。ＢＨでも難しいのに、ＢＺはさらに四列三六気筒化した発動機なのだ。

その実現の難しさは広沢にとっても想像に難くない。ただ、ＢＺの開発によってＢＨの完成時期が早まったのは事実であり、せめてもの救いであろう。

もう一つの問題は広沢の想像通り、強制空冷方式の冷却だった。冷却については時間は必要だが、解決できる見通しだと言う。

最後に小山技師長が結論を言った。

「ＢＺの開発は、このまま続ける予定である。しかしながら、九月末に組み立てが終了する富嶽第一号機の発動機としては間に合わない。

そこで開発が完了していないものの、ＢＴは第一号機の地上走行や短時間飛行には使えるであろう。

富嶽にBTを載せるには、主翼を手直しする必要があるのはわかっている。広沢技師は早急に機体側と主翼の改修点を詰めてほしい。よろしいか」

広沢は気を引き締めて答えた。

「承知しました。早急に打ち合わせに入ります」

話がすんだところで、新山技師が海軍の本気度を話した。

「海軍は富嶽開発を全面的に援助すると言っている。ただ、要望もあった。機密保全のため、富嶽の試験飛行を青森県の三沢飛行場で行うように求めてきた。出撃基地として海軍は、北海道の千歳飛行場を考えているようだ。

アメリカ本土爆撃後、機体に不具合が起きて千歳まで戻れないときの不時着飛行場として、千島列島最北端、占守島の三好野飛行場を整備するそうだ」

三沢基地は昭和一六年に、人の姿がほとんど見られない青森県の太平洋岸にある広大な松林を切り開いて開設された。現在は海軍三沢航空隊が置かれている。

千歳基地は昭和一四年一一月に、長さ一二〇〇メートルの滑走路が建設された。この滑走路をコンクリート舗装し、長さを二五〇〇メートルまで延ばすという。

占守島の陸軍三好野飛行場は長さ一六〇〇メートル、幅二五〇メートルの滑走路帯の中に幅五〇メートル、長さ一二〇〇メートルの滑走路が建設されている。三好野飛行場は不時着飛行場として十分な広さがある。

その日のうちに太田技師、渋谷技師、西村技師、松村技師、百々技師と打ち合わせに入った。

何度も技術的な詰めを行い、一週間ほどで主翼の改修内容が決まった。最後に艤装担当の西村技師が、全員に改修内容の確認を求めた。

まず、発動機艤装の設計担当でもある西村技師が説明した。

「発動機がＢＴに替わっても、主翼の取りつけ位置に変更はない。ＢＴは主翼の上に載せる形になる。ＢＴは高温のガスを噴出する。ガスの噴出口は主翼の後縁まで伸ばす必要がある」

次に百々技師が、重量推算と機体の重心位置について説明した。

「発動機をＢＴに換装すると、富嶽の自重は六七・三トンから五九・六トンに減少する。自重減少による機体の重心位置は変わらないので、胴体の主翼取りつけ位置に変更はありません」

松村技師が主翼について述べた。

「主翼は発動機をＢＴに換装しても構造上、まったく問題がない。燃料槽の変更も必要ない。したがって、主翼は主脚を格納する筒を取りつける若干の設計変更を行う」

再び西村技師が話した。

「プロペラは三翅の二重反転をやめ、直径五メートルの六翅とする。以上であるが、ほかに漏れはないか。では、これでよろしいな」

西村技師は、もう一度確認するように全員を見た。全員が同意した。

資材部は急遽、古河電工に富嶽の試作機六機分、予備機を含めＢＴ四九基分の耐熱鋼を発注した。

4

中島飛行機は昭和一三年に、一三試陸上攻撃機の開発を海軍から一社特命で受注したとき、小泉製作所の大拡張工事を始めた。

機体組み立て工場の北側に幅三二〇メートル、奥行き一四〇メートルの新しい全体組み立て工場、その西どなりに幅四五〇メートル、奥行き六五メートルの巨大翼組み立て工場を建設したのである。

全体組み立て工場は七号棟と呼ばれ、深山三機が縦にすっぽり入る中間に柱のない区画が、横に六区画並んだ構造をしている。つまり、深山を同時に一八機組み立てる工場として建設された。

となりの翼組み立て工場は六号棟と呼ばれ、深山一八機分の主翼を同時に組み立てる能力がある。

深山の大きさは全長三一メートル、全幅四二メートル、高さ六メートル余りだ。富嶽は全長四五メートル、全幅六五メートル、高さ一二メートルで深山より二回り大きい。

中島飛行機は富嶽の建造開始を前に、七号棟を縦に二機、横の区画を六区画から四区画へ改修する工事を行った。これにより七号棟は、同時に八機の富嶽を組み立てる工場に生まれ変わった。

高さが二〇メートルもある天井には、重量物を運搬する走行クレーンがとなりの六号棟と結ばれている。鉄道貨車で運ばれてくる重さが二・五トンもあるBZ発動機も、この天井走行クレーンを使って七号棟へ運ばれる。

発動機がBTであっても、運搬で天井走行クレーンを使う方式に変わりはない。

小泉製作所では、この五月から富嶽のゼロ号機から六号機までの組み立てが進められてきた。ゼロ号機は機体強度試験用で、発動機は取りつけられない。一号機から六号機が試作機となる。

九月三〇日、富嶽第一号機は組み立てを終えてロールアウトの日を迎えた。

広沢は九月下旬から小泉製作所に詰め、BTの艤装作業を見守り、トラブルに備えてきた。

「いよいよ富嶽のロールアウトだな。富嶽は深山に比べても未知の分野が多い。これからの一年で、開発に携わった人々の真価が問われるのだな」

水谷技師が富嶽を見上げてつぶやいた。

富嶽第一号機は組み立て治具が取り外され、中央胴体下のタイヤ一六個、主翼左右内側発動機ナセルから伸びる主脚のタイヤ各四個、操縦席下に取り付けられた前脚のタイヤ二個、合わせて二六個のタイヤで自立している。

主翼の上には、ピカピカに輝く六基のBT発動機がボルトで取りつけられている。

プロペラは直径五メートルの六翅だ。

「直径五メートルのプロペラか。六翅のプロペラは初めてだな」

水谷技師は、まるで子供のような好奇心で富嶽を見上げている。

富嶽の試作機は、来年二月まで毎月一機ずつ組み立てられる。試験飛行の初期状態で致命的な欠陥が見つからなければ、二月から五月まで毎月二機ずつ増加試作機を製造する計画になっている。

量産は初めの三か月は月産八機、次の三か月は月産一二機、その後は月産一六機の割合で製造する計画だ。

一号機の奥には、組み立て治具に支えられた二号機の機体が見える。となりの区画では、二機分の組み立て治具の設置が行われている。

「すべてがうまくいけば、昭和一九年の初め頃から富嶽の量産が始まるのだな」

広沢が口にした。すると、となりから覚えのある声が聞こえてきた。

「やはり富嶽は深山どころではない。巨大だな。これが空に浮くのか」

広沢はとなりを見て思わず大きな声をあげた。

「これは、内藤さん。ご無沙汰しています」

「なんだ、ヤス。俺に気がつかなかったのか」

内藤技師が悪戯（いたずら）っぽい笑顔を見せた。

中島飛行機は空気抵抗を減少させる翼の研究、高揚力を生みだす油圧作動の主翼前縁スラット、親子式ファウラー・フラップ、フラップ下げ時にこれと連動するエルロン・フラップ式の補助翼、離着陸時の安定を高める水平安定板の油圧式変角装置、航続距離を伸ばすセミインテグラル・タンク、機器や装置をコンパクトに収める艤装構造など、長年にわたり技術を蓄積する努力を続けてきた。

内藤技師は主翼担当マネージャー松村健一技師のもとで、富嶽の主翼設計と空気力学を担当した。内藤技師は前縁形状を比較的鋭く、層流部分を多くして空気抵抗が少なく、厚板構造で鋲の数を従来機より八割削減、比較的厚い翼断面に高揚力装置、セミインテグラル・タンクを組み込む主翼を設計した。

戦後のジェット機時代になると、これらの高揚力装置は実用価値が認められ、世界で開発される旅客機の標準装備として普及する。富嶽はそれより二十数年も前に、高揚力装置を装備した初の実用機であった。

大勢の関係者が見守るなか、小泉製作所七号棟でロールアウトの式典が始まった。機密保全のため報道関係者の姿はない。

式典は中島大社長の挨拶に続いて、陸海軍航空本部長の祝辞、小山技師長による富嶽の概略紹介となった。

いよいよ富嶽のロールアウトである。

富嶽第一号機が、海軍設営隊のトラクターを改造した牽引車により、七号棟から秋の青空が広がる大空の下に引き出された。

この後は、関係者一同による富嶽を背景にした記念写真撮影だ。今は戦時下であり、中島倶楽部でのパーティーは行われない。

　富嶽第一号機は太田飛行場まで、牽引車でゆっくりと人の歩く速さで移動する。式典が終わり、広沢は水谷技師と一緒に富嶽第一号機の後ろを太田飛行場へと歩く。

　その途中で水谷技師が話した。

「六月に海軍から一七試艦偵の試作を受注したらしいぞ。小泉製作所は福田安雄技師を主任設計者に、内藤技師を主翼と空力設計の担当に試作に取りかかったそうだ。すでに製作図面は完成し、三月末までに一号機の完成審査に入る予定だと言っていた。その後の量産は愛知県の半田製作所で行うらしい」

「六月の受注だと、設計開始は早くても七月になるはずだ。わずか九か月で、完成審査にこぎつけるなんて無理な話だ。仮に、この話が本当だとしたら大丈夫かな」

「それが、七月には実物大の木型審査が終わったそうだ。九月から製作図面の出図が始まり、一一月には主要図面のすべてを出図する予定で進んでいるそうだ。

　これまで多くの技術を蓄積してきたが、新型機をこれほどの速さで開発できるとは、俺にとっても驚異的に思えて仕方ない」

広沢は水谷技師の話を信じざるを得なかった。

「それに、これから陸軍戦闘機の製造は、新しく完成した宇都宮製作所へ移すそうだ。宇都宮製作所といい、半田製作所といい、中島飛行機は急激に拡大し、変わりつつあるな」

水谷技師が思い出すようにつけ加える。

「そうだ。それからな、ターボプロップ式の発動機は、埼玉県の大宮製作所で製造するそうだぞ」

広沢は初めて聞く話だった。

中島飛行機とすれば、武蔵野製作所はハ四五、多摩製作所は誉の生産に全力を上げざるを得ないのだ。

「そうですか。ターボプロップは、大宮製作所で製造するようになるのですか」

広沢は驚くばかりだった。

翌日から太田飛行場で富嶽の地上試験が始まった。地上試験で富嶽は発動機にも機体にも大きなトラブルは発生せず、地上試験は予定を上回るペースで順調に進んだ。

昭和一七年一〇月二〇日、富嶽の試作第一号機はすべての地上試験項目に合格した。計画通りの作業進捗状況である。

水谷技師が話しかけてきた。

「ヤス、いよいよ次は初飛行だな」

広沢は緊張を見せずに聞いた。

「初飛行の日にちは決まりましたか」

「二三日だ。初飛行まで準備時間はあまりないぞ」

「いつだって十分な準備時間は与えられません。自分はいつものように準備するだけです」

答えながらも、広沢はやり残しはなかったかと、多少不安を感じた。

第7章　富嶽初飛行

1

二三日、いよいよ富嶽初飛行の日を迎えた。

午前九時、富嶽の試作第一号機が牽引車に引かれ、巨大な格納庫から飛行場へ引き出され、初飛行の準備が始まった。

水谷技師の合図で技手が機体に取りつき、不備がないかチェックする。広沢は操縦席に入り、電源を入れてBTの状況をチェックする。

水谷技師は主翼の親子フラップや補助翼、尾翼の昇降舵や方向舵の動き具合を、自らの目で丁寧にチェックしていった。

「ヤス、機体の状況は万全だ。調整が終わったら発動機を回せ」

水谷技師の声が聞こえてきた。

「調整は終わりました。タニさん、いつでも大丈夫ですよ」

広沢は大声で答えた。すでに富嶽には地上の外部電力が接続されている。

「小田切主任、発動機を回せ」

「了解！」

唸りをあげて圧縮機が回り始めた。小田切主任がメーターを読み上げる。

「六〇〇、八〇〇、一〇〇〇、二〇〇〇……！」

広沢が号令をかける。

「燃料弁開け。電動機停止！」

音が急激に大きくなり、甲高い音とともに発動機の回転数が毎分六〇〇〇回転を超えた。

発動機は自身の力で順調に回り続ける。いつもの試験状況と変わりはない。

「順調に回っているな」

三分ほどの時間をかけ、六つのBT発動機を起動した。回転数を上げてBTの状況を確認する。

巨大な六翅のプロペラが異常なく回転する。巨大な富嶽が今にも飛び出すかのように機体を震わせる。

「調子はよさそうだ。ＢＴに問題はない。初飛行は大丈夫だ」

広沢は、富嶽の初飛行に問題はないと確信した。

「よし、ＢＴを止めよ」

「了解」

太田飛行場に再び静寂が戻り、初飛行の準備が整った。

午前一〇時三〇分、広沢らは富嶽から降りて機体の後方に並んだ。

「広沢技師、久しぶりだな」

突然、後ろから声をかけられた。

「これは小栗中佐、いつ、ここに。いや、それにしても久しぶりです」

心なしか小栗中佐の表情は暗く感じられた。

「一〇月初めに航空技術廠の飛行実験隊勤務を仰せつかった。一一日に小福田租(みつぐ)少佐と一緒にラバウルから内地へ戻ってきた。

これから俺は、富嶽の試験飛行を担当することになる。よろしくな」

「こちらこそ。小福田少佐も一緒に？」

「まったく新しい方式の戦闘機を担当するらしい。なんでもその戦闘機は、プロペラがないそうだ」

小栗中佐と小福田少佐は、優れた操縦技量を買われただけでなく、未知の分野を切り開く能力を認められたように思えた。

「山本大将だ」

広沢は黒塗りの自動車から降りて来た人物を見て、思わず口にした。中島大社長に案内されて自動車から降りたのは、見覚えのある連合艦隊司令長官山本五十六大将である。

次の自動車からは、陸軍省軍務局長佐藤賢了少将が降り立った。

小栗中佐は黙って様子を見ている。そして、何か遠くを見つめるように言った。

「戦地では厳しい日々が続いている。山本長官も、富嶽があれば乾坤一擲の作戦が実施できると期待しているのではないか。俺も富嶽こそが戦況を一変させると思って期待しているんだ」

山本長官はハワイ作戦について『尋常一様の作戦にては見込みが立たず、桶狭間とひよどり越えと川中島とをあわせ行うのやむを得ざる羽目に追い込まれた』と表現し、嶋田海相へ手紙を書いたと言われている。

小栗中佐自身も、富嶽によるアメリカ本土へ乾坤一擲の作戦を実施すると考えているように見えた。

小栗中佐は表情を一変させ、広沢に詰め寄るように言った。

「俺は富嶽に命を懸ける。広沢技師、何がなんでも今日の初飛行を成功させてくれ。我が国の未来がかかっている。貴様も命を懸けろ」

広沢は毎日欠かさず新聞を読んでいる。新聞報道によると、ラバウルの海軍航空隊はガダルカナル島をめぐり、アメリカ海軍と激しい戦いを繰り広げている。日本海軍はガダルカナルの戦いでアメリカ海軍を圧倒し、有利に戦っているはずだ。

「報道とは裏腹に、実際の戦況は日本軍に不利なのだな」

広沢は口には出さなかったが戦況を悟った。

小栗中佐は、今度は口を真一文字に結んだまま何も言わなくなった。現実の不利な戦況を思い出しているのだろうか。

小栗中佐は、富嶽があれば乾坤一擲の作戦を実施し、戦況を有利に導けると信じているに違いなかった。

富嶽初飛行の操縦桿は、深山のときと同じく末松春雄試験飛行課長が握る。

午前一一時、末松試験飛行課長が富嶽に乗り込んだ。初飛行にはほかにも副操縦士、搭乗整備士、通信士が乗り込む。

しばらくして一基のプロペラが回り始め、太田飛行場に唸るような低い音が聞こえ始めた。

　小栗中佐が不思議なものを見るように言う。

「初めて聞く音だ」

　広沢が答えた。

「富嶽の発動機は、これまでの方式とまったく異なるターボプロップ方式なのです。振動がほとんどなく、音も違います」

「でっかいプロペラが六つか。これで、この巨大な機体を飛ばすのだな」

　小栗中佐の心には楽観論と悲観論が交錯しているようだ。

「小栗中佐、音を聞くと発動機の調子は良さそうですよ」

　広沢は音を聞けば発動機の調子を判別できる。

　BT発動機が一基ずつ回転を始め、三分ほどで六つのBT発動機が動き出して順調に回転する。六基の直径五メートルのプロペラが回転する様子は迫力満点だ。

　BTが少し大きな唸りをあげると、富嶽が動き出した。飛行場の南南東の滑走路端へ向け、地上を滑走する。

　広沢は格納庫前に設置された檀上の椅子に座る山本大将の様子を見た。山本大将は緊張した表情で口を真一文字に結んだまま、微動だにせず富嶽を凝視している。

「さあ、いよいよ飛び立ちますよ」

富嶽は地上滑走中に主翼の親子フラップを離陸時の二〇度にセットしながら、滑走路端についた。

「頼む。うまく飛んでくれ」

広沢は祈るように口走った。

六つのターボプロップ発動機が少しずつ唸りをあげていく。回転数が上がるにしたがい、BT発動機はレシプロ発動機とは異なる甲高い音に変わり、最大出力状態になった。

末松飛行課長は力一杯、制動機を踏んでいるのだろう。富嶽が前方へダッシュしようとするのを、懸命になって押さえている様子が見えるようだ。

「いよいよ飛ぶぞ！」

小栗中佐が手を合わせている。

富嶽は北西の風に向かって動き出した。深山の離陸時と比べ、富嶽の加速は格段に優れている。

急激に加速する。滑走路の三分の一を越え、五〇〇メートルほど滑走したところで前輪が浮いた。

滑走路の中間地点を越えたところで主脚が地上を離れた。富嶽は緩やかに上昇して行く。

「浮いた！」

広沢は思わず興奮して言った。

富嶽はフラップを下げ、脚を出したまま太田上空方面へと飛行する。数分後、反時計回りに大きな左旋回を見せた。

飛行場の西方上空五〇〇メートルを、今度はゆっくり飛行場南方へ向かう。飛行場南方五キロほどか、再び大きな左旋回を見せて飛行場上空へと近づいて来る。

時速は三〇〇キロくらいか。巨大な鷲がゆったり飛行しているようにも見える。

滑走路上空をフライパスした。そのまま再び太田上空へと飛び去った。

「初飛行は成功だ！」

広沢は思わず口にし、心の中で万歳を叫んだ。

「ついに富嶽が飛んだ」

小栗中佐は涙ぐみながら言った。となりの水谷技師が珍しく気負った声で言う。

「ヤス、これからの試験飛行で多くの問題が発覚するだろう。俺たちは全員が一丸となり、一年以内に問題のすべてを解決し、実用機を送り出すぞ」

「もちろん、そのつもりで取り組みますよ」

富嶽は飛行場周辺を三周し、飛行場南方から着陸態勢に入った。遠目にもフラップが最大の四五度に開いているのがわかる。

ゆっくりと降りて来る。高度一五メートルほどで滑走路端を通過し、三〇〇メートルで主輪が接地した。

プロペラが逆ピッチになり、ブレーキがかかる。富嶽は一気に速度を落とし、今度は主脚の制動機が働いて滑走路の中間地点で停止した。

再び動き出すと、ゆっくりと駐機場へ向かってくる。駐機場の所定位置で停止すると、順々に発動機を止めた。

太田飛行場は静まり返った。そして、誰からとはなしに一斉に拍手が沸き起こった。

あちらこちらで、技術者たちが抱き合って喜んでいる。小栗中佐も広沢と水谷技師と手を取り合って喜んだ。

その夜は戦時中にも関わらず、中島倶楽部で初飛行を祝うパーティーが開かれた。

山本大将が挨拶した。

「持たざる国『日本』が持てる国『米国』に対抗するには、敵の中枢を撃破しうる航空戦策こそが唯一の戦策であると確信している。

本日ここに、富嶽初飛行の成功を目の当たりにした。富嶽こそが国を守る戦備であると信ずるものであり、我が国はアメリカに抗し得る戦力を持つにいたったと実感した次第である。

本日は、素直に富嶽の初飛行を称賛するものであり、早急なる実用化を期待するものである」

山本大将は短い挨拶の中で何度も富嶽の初飛行を称賛した。続いて佐藤少将が抑え気味の祝辞を述べた。

佐藤少将と言えば、傲岸不遜(ごうがんふそん)な人物で知られている。その代表的な例が、昭和一三年三月三日に衆議院で審議中の総動員法の説明で、宮脇長吉議員に対して「黙れ」と発言した事件である。

しかも宮脇議員は、佐藤少将が士官学校の生徒のときの教官だった。佐藤少将はなにごとにも強引さが目立つ人物だ。

パーティーが進むと酒も入り、参加者の間で議論が交わされる。佐藤少将が小山技師長になにやら話しかけている。

「ヤス、ちょっと来てくれ」

小山技師長が広沢を呼んだ。

嫌な予感がしたが、技師長に呼ばれてそっぽを向くわけにもいかない。広沢は恐る恐る小山技師長のとなりへ行った。

「お呼びでしょうか」

小山技師長が佐藤少将に言った。

「佐藤少将、BT設計主務者の広沢技師です。今の質問をもう一度して下さい」

噂と違い、佐藤少将が笑顔を見せて質問した。

「広沢技師というのか。富嶽は本当に米国本土を攻撃できるのか。俺にもわかるように話してくれ」

広沢は正直に答えた。

「富嶽は米国本土を攻撃できます。富嶽は胴体内に約四万三〇〇〇リットル、主翼内に約五万七〇〇〇リットル、合わせて一〇万リットルの燃料を搭載できます。BTは一時間におよそ五八〇リットルの燃料を消費します。富嶽はBTを六基搭載しますので、一時間当たり三四八〇リットル消費します。つまり、飛行可能時間は二八時間以上になります。

富嶽の巡航速度は、高度一万メートルで時速五八〇キロほどです。これで計算すると、飛行距離は一万六〇〇〇キロ以上になります。離陸時には多くの燃料を消費しますが、それでも高度一万メートルを飛行するなら、米国本土の攻撃は可能だと計算できます」

佐藤少将は納得したように言った。

「燃料消費量は、出力一〇〇〇馬力の発動機なら一時間当たり一〇〇リットルほどと聞いたばかりだ。五〇〇〇馬力なら五〇〇リットルになる。

ＢＴは五八〇リットル、新しい方式の発動機としては妥当なところか」

佐藤少将が改まって言う。

「米国本土が攻撃可能なら、陸軍は何があろうとも最優先で富嶽開発を援助する。お前たちも計画通り富嶽を完成させろ」

「全力を尽くします」

佐藤少将は噂と違う一面を見せた。広沢は思った。

「佐藤少将は、誰がなんと言おうと平気でゴリ押しすると言われている。それだけ男らしい、さっぱりした人物かもしれない」

パーティーは予定通りに終了した。

中島飛行機は富嶽の初飛行成功により、一〇機の増加試作機を受注し、三二機の生産内示を受けた。これで富嶽の製造は六機の試作機を含め、四八機の製造が決まったことになる。

2

一三試陸攻深山は、中島の「護」発動機を搭載した機体が四機、三菱の「火星」を搭載した機体が二機製造されたところで開発中止となった。

深山は攻撃機としての性能が得られず、空技廠の手で輸送機に改造された。

小栗中佐は飛行実験部の柴田弥五郎大尉や西良彦技師とともに、輸送機深山の飛行実験を繰り返し、大型機の飛行実験データを収集していた。

そんな矢先の一〇月二九日、小栗中佐は飛行実験部長の杉本丑衛大佐に呼ばれた。

「廠長の和田中将から重大な話があるようだ。一緒に来てくれ」

二人揃って廠長室に入ると、そこには航空本部技術部長の多田力三機関少将、航空技術廠飛行機部長の佐波次郎少将、それに中島飛行機駐在の田中修吾技術中佐の姿があった。

空技廠は形式的には航本の下部組織になる。航本の多田少将は、海軍試作機の計画発注権限を持つ。

「おっ、来たな」

和田中将の表情は明るい。小栗は富嶽初飛行の成功直後であり、和田中将から悪い話は出ないだろうと思っていた。

「そこに座れ。本題に入る前に、これまでの状況を田中中佐から説明してもらう」

田中中佐は中島飛行機に品質管理を導入させ、「誉」発動機の開発に尽力を注いだ人物だ。「誉」発動機が、わずか一五カ月で開発完了にこぎつけられたのも、関連各企業の力を集結させた田中中佐の努力に負うところが大きい。

田中中佐が話を始めた。

「ここの全員が知っての通り、中島飛行機は陸海軍とともに富嶽を開発中であり、先日初飛行を成功させた。

富嶽は当初、中島社内でBHと呼んでいる陸軍名、ハ四四発動機を二基串刺しにした三六気筒のBZを搭載する予定であった。

だが、三六気筒発動機ともなると燃料の供給方法や冷却方法、それにクランク軸など、五〇〇〇馬力というかつてない強力な動力系統部品の製造が難しく、開発は予定より遅れて初飛行に間に合わなかった。

そこで富嶽の初飛行は急遽、ターボプロップ方式のBT発動機搭載に変更された。BZ開発遅れの最大の原因は、出力向上のためブースト圧力をプラス五五〇以上に上げたとき、必ずと言っていいほど発生する出力低下の問題であった。このほどこの問題の原因が解明され、改善策が施された。

これからその内容を説明する。

過給器に吸い込まれた燃料は、二万回転以上もの高速で回転する翼車によって、均等にばら撒かれると考えていた。

ところが、実際には高速で回転する翼車の翼と拡散室の羽根によって、完全に仕切られてしまうとわかった。

燃料は壁面を層状の流れとなって混合気分布に大きなかたよりが生じ、燃料が均等に配合されないと判明した。

この現象が大きな振動を発生させ、焼き付けを起こし、発動機の出力を低下させる致命的な問題を生んだ。この原因解明と解決策を見つけるまでに多くの時間を要した。

これがBZが富嶽初飛行に間に合わなかった理由である。

この問題を解決した結果、発動機はきわめて好調に動くようになった。振動もなくなり、澄んだ音で快調に動くようになった」

田中中佐は技術者らしく、BZの開発が遅れた原因を丁寧に説明した。

杉本大佐と小栗は兵科出身である。二人以外は田中中佐の説明を理解しているようだ。だが、二人は説明を聞いてもさっぱりわからなかった。

ただ、問題が解決されたことだけは理解した。

田中中佐が話を続ける。

「BZの開発は、基礎発動機となるハ四四を完成させる作業から始まった。BZは富嶽の初飛行に間に合わなかったが、開発成果は着実にあがっている。

その一つの例として、基礎発動機であるハ四四が計画より半年も早く完成したことがあげられる。ハ四四は完成度が高く、このほど実施した三〇〇時間の耐久試験にも合格した。

誉二一型は、離昇出力が誉一一型の一八〇〇馬力から二〇〇〇馬力に向上している。ハ四四は離昇出力が二四五〇馬力と、誉二一型より四五〇馬力も強力である。しかも発動機の直径は誉より一〇〇ミリほど大きいだけだ。

そこで陸軍は、ハ四四を次世代戦闘機の発動機として考えているらしい。すでに陸軍は四式戦疾風(はやて)の後継機として、中島飛行機にキ八七、立川飛行機にキ九四の試作戦闘機を発注している。

試作戦闘機の開発は、中島飛行機より立川飛行機のほうが進んでいるようだ。立川飛行機はすでにモックアップの製造に入っていると聞く」

立川飛行機のキ九四は長谷川技師を設計主務者として、陸軍がB29の情報を入手した直後から開発が始まった。

開発着手当初は強力な発動機がなかったため、短い胴体の前後に発動機を搭載する双発機として設計した。

ハ四四の完成により、キ九四は従来のオーソドックスな形式として再設計された。再設計した機体をキ九四IIと呼んでいる。

キ九四IIは対B29用高高度戦闘機で、気密式操縦席、三〇ミリ機関砲四門を装備し、高度一万二〇〇〇メートルにおける最高時速七一二キロを目指している。

そのため機体は全幅一四メートル、全長一二メートル、全備重量六トンと日本軍戦闘機としては異例の大きさである。

装備する発動機は排気タービン過給器付きのハ四四で、プロペラは富嶽と同じく六翅、実用上昇限度は一万四六八〇メートルとなっている。

田中中佐は中島飛行機に駐在しているせいか、陸軍の動きもしっかり把握しているように思えた。

次に航本の多田少将が海軍の方針を説明した。

「海軍は中島のＢＨ、つまり陸軍のハ四四を採用すると決めた。ＢＨの海軍名は『輝（かがやき）』である。

海軍としては、輝が海軍機にとって本当に有効であるか、試験飛行を行って航空性能を確認しなければならない」

「輝」の意味は、光があたりを明るく見せるであろう。寿、栄、誉、その次が輝とはいかにも海軍らしい名称のつけ方だ。

佐波少将が飛行機部の予定を話す。

「飛行機部は、深山の三号機と四号機の発動機を護から輝へ換装する。換装作業は一週間ほどで終わる見込みである」

最後に和田中将が話した。

「飛行実験部は、ただちに輝を積んだ深山の飛行実験準備に取りかかってもらいたい。輝発動機は海軍にとっても重要な発動機になると思う。

輝発動機は、三菱が試作中の一七試艦上戦闘機の発動機として相応しいと思えるのだ」

一七試艦上戦闘機は零戦の拡大強化型で、三菱がこの四月から開発を進めている。機体が全幅一四メートル、全長一一メートルもの巨人機で、離昇出力二二〇〇馬力の三菱A二〇（陸軍名ハ四三）発動機でも力不足と見られ、さらに強力な発動機を必要としている。

そのため、三菱は一八気筒のA一八（陸軍名ハ四二）を二二気筒化した、離昇出力三一〇〇馬力のA二一（陸軍名ハ五〇）の開発を急いでいる。A二一は昭和一九年五月に完成し、一二月に陸軍の審査に合格することになる。

和田中将が話を続けた。

「それと、もう一つ。飛行実験部は深山を使って富嶽の実戦部隊を育成してもらいたい。あわせて運用方法の研究も進めるように。

深山三号機と四号機によい成果が出れば、当然、残りの深山四機も発動機を輝へ換装する。六機の深山があれば、富嶽の運用研究も早く進むであろう」

杉本部長が答えた。

「飛行実験部は小栗中佐を指揮官として、輝を搭載した深山の飛行実験部隊を早急に整備する」

杉本大佐の言葉によって、小栗に富嶽の実戦部隊を編成する任務が与えられた。

小栗が自分の考えを述べる。

「輝を装備した六機の深山があれば、新しい航空機用羅針儀や爆撃照準器、雲上や夜間でも地上を識別できる暗視装置、実用的な通話ができる無線電話装置、これらの機器の実験も滞りなく行えるでしょう」

和田中将が苦笑しながら答えた。

「貴様が戦地から出した要望は、私も確かに受け取っている。要望は陸海軍の技術研究所、それに空技廠で実現に向けて鋭意研究を進めている。

富嶽の実用機が完成する頃には、転輪羅針儀、爆撃照準器、暗視装置のすべてが揃う見込みだ。必要は発明の母と言うからな。

それから無線電話装置に関しては、陸軍がまもなく実用機を提供すると言ってきた。約束は守られる。大丈夫だ」

小栗は自分の要望が無視されていないことを知って嬉しかった。

「それなら早期に富嶽部隊を編成し、実用機がある程度揃うのと同時に米国の心臓部を叩く作戦を実施できるでしょう。いえ、必ず実施してみせます」

和田中将が笑顔を見せて言う。

「大ボラを吹いたな。貴様の言葉は絶対に忘れんぞ」

穏やかな雰囲気のまま会議は終了した。

大ボラを吹いた手前、小栗は引くに引かれぬ立場に追い込まれた。もちろん、自分から追い込んだのだが。

追浜(おっぱま)飛行場は横須賀航空隊と空技廠飛行実験部が利用している。そのため追浜飛行場だけでは手狭になり、飛行実験部は木更津飛行場を第二飛行場として使い、飛行実験を繰り返している。

一一月五日となった。木更津基地の正門から一五分ほど歩いたところに、輝発動機に換装した深山三号機と四号機が並んで駐機している。

これから三号機を使って深山の試験飛行を行う。試験飛行の目的は、輝発動機と深山の相性を調べることにある。

今日の搭乗員は、副操縦士柴田大尉と搭乗整備員(フライトエンジニア)西良彦技師だ。本日は輝発動機を積んだ深山の初飛行でもあり、中島飛行機の整備担当者である瀬川正徳技師も搭乗する。

「小栗中佐、機体の点検を終えました」

「ご苦労」

柴田大尉は機体点検表を片手に、機体を念入りに調べていた。柴田大尉は機体点検表を見せながら、異状なしを告げた。

小栗は一三試陸攻と呼ばれていた頃から深山に慣れ親しんでいる。なんの不安もなかった。

小栗が言った。

「機体に異常が発生しないときは小笠原諸島上空まで往復飛行し、いくつかの試験飛行を行う予定である」

「発動機さえ正常に動くなら、なんの問題もないでしょう」

西技師が答えた。西技師は飛行状況を詳細に記録する任務を受け持つ。

「それと、今日は新しい無線電話機の性能を見極めたい。高野一飛曹、状況を逐一記録するように。よいな」

「はい。準備は整っています」

電信員は高野直一飛曹だ。開戦時、高野一飛曹は九七式飛行艇を装備する横浜空に所属していた。横浜空は飛行艇五機でマジュロ環礁に展開し、ウェーク島攻撃に参加した。

そのとき、高野一飛曹はウェーク島の状況を詳細に打電し続け、司令部の状況把握に大いに貢献した。

小栗は深山に乗り込むと電源を入れ、各種計器を確認する。

「計器はすべて正常だ。では、表にしたがって確認するぞ」

柴田大尉が副操縦席でチェックリストの項目を読み上げる。小栗は計器を指さしながら数値を答える。ひと通り確認がすんだ。

「コンタクト！」

一基の輝発動機が動き始めた。小栗は音を聞き分ける。

「中島飛行機の発動機らしい音だな」

輝発動機の音は、火星発動機の重厚な音より少し甲高いように聞こえる。瀬川技師が答えた。

「小栗中佐、発動機の調子はいいようですよ」

「そうか。では、次を起動するぞ」

小栗は次々と発動機を始動させる。瀬川技師は念入りな整備を行ったようで、すべての発動機の調子はいいと言う。

「離陸する」

小栗が深山を滑走路端へ移動させて告げた。

一段と轟音（ごうおん）が高まった。深山三号機はこれまでの深山の離陸と違って急激な加速を見せ、あっという間に離陸した。

「信じられない力強さだな」

「輝の離昇出力は二四五〇馬力もありますから」

瀬川技師が自慢げに言う。

「高高度での出力低下が心配だ」

柴田大尉が改善すべき点もあると言った。

「まもなく排気タービン過給器が完成するでしょう。そうしたら、高高度でも性能低下は最小限に抑えられるはずです」

瀬川技師も負けずに言う。

いつもの試験飛行のように、高度四〇〇〇で伊豆大島から八丈島方面へと伊豆諸島に沿って南下する。

「発動機は安定しているな。少し試してみよう。急降下するぞ」

深山の機体は、魚雷攻撃を行える一三試陸攻だ。魚雷発射は海面ぎりぎりの高度二〇メートル付近まで降下して行う。

「手を出せば海面に届きそうだ」

深山は高度二〇メートルをたもって飛行する。瀬川技師はあまりの迫力に少し怖じ気づいたような声を出した。

「これまでの深山は急上昇ができなかった。輝発動機の深山なら可能かもしれない。よし試すぞ。これより急上昇する」

小栗の言葉に、瀬川技師が顔面を蒼白にして無口になった。

深山は最大出力でも安定しており、力強い上昇力を見せた。

「これまでは必ずと言っていいほど、発動機のどれかが不具合を起こしたが、輝は問題なく順調に回転している。これは使えるぞ」

深山三号機は数々の試験飛行を行いながら小笠原諸島上空まで飛行し、無事に木更津飛行場へと戻ってきた。

その後、小栗は柴田大尉とともに深山三号機と四号機を使い、数日にわたって各種の試験飛行を実施した。

深山は輸送機に改造されたが、もとは陸上攻撃機らしく小栗の想像以上の飛行ぶりを見せた。

小栗は一連の試験飛行を終え、杉本大佐に報告した。

「杉本部長、輝に換装した深山は性能が見違えるほど向上しています。速度を見ると、一三試大攻に対する海軍の要求性能は、高度三〇〇〇での巡航速度が時速三〇〇キロ、高度四〇〇〇での最高速度が時速四二〇キロでした。

発動機を輝に換装した深山は、巡航速度が時速三一五キロ、しかも貨物を四トン搭載して三五〇〇海里（約六五〇〇キロ）飛行できます。最高速度も時速四五〇キロ以上を記録しています。ほかの深山も発動機を輝に換装すべきです」

「わかった。では、そのような内容で報告書をまとめるように」

小栗は、その日のうちに報告書をまとめて杉本部長へ提出した。

六機の深山は一一月末までにすべての発動機を輝に換装し、小栗と柴田大尉の手で試験飛行を終えた。

3

海軍は昭和一七年一一月一日に、作戦用航空部隊の名称を三桁か四桁の数字による番号制に改めた。

百の位は機種を表す。一は偵察機、二と三は戦闘機、四は水上偵察機、五は艦爆・艦攻、六は母艦機、七は陸攻、八は飛行艇、九は哨戒機、一〇は輸送機である。

十の位は所属鎮守府を表す。〇から二は横須賀鎮守府、三と四は呉鎮守府、五から七は佐世保鎮守府、八と九が舞鶴鎮守府である。

一の位は、奇数が常設、偶数が特設部隊を意味する。

一二月一〇日付けで、六機の深山で編成する第一〇二二航空隊が設立された。番号を見ると、横須賀鎮守府所属の特設輸送部隊となる。

司令松田千秋大佐、参謀長大石保大佐、飛行長兼飛行隊長小栗忠明中佐で、柴田大尉も一〇二二空所属となった。

ほかには、七〇一空（元美幌空）から武田八郎大尉、七五一空（元鹿屋空）から壱岐春記大尉、七五二空（元一空）から尾崎武夫大尉、七五三空（元高雄空）から野中太郎大尉、七五五空（元元山空）から牧野滋次大尉が一〇二二空へ異動となった。

いずれの大尉も、それぞれの航空隊で中隊長を務めてきた優秀な陸攻搭乗員だ。

柴田大尉は小栗が飛行隊長と知って、疑問を投げかけた。

「通常、飛行隊長は少佐級のはずでしょう。兼務とはいえ、小栗中佐が飛行隊長を務めるのは珍しい。どんな意味があるのですか」

小栗は自分なりに、一〇二二空の重要性を認識しているつもりだ。あたりさわりのない返事をした。

「淵田中佐も真珠湾攻撃時は飛行隊長だった。自分もマレー沖海戦で飛行隊長を務めた。中佐の飛行隊長は、それほど珍しいことではない」

柴田大尉がさらに尋ねる。

「小栗隊長、司令の松田大佐を知っていますか」

誰だって上司となる人物は気になる。柴田大尉は松田大佐がどのような人物か知らないようだ。

小栗は記憶をたどるように答えた。

「松田大佐は海兵四四期、海大二六期出身のはずだ。砲術が専門で、軍令部勤務のときは戦艦大和となる一号艦構想に参画した一人と聞いている。二年間の米国駐在経験があるが、本人は確固たる反米主義者らしい。

松田大佐について鮮明に覚えているのは、昭和一六年八月の総力戦研究所の研究成果発表だ」

「総力戦研究所ですか。初めて聞く名前です」

総力戦研究所の設立は新聞でも報じられ、大きな話題となった。

「総力戦研究所は今でも永田町にある。所長は陸軍の飯村穣中将で、研究員は軍人や役人、それに民間の企業からの出向者が務めている」

「どんな研究成果だったのですか」

小栗は戸惑いながら話した。

「総力戦研究所は昭和一六年八月に、米英と戦えば日本が無条件降伏して負けるとの研究結果を導き出し、当時の近衛内閣を前に発表した。

そのとき、松田大佐は総力戦研究所の幹事だった。衝撃的な内容なのでよく覚えている」

「日本が無条件降伏するのですか」

研究を主体とする海軍大学でも、日本軍が負ける図上演習は行わなかった。柴田大尉に限らず、日本が負けるとの結論は軍人の社会ではあり得ない。驚きというより衝撃的であった。

「それが総力戦研究所の研究結果だった。しかし、近衛総理は一つの意見として聞いておくと言って、気にもとめなかったそうだ」

松田大佐は研究員の研究成果をそのまま発表させた。松田大佐はよほどの決意をもって日本降伏を発表させたに違いない。

小栗は、頑固者と噂される松田大佐の一面を見た思いがしたものだ。以来、小栗は松田大佐に興味を持った。

「松田大佐は砲術が専門なのに、富嶽の航空隊司令ですか」

「松田大佐がどんな考えをもって一〇二二空司令に就任するのかはわからない。第一〇二二航空隊は、名称も実態も輸送航空隊であるのは間違いない。

　それでも我々は富嶽の搭乗員を育成し、航空隊を作り上げるのが任務であり、使命だと思っている。だから俺は、第一〇二二航空隊の名称は機密保全のための措置だと思っている」

「参謀長の大石大佐は、どんな人ですか」

　小栗とて大石大佐を詳しく知っているわけではない。

「大石大佐は海兵四八期出身で、これまで第一航空艦隊の先任参謀を務めてきた。だから航空作戦には詳しいと思う。司令を補佐する参謀長としては適任だろう」

　とは言うものの、小栗は内心で思った。

「これまでの第一航空艦隊の行動を振り返れば、大石大佐は常識家で、大勢にしたがう人物であろう」

　あまり雑談にふけっている時間はない。輸送機六機の小さな所帯とはいえ、一〇二二空は一般的な航空隊と同様に通信、軍医、主計、隊付の士官、下士官がおり、全員を合わせると司令部は八〇名ほどの人員になる。それに輸送飛行隊の人員が加わる。

松田司令、大石参謀長が赴任してくるまでは、小栗が一〇二二空全体をまとめなければならない。

「松田司令と大石参謀長の赴任はいつになるのですか」

「まだ何も聞いていない。多分、二人とも突然ふらっと来るのではないか」

小栗の言う通りだった。一三日の朝、木更津飛行場正門の衛兵から松田大佐が正門控室で待っているとの連絡が入った。

小栗と柴田大尉は、大急ぎで松田大佐を出迎えに正門へ向かった。松田大佐は出迎えた二人に手を上げながら言った。

「部屋まで案内してくれるか。話はそれからじっくり聞く」

小栗は松田大佐を、臨時に司令室としている部屋へ案内した。落ち着いたところで挨拶をかわす。

「松田司令、飛行長兼飛行隊長を命ぜられました小栗中佐です」

「隊員の柴田大尉です」

松田大佐は気さくに話す。

「一〇日に海軍省人事局長に中沢佑（たすく）少将が就任した。お前たち二人の名前は、中沢人事局長から聞いてきた。まず、富嶽とはどんな飛行機か説明を聞きたい」

松田大佐は形式にとらわれない性格のようだ。小栗は富嶽について知っている限り、詳しく説明した。松田大佐は一言も挟まず、小栗の話を聞いた。

小栗の話を聞き終えると、松田大佐はしみじみとした口調で言った。

「富嶽なら、真珠湾攻撃の失敗を取り戻せるかもしれない」

小栗は一瞬、耳を疑った。松田大佐が、真珠湾攻撃は失敗だったと発言したように聞こえたからだ。

真珠湾攻撃の成功には、海軍将兵はもちろんのこと、国民全体がこぞって熱狂的になった。

しかし、松田大佐は真珠湾攻撃に批判的な意見を持っているようだ。

「松田司令は、真珠湾攻撃が失敗だったと言うのですか。その理由は？」

松田大佐は明確に答えた。

「俺は今でも真珠湾攻撃はやるべきではなかったと思っている。考えてもみよ。真珠湾は浅い湾だ。海軍も国民も、こぞって米太平洋艦隊の戦艦を撃沈したと熱狂した。

日本軍は米戦艦を撃沈したのではなく、沈座させたにすぎないのだ。米海軍は沈座した戦艦を短期間で浮上させ、修理を施し、早々に戦列へ復帰させるに違いない。真珠湾攻撃は大戦果どころか、見かけ倒しの戦果にすぎないのだ」

「では、海軍はどうすればよかったのですか」

「真珠湾攻撃などせず、米アジア艦隊を撃滅してフィリピンを占領する。すると、米国の世論は太平洋艦隊を西太平洋へ進出させて日本艦隊を叩けと、沸騰するに違いない。

米政府は世論を無視できない。必ずや太平洋艦隊を西太平洋へ出撃させる。そうすれば、日本艦隊は長年にわたって研究してきた漸減邀撃戦（ぜんげんようげき）で米太平洋艦隊を迎え撃ち撃滅できる。西太平洋の海上なら真珠湾と異なり、確実な撃沈となる」

「しかし、戦艦同士の海戦なら日本海軍が勝てるかどうかわかりません」

「西太平洋なら日本海軍は海戦を主導し、思い切った作戦が取れる。黛治夫中佐は米国駐在時に日米戦艦の砲戦術を詳細に研究した。その結果、日本海軍のほうが米海軍の三倍以上も優れた砲戦術を有しているとの結論を得ている。

それだけではない。日本海軍は世界最強の巨大戦艦大和と武蔵を有しており、米太平洋艦隊を確実に撃滅できる状況下にあったのだ」

黛中佐は松田大佐と同じく二年間のアメリカ駐在を経験し、そのときに米海軍の実データを入手して研究した。

「しかしながら、今後海戦が起こったとしても、日本海軍が米海軍に勝てる要素はほとんどないに等しい」

「えっ、どうしてですか」

小栗は松田大佐の論戦についていけない気がした。

「それは電波兵器の能力の差だ。今となっては、米国の電波兵器は日本軍に比べて大きく進歩しているだろう。だから今後において、日米戦艦同士の海戦が勃発したとしても、砲戦術は我が国に不利であり、勝てるとは思えない。

開戦前、我が国にイタリア海軍からもたらされた情報がある。それは、英国の戦艦が暗夜に探照灯もつけずに初弾から目標に命中させたというものだ。

この状況から考えるに、米国は全力で電波兵器の実用化に取り組んでいるに違いない。そうであれば、米国の電波兵器は我が国よりはるかに進んでいると判断せざるを得ない。電波兵器には、戦の仕方を根本から変える力があるのだ」

小栗はようやく口を開いた。

「海軍は、電波兵器の可能性をもっと研究すべきだと」

「俺は今年の二月、戦艦日向の艦長に就任した。戦艦日向はミッドウェー海戦に参加して無傷で戻ってきた。無傷で帰ってこれた理由は、戦艦日向が電波兵器の一〇三号電探を搭載していたからだ。

ミッドウェー海戦で、日本海軍は四隻の主力空母を撃沈された。その直後から日本軍は天候不良、通信の不達など予期しない問題が多発し、艦隊は戦場からの離脱に収拾がつかないほど混乱した。

一寸先が見えない悪天候の中でも、戦艦日向は一〇三号電探によって他の艦と衝突することなく、撤収に成功したと言える」

ミッドウェー海戦で、日本軍は四隻の主力空母を失った後、重巡最上と三隈が衝突し、三隈は沈没して最上は大破した。

そのときに活躍したのが、用兵側から無用の長物と烙印を押されていた戦艦日向の一〇三号電探だったのだ。

「だから俺はミッドウェーから帰還した後、電探がなければ戦場からの離脱は混乱を極め、最悪の事態を迎えたであろうと、軍令部や艦政本部の首脳陣を説いてまわった」

これを機会に海軍は陸上用一号一型電探、艦艇用二号一型電探、艦艇用水上見張り用二号二型電探の開発が本格的になった。

　そして、思い出したように言う。

「そのとき技術研究所も訪れたのだが、そこで面白い装置を見せてもらった。技術研究所は用兵側からの強い要望で、雲の上や夜間でも地上の標的を判別できる装置を開発したそうだ。その装置は一年以内に完成すると言っていた」

　小栗は急に目が覚めた気がした。

「一年以内に完成すると言っていたのですか」

「技術研究所の伊藤中佐によると、要求機能が具体的に示されているので、研究すべき内容がはっきりしている。だから、それほど時間をかけずに作れると言う」

　松田大佐が思い出したように続けた。

「伊藤中佐の話が出たので、ついでに信じられない話をしよう。今年二月の話だ。伊藤中佐は連合艦隊参謀たちとの会議で、ドイツは電波探信儀よりもはるかに恐ろしい兵器を研究していると発言した」

　小栗は話の続きを待った。

「ウラン235という物質があるそうだ。これがひと握りあれば、トラックの日本軍基地などいっぺんに吹き飛ばせる兵器が作れるらしい。核分裂と呼ぶらしいが、自分も理屈は理解できなかった。

ただ、理論も技術もドイツのほうが米英より先行しているらしい。だから、兵器としての開発や使用は、米英よりドイツが先になると予測していると言う。今後の研究課題として注目、警戒すべきだと警告した」

小栗は松田大佐の話をほとんど理解できなかった。それでも頑固者と噂の松田大佐は非常な勉強家で、合理的な考えの持ち主だとわかった。

松田大佐は、理屈に合わない話には決して妥協しない。これが頑固者とのレッテルを貼られた理由であろう。

その後、松田大佐はこの話を二度としなかった。

一五日までに大石大佐などが一〇二二空に赴任し、全員が木更津基地に揃った。松田大佐が大石大佐、小栗中佐、空技廠発動機部の松崎敏彦技術少佐、柴田大尉、武田大尉、壱岐大尉、尾崎大尉、野中大尉、牧野大尉を前に隊の運営方針について話した。

発動機部の松崎少佐、中島飛行機の瀬川技師は空技廠で誉発動機の主担当を務め、問題解決や中島飛行機との連絡にあたってきた。誉の開発が落ち着いて手を離れたため、今度は一〇二二空で輝の問題処理にあたる。

「大尉諸君は航空隊で中隊長を務めてきた。一〇二二空では、一日も早く深山による長距離飛行の熟練者になってもらいたい。

これからの訓練飛行では、この小栗中佐と柴田大尉が諸君らの教官を務める」

柴田大尉は、アメリカからＤＣ４が運ばれ羽田飛行場で組み立てられた後、日本人では鈴木正一少佐の次にＤＣ４の操縦桿を握っている。

開戦時は美幌空に所属していたが、この一一月に空技廠飛行実験部へ戻ってきた。小栗と柴田大尉は実戦経験後に空技廠へ出戻り、さらに実績を買われて一〇二二空配属になった。

深山の操縦に関しては、この二人にかなう者はいない。

松田大佐が全員を見渡す。そして続けた。

「深山は四トンの貨物を積んで、木更津飛行場から無着陸で四七五〇キロ離れたラバウル、五三六〇キロ先のシンガポールへ楽々と飛行できる。深山は蘭印を含むアジア諸国のどの地域でも無給油で飛行できるのだ。もちろん、マーシャル諸島のクェゼリン環礁へも飛行可能だ。

諸君は今月中に深山の操縦訓練を終えてほしい。来年からは飛行機部品など四トンの貨物を積み、ラバウル、蘭印、クェゼリンなどへ飛んでもらう。

諸君にはその実務を通して、後に続く搭乗員を育成してもらう。そして、一日も早く中隊を組織してもらいたい」

言葉は穏やかだが、松田大佐の要求にはかなり厳しいものがある。特にこれから配属になる搭乗員は、状況から考えると一般大学出身者の予備士官が多くなると思える。

一二月一六日、木更津飛行場に六機の深山が並んだ。各大尉に一機ずつ割り当てられた形だ。

作業は飛行前の点検から始まる。誰もが不平不満を言わずに黙々とこなす。点検を終えると発動機を始動させ、地上滑走を行う。これも全員がなんの問題もなく終えた。

「さすがに選び抜かれた大尉たちだ」

その後は小栗と柴田大尉が正操縦席に座り、大尉を副操縦席に座らせて離陸する。上空にあがったら生徒の大尉に操縦させる。

各大尉とも上空での操縦はなんの問題もなくこなした。次は離陸、そして着陸と手順通りに操縦方法を何度も繰り返した。

「松田司令、各大尉とも深山の操縦方法を会得しました。操縦にはなんの不安もありません。明日からは、正操縦員として深山を操縦させたいと思います」

「ご苦労、予定通りだな」

ここまで一週間の時間をかけた。なんらかの不満が出ると思っていたが、大尉たちは黙々と不平も言わず、着実に深山の操縦をマスターした。

第8章 マンハッタン計画

1

一九三八年（昭和一三年）、ドイツの化学者オットー・ハーンはウラン238への中性子照射実験で、これまでの常識を覆す重大な発見をした。

「中性子照射によって、ウラン238の原子核が二つに分裂したとしか考えられない」

ハーンの助手フリッツ・シュトラスマンが疑問を呈した。

「信じられない。これは何かの間違いでしょう」

「そんなはずはない。これは事実だ。もう一度確かめてみよう」

ハーンとシュトラスマンは何度も慎重に実験を繰り返したが、やはり結果は同じだった。ハーンは、ウラン原子が分裂してバリウム原子に変化したと結論づけた。

「ウラン238の質量数は238、バリウム原子の質量数は138だ。中性子照射によって、ウラン原子核が周期表で三六も変わってしまった」

この現象はあまりにも不可解であった。それに核分裂片の質量を合計しても、陽子一個の五分の一ほど少ないと判明した。

ハーンは実験結果をスウェーデンに亡命中の物理学者、リーゼ・マイトナーへ手紙で詳しく知らせた。ハーンとマイトナーはドイツのカイザー・ヴィルヘルム研究所で、長年にわたる共同研究者だった。

マイトナーはアインシュタインをして、ドイツのキューリー夫人と言わしめ、ドイツで女性初の教授となった優秀な科学者だった。

マイトナーはユダヤ人で、カイザー・ヴィルヘルム研究所とベルリン大学の教授だったが、ナチスの迫害から逃れるため、一九三八年七月にスウェーデンへ亡命した。

「原子核が分裂してもエネルギー量は同じでなければならない。これは、新しく生まれた分裂片が強大なエネルギーを持ち去ったと考えるべきだ」

マイトナーはアインシュタインが自ら講義した相対性理論を聞き、強烈な印象を受けたことを思い出した。

「相対性理論によると、質量はエネルギーに変換できる。欠損した質量はエネルギーに変換されたと考えられる。そうであるなら、欠損した質量はどれほどのエネルギーに換わったのだろうか」

マイトナーは、特殊相対性理論から分裂片が持ち去ったエネルギーを計算した。結果は、なんと二億電子ボルトという厖大なエネルギー量であった。

「計算によれば、たった一個のウラン原子核を分裂させると、微量の質量が二億電子ボルトのエネルギーに変換される」

これは、マイトナーにとっても衝撃的だった。

マイトナーは実験結果を研究論文にまとめるにあたって、原子の分裂を表現するのに「核分裂」の言葉を用いた。

さらに、核分裂は一ないし二個の中性子を放出することもわかった。

「二次中性子ともいうべき放出された中性子は、さらに他の原子核を分裂させ、ねずみ算的に連続して核エネルギーを放出する可能性がある。

これは、核分裂の連鎖反応が起こる可能性を示唆（しさ）している。この連鎖反応を制御すれば原子炉が得られ、制御しなければ桁違いの破壊力を持つ爆弾となる」

マイトナーはあまりにも恐ろしい研究結果に足がすくんだ。

マイトナーの論文は、一九三九年二月一日号のイギリス科学雑誌「ネイチャー」に掲載され、世界の物理学者の注目を集めた。

カリフォルニア大学バークレー校放射線研究所は、サイクロトロンを使用して高エネルギー物理学を専門に研究する施設として設立された。放射線研究所の若き物理学者ルイス・W・アルバレスは、核分裂の情報を入手すると、いち早くその重要性に気づいた。アルバレスは早速、この情報を研究所内へと広めた。

核分裂の話を聞いた一人に、神童と呼ばれている若き理論物理学者、ロバート・J・オッペンハイマー教授がいた。

オッペンハイマーが一蹴するように言った。

「そのような反応は不可能に決まっている。誰かが計算を間違えたに違いない。私が不可能なことを数学的に証明してみせよう」

アルバレスが反発するように言った。

「オッペンハイマー教授、論文には詳しい実証データが載っています。なんなら私が実験で核分裂が起こることを確かめてみましょう」

アルバレスは教え子の大学院生フィリップス・H・アベルソンとともに、核分裂の追試験を実施した。一週間後、アルバレスはオッペンハイマーに核分裂の証拠となる実験結果を突きつけた。

「実験結果はマイトナーの論文通りでした。核分裂は確かに起きるのです。これが証拠となる実験結果のデータです」

実験データを見せられ、オッペンハイマーは納得せざるを得なかった。

「実証実験の結果を見る限り、核分裂は動かし難い科学的真理と認めざるを得ない」

オッペンハイマーはそれから数日間、研究室に籠もった。そして、オッペンハイマーはアルバレスに、黒板に描いた絵を見せて言った。

「どうだ。これは核分裂を応用した爆弾の設計図だ」

なんとオッペンハイマーは、数日で原子爆弾の大雑把な設計図を描き上げたという。オッペンハイマーは核分裂による超強力爆弾製造の可能性を示唆したのだ。

マイトナーが核分裂によって放出される厖大なエネルギー量を計算してから、まだ数カ月も経っていない。それが、いまや核分裂は新たな科学的専門分野となり、科学者のみならず各国政府、軍事組織、企業の関心を呼び起こした。

ヨーロッパでは戦争の準備が着々と進んでいた。そしてその後、核分裂に関する研究は驚異的な速度で進む。

アメリカとフランスの研究グループは、それぞれウランの原子核が一個分裂すると平均で二個から四個の中性子が放出され、自動継続可能な核連鎖反応が可能であることを示した。

四月になると、デンマークの著名なノーベル賞受賞者のニールス・ボーアは、純粋なウラン235を使用すれば爆弾の製造は可能と断言した。連鎖反応に頼った原子爆弾は、ウラン238より原子的に不安定なウラン235のほうが可能性があるという。

まもなく登場するかもしれない超強力爆弾について、ヨーロッパやアメリカでは大衆紙までもが、次々と核連鎖反応に関する説明や解説を掲載するようになった。

一九三九年四月末、ドイツ国家基準局局長で、ドイツ国家研究評議会の物理学部門長を務めるロバート・Ａ・エサウは、自らの指導の下にドイツの指導的核物理学者を結集し、ウランフェラインと呼ぶ組織を立ち上げた。

ウランフェラインは原子力の可能性を調査する任を負う。エサウはドイツにあるすべてのウランを確保し、輸出を禁止する措置も取った。

ドイツ陸軍兵器局は国家基準局に対抗するかのように、クルト・ディープナーを代表とするウラン研究プロジェクトを立ちあげた。

ソ連の核物理学研究は、主としてレニングラードの物理工学研究所で行われていた。研究所の各部門を率いるのは、物理学者イーゴリー・V・クルチャトフである。クルチャトフは、ソ連の原子力計画の科学監督を務める任務についた。

イギリスでは、ウィンストン・チャーチルがオックスフォード大学の物理学者フレデリック・リンデマンの助言をもとに、空軍大臣キングズリー・ウッド卿へ超強力爆弾に関する書簡を送った。

そして、アメリカの動きである。ヨーロッパを脱出した物理学者の多くはアメリカに亡命し、大学教授などの職を得ている。

ハンガリーの物理学者レオ・シラードは、ヒトラーが首相に就任すると同時に、いつでもベルリンを脱出できるように準備を進めた。数カ月後、シラードはロンドンに逃げると、亡命科学者をイギリスへ連れて来るための基金を設立した。

シラード自身は一九三八年初頭にアメリカへ亡命し、イタリアから亡命したエンリコ・フェルミと共同で、コロンビア大学物理学部で核分裂連鎖反応の可能性を独自に実証した。

これによりシラードは、最も恐るべき核兵器製造の可能性があると認識した。

シラードは、ハンガリーからの亡命物理学者ユージン・ウィグナー、エドワード・テラーに不安を打ち明けた。

シラード、ウィグナー、テラーの三人はハンガリー陰謀団と呼ばれ、ナチス体制を直接体験し、その恐ろしさを十分認識している。

シラードは言う。

「アフリカのドイツ植民地は、ウラン鉱石の豊富な産出地だ。ナチス・ドイツは世界に先駆けて、最初に核兵器を製造するかもしれない」

三人はナチス・ドイツの力をはっきりと認識している。シラードが二人に提案した。

「ドイツに対抗できる国はアメリカだけだ。アメリカに、ドイツより先に核兵器を開発させる方法はないだろうか」

ウィグナーは一九三〇年一〇月にベルリンからプリンストンへ到着し、今ではプリンストン大学で教鞭（きょうべん）を取っている。

テラーはゲッチンゲンからコペンハーゲンへ逃れ、そこからロンドン大学を経てジョージ・ワシントン大学へ移った。

ウィグナーが一つの方法を示した。

「アメリカ政府を動かすには、ルーズベルト大統領の判断が必要であろう。大統領に核兵器開発を決意させる方法があればと思うのだが」

シラードも同意した。

「その通りだと思う。どんな方法があるかだな」

テラーが提案する。

「ルーズベルト大統領へ核兵器の開発を促す書簡を送るのはどうだ」

ウィグナーが疑問を投げかけた。

「アメリカ大統領ともなると、毎日何百通もの手紙が届くに違いない。我々が手紙を書いたとして、果たしてルーズベルト大統領まで届くかどうか疑問がある」

シラードも同感する。

「ルーズベルト大統領へ書簡を送ったとして、大統領が確実に手紙を読んでくれなければ意味がない。それには、どんな方法があるか」

シラードが気づいたように言った。

「待てよ。そうだ。私は近々ルーズベルト大統領の経済顧問アレクサンダー・ザクスと会う機会がある。手紙をザクスに託す方法はどうだろうか」

　ザクスはアメリカの経済学者で銀行家でもある。

　テラーがまたしても懸念を示した。

「ルーズベルト大統領へ確実に書簡が届き、確実に読んだとする。果たして、ルーズベルト大統領は我々の書簡を読んだだけで信用するだろうか」

　シラードが心配そうに言う。

「では、どうするか」

「世界で最も著名な物理学者のサインがあれば、ルーズベルト大統領の信用を得られるかもしれない」

　テラーの言葉にウィグナーが賛同した。

「世界で最も著名な物理学者はアインシュタインだろう。どうだろう、アインシュタインの協力を得られないだろうか」

　シラードとアインシュタインは理論物理学研究に携わった同僚の物理学者であり、現在でも交流がある。

　シラードが言う。

「私はアインシュタインと面談する機会がある。どうだ、ウィグナーも一緒にアインシュタインに会わないか」

ウィグナーは二つ返事で引き受けた。

一九三九年七月一六日、シラードとウィグナーはロングアイランドにあるアインシュタインの別荘で面談した。

シラードが核分裂連鎖反応について丁寧に説明した。アインシュタインは初めて核分裂反応の可能性を知ったような表情を見せた。

シラードが言う。

「ナチス・ドイツは世界に先駆けて核兵器を開発する可能性がある。私たちは、ルーズベルト大統領へ新たなタイプの非常に強力な爆弾への警鐘を鳴らすべきだと思う。どうだろうか。我々に協力してくれないか」

「喜んで協力しよう。書簡の内容は私が考えよう」

アインシュタインはドイツ語で書簡を口述し、ウィグナーがこれを書き取った。

さらに三人で文案を練り直した。

ウィグナーはタイプ印刷した書簡を読み上げて確認した。

「文面は、新たなタイプの非常に強力な爆弾の可能性、ドイツが併合したチェコスロバキアの鉱山からのウラン販売の禁止、アメリカの研究がベルリンで追試されているの三点にまとめ、警鐘を鳴らす内容となった。これでいいかな」

アインシュタインはうなずき、書簡にサインした。

一九三九年八月二日の日付がついた、アインシュタインのサインのあるルーズベルト大統領宛ての書簡が出来上がった。この一枚の書簡によって、人類は核兵器の歴史へ踏み出すことになるのだ。

次は、ルーズベルト大統領の経済顧問であるザクスへの働きかけだ。シラードはザクスへ、ナチス・ドイツが開発する可能性のある、新たな非常に強力な爆弾への懸念を丁寧に説明した。

ザクスはシラードの懸念について、じっくり耳を傾けて聞いた。そして言った。

「人類にとって、きわめて重要と思える話を聞いた。ルーズベルト大統領の判断を仰ぐ必要がある。

私はこの問題についてルーズベルト大統領に直接進言し、判断を仰ぐべきと考える。私に君たちの書簡を預からせてくれないか」

「感謝します。是非ともルーズベルト大統領へ書簡を渡していただきたい」

八月一五日、ルーズベルト大統領への書簡はシラードからザクスへ渡された。

2

九月一日、ヨーロッパでシラードが最も恐れる事態が発生した。ドイツ軍がポーランドに攻め込んだのである。三日にはイギリスとフランスがドイツに宣戦布告し、ついに第二次世界大戦の幕が切って落とされた。

ドイツ陸軍兵器局は、国家基準局のウランフェラインと陸軍兵器局のウラン研究プロジェクトを統合し、選りすぐりの核物理学者を招集した。その中には不確定性原理の発見でノーベル賞を受賞した、ライプチヒ大学の物理学教授ベルナー・ハイゼンベルクの姿もあった。

アメリカでは、ルーズベルト大統領宛てにアインシュタインがサインした書簡を送ったにも関わらず、アメリカ政府はなんの動きも見せなかった。

九月中旬になって、シラードは居ても立ってもいられず、ウィグナーと話し合う機会を作った。

シラードが焦りを隠さずに言った。

「もう一カ月以上も経つのに、ザクス顧問からはなんの音沙汰もない。ルーズベルト大統領は、アインシュタインの書簡に興味を示さなかったのだろうか」

ウィグナーも懸念を示した。

「アメリカ国民はヨーロッパの戦いに背を向け、モンロー主義に徹すべきとの考えが支配的だと聞く。ルーズベルト大統領は、国民の声を無視するわけにはいかない。だから、アメリカ政府は動けないのかも」

「こうなればザクス顧問に会って、ルーズベルト大統領がアインシュタインの書簡を読んで、どのような反応を見せたか確かめる必要がある。これは祖国ハンガリーの将来に大きく関わることだ」

「ナチス・ドイツは長い時間をかけずに全ヨーロッパを席巻するだろう。アメリカが動かなければ、イギリスもナチス・ドイツの支配下に入る恐れが大だ。ヨーロッパの将来は、ルーズベルト大統領の決断にかかっていると言っても過言ではない。なんとしてもルーズベルト大統領を説得する必要がある」

ウィグナーも賛成した。

シラードとウィグナーは九月下旬にザクスを訪問した。ザクスはバツが悪そうに話した。

「書簡は、まだ私の手元にある。私は大統領との謁見の機会を得ようと何度も試みた。しかし、謁見の話は秘書官で止まっている。

もちろん、秘書官に書簡の内容を話したりしていない。その点は安心してほしい」

シラードはザクス顧問に託す以外、ルーズベルト大統領へ確実に書簡を手渡す術がない。心を落ち着かせて聞いた。

「ザクス顧問、近いうちにルーズベルト大統領と謁見するチャンスは訪れますか」

ザクスはきっぱりと言った。

「ルーズベルト大統領は、ドイツのヒトラー政権を快く思っていない。それどころか、ヒトラー政権を潰したいと思っているのは確かだ。

ヨーロッパで戦争が始まった。ルーズベルト大統領は現在の法律の中で、どのような方法ならイギリスやフランスを支援できるか模索しているところだ。

そうなると、必ず経済問題に突き当たる。安心してほしい。支援策が具体的な検討に入れば、私にもルーズベルト大統領と話す機会がめぐってくる。私は近いうちに必ず謁見の機会を作る」

シラードはザクス顧問の手を取って頼んだ。

「もしルーズベルト大統領から呼び出しがあれば、私は何があろうともただちに駆けつける。是非ともルーズベルト大統領へ書簡を渡してほしい」

一〇月一一日になって、ザクスはようやくルーズベルト大統領と謁見する機会を得た。

ザクスはアインシュタインの書簡を自分なりに要約し、ルーズベルト大統領へ原子力の平和利用を強調した。そして最後に伝えた。

「原子エネルギーの潜在能力は、新たなタイプの非常に強力な爆弾を作りだす可能性があります。私たちは、その超強力爆弾が私たちの隣人を吹き飛ばさないよう願うのみです」

ルーズベルト大統領はザクス顧問の真意を汲み取って言った。

「つまり君が望んでいるのは、ナチス・ドイツが超強力爆弾で我々を吹き飛ばさないよう願っていると言うのだね」

「大統領のおっしゃる通りです。願わくは、アメリカ政府が早急に行動を取るようにお願いしたいと思っております」

「私が心配しているのは、アメリカ国民は合衆国の国土が大西洋と太平洋に囲まれ、安全であることを神に感謝し安堵していることだ。ヨーロッパの戦争によって、アメリカの安全保障が重大な危機にさらされているのに、国民の多くはそれが認識できないでいる。

ヒトラーを倒せ、連合国を支援せよ。しかし戦争には巻き込まれるな。アメリカ国民は、そう矛盾した要求を突きつけてくる。

私は大いに困惑している。いいだろう。私は、なるべく早くアインシュタインの書簡に対して返事を書こう」

「大統領閣下、ありがとうございます」

ルーズベルト政権は、ただちに国立標準局局長ライマン・J・ブリッグズを委員長とするウラン諮問委員会を立ち上げた。

委員は物理学者と陸軍兵器専門家である。国立標準局は商務省の一部局で、事務局は商務省内に置かれた。

一〇月二一日、ワシントンで第一回ウラン諮問委員会が開かれた。シラード、ウィグナー、テラーも出席した。ブリッグズ委員長から、アインシュタインにも出席を求めたが断られたとの説明があった。

ブリッグズ委員長はシラードに、原子力について委員の誰もが理解できるよう、やさしい説明を求めた。

シラードは科学的背景と核分裂連鎖反応の理論を詳しく説明した。物理学者ならともかく、陸軍兵器専門家の委員がシラードの説明を聞いて、核分裂連鎖反応を理解したとは思えなかった

陸軍兵器局のキース・アダムソン中佐が質問した。

「原子爆弾の威力は想像を超えるものだ。そのような兵器が、本当に役に立つのかはなはだ疑問と言わざるを得ない。それで我々は当面、何をすべきか」

シラードは落ち着いて答えた。

「核分裂連鎖反応を大型の原子炉実験施設で試験し、連鎖反応の理論を確認する必要があります」

アダムソン中佐が再び質問した。

「その実験設備を作るのに、どれくらい費用が必要なのかね」

「これまでイタリアから亡命したエンリコ・フェルミ教授と検討を重ねてきました。実験炉は、酸化ウランと黒鉛を用いた設備が適当と考えます」

イタリアの物理学者エンリコ・フェルミは、一九三八年一二月一〇日に中性子照射の研究でノーベル物理学賞を受賞した。フェルミは妻とともに授賞式に参加した。

フェルミは授賞式が行われたストックホルムからの帰路にアメリカへ亡命し、コロンビア大学教授におさまっていた。フェルミの妻はユダヤ人である。

アダムソン中佐がじれったそうに聞いた。

「で、実験施設のため国庫金からいくら出せばいいのかね」

テラーがだしぬけに答えた。

「六〇〇〇ドルほど必要です」

アダムソン中佐は、途方もないプロジェクトがたったの六〇〇〇ドルと聞いて、馬鹿にされたと思ったようだ。憮然(ぶぜん)とした表情になり、皮肉まじりに聞いた。

「世紀のプロジェクトなのに、そのようなはした金で本当に実験設備が建設できるのかね」

その瞬間、テラーは黙ってしまった。テラーは六万ドルを六〇〇〇ドルと言い違えたのだ。

シラードの計算では、黒鉛を購入する費用だけでも最低三万ドルは必要だと見積もっていた。

アダムソン中佐が低い声で言った。

「物理学者に六〇〇〇ドル、提供すべし」

多くの場合、プロジェクトを立ち上げる際に要求する金額は、少なく見積もるのが常識である。それにしても六〇〇〇ドルとはあまりにも少なすぎる。

シラードは第一回委員会会議の五日後、アダムソン中佐と会談を持った。

「アダムソン中佐、これがウラン研究プロジェクトの計画書です。計画書には、どのような実験を実施すべきか、プロジェクトに関与すべきアメリカの研究所はどれか、これらについても特定してあります。

特に注意していただきたいのは、今後の研究報告書は極秘事項扱いとし、公開の科学文献に発表しないよう強く求めます」

研究成果を公開すれば、ドイツのウラン研究を推進させてしまうに違いない。これはシラードの最も恐れることである。

一一月一日になって、ウラン諮問委員会は第一回会議の決議内容をルーズベルト大統領へ提出した。決議内容はシラードから見て、満足できるものではなかった。

シラードは、またしてもウィグナーに不満をぶちまけた。

「この報告書はなんだ。ウランの核分裂反応は、将来の潜水艦動力源として研究すべきとある。反応が爆発的であった場合は、高度な破壊力を持つ爆弾の動力源として研究すべきだとある。委員会はナチスへの危機感を抱かずいる。どうかしている」

ウィグナーが答えた。

「諮問委員会の委員は原子力を正しく理解していないのだ。報告書には、君とフェルミの実験を支援するため、精製黒鉛四トンと酸化ウラン五〇トンを供給するとある。今は地道に研究を進めるべきだ」

実のところ、ブリッグズ委員長も大変な思いをしていた。関連部署は、なぜウラン諮問委員会へ多額の資金を提供しなければならないのか、当然、詳しい説明を求めてくる。

しかしながらブリッグズ委員長は、秘密保持のため十分な説明ができない。そうした毎日を過ごすうちに、ブリッグズ委員長は病気で倒れてしまった。

一九四〇年に入っても、ウラン研究プロジェクトは本採用とはならなかった。

このような状況下、ドイツのカイザー・ヴィルヘルム研究所の研究員ピーター・デバイが研究所の職を追われ、アメリカへやってきた。

デバイはアメリカに到着すると、コロンビア大学のフェルミを訪れた。そして告げた。

「ヴィルヘルム研究所で核分裂に関する秘密研究プロジェクトが始まった。ドイツの物理学者たちは、軍から十分な資金提供を受けて基礎研究を始めた」

このニュースは、ただちにシラードにも伝えられた。シラードはデバイがドイツから持ってきた、臨界に関する二つの論文を何度も読んだ。そして、ウィグナーと話し合った。

シラードが危機感を露わに言う。

「これで、ナチス・ドイツによる核爆発物の開発が明白になった。しかしながら、アメリカのウラン諮問委員会は、いまだに何をすべきか方向性も定まっていない」

「どうだろうか。もう一度、アインシュタインと話し合い、ザクス顧問宛てに手紙を書いては」

「そうだな。もう一度、アインシュタインと話し合ってみよう」

シラードはアインシュタインと話し合い、書簡をしたためた。

「ヨーロッパで大戦が始まると、ドイツ国内ではウランに関する可能性への関心が顕著になった。核研究はドイツ政府の管理下に置かれ、極秘裏に進められている。好むと好まざるに関わらず、アメリカはナチス・ドイツとの原子爆弾開発競争に入り込んでしまった。これでいいかな」

シラードの性格は一匹狼的で、社会通念や行動規範を無視する傾向が見られる。

書簡には、脅し文句にも等しい言葉がいくつも並べられていた。

書簡は三月七日にザクスへ送られた。ルーズベルト大統領はザクスから書簡内容を聞くと、二度目のウラン諮問委員会を招集した。

二回目の会議で、ミネソタ大学のアルフレッド・ニーアとコロンビア大学のジョン・ダニングが、これまで行ってきた実験結果を発表した。

ニーアは説明の最後に述べた。

「このようにウラン235は中性子核分裂の原因になり得る実験的証拠が得られた。ウラン235の分離なくして、核分裂連鎖反応は不可能と考えるべきである」

シラードは核分裂の困難さを指摘せざるを得なかった。

「ウラン235は、天然ウラン粒子一四〇個の中に一個しか存在しない。ウラン同位体は同じ性質を持つため、化学的な手段で分離する方法は存在しない。

唯一可能な方法は、質量のわずかな違いを利用して物理的に分離する手段である」

ウラン諮問委員会では、核連鎖反応の可能性について意見が分かれた。ブリッグズ委員長が提案した。

「天然ウランでも連鎖反応が可能との科学的根拠を見つけるべきだ」

それに対してザクスは、第一回会議でシラードが提案した方法を試すべきだと主張した。

「ウランと黒鉛による原子炉の実験を進めるべきだ。黒鉛による中性子吸収によって、新たな測定結果が得られるかもしれない」

いまだに黒鉛と酸化ウランは、物理学者へ提供されていない。実証実験は現在も足踏み状態にある。

黒鉛の主要用途は電気アーク用電極の製造である。黒鉛の主な製造企業は、ナショナル・カーボン社が担っている。第二回会議の結果、四トンの精製黒鉛がナショナル・カーボン社からコロンビア大学へ届けられた。

黒鉛による中性子吸収の実験は、フェルミを中心とするコロンビア大学の手で行われた。

実験後、フェルミがシラードに語った。

「中性子吸収の測定結果は満足できるものだった。実験により黒鉛は減速材として十分使用できるとわかった。これでウランと黒鉛のブロックを積み重ね、原子炉を作ることができるだろう」

シラードはこれまでの体験を踏まえ、フェルミに要求した。

「想定通りの結果と言えるだろう。ところで、実験結果は外部へ報告せず、機密事項とすべきだ。科学者は知らぬうちに外の世界に重大な影響を及ぼしかねない。科学者には常に責任ある振る舞いをする義務がある」

フェルミは純粋な科学者と言えるだろう。そのような性格のせいか、科学領域以外にはほとんど無関心のように思える。

フェルミは礼儀正しく答えた。

「科学ではなく、迫りくる戦争を目の前にしての行動原則を求めているようだが、そのような行動は私の思想に合わない。それでも私は実験結果の公表を控えるつもりだ」

「同意してくれて感謝する」

シラードも挑発的な言葉は述べず、感謝の意を表した。

フェルミの実験結果は、核分裂連鎖反応がウラン235以外でも起こり得る可能性を示唆していた。

陽子の数が同じで、中性子の数が異なる原子核を持つ原子を同位体と呼んでいる。

3

アーネスト・O・ローレンスは同位体の電磁分離を研究する物理学者で、電磁場を発生させて荷電粒子を加速させるサイクロトロンと呼ぶ加速装置を発明した。サイクロトロンによって、原子の核の変換や同位体の製造が可能になる。

ローレンスはいつも口にする。

「バークレー校の放射線研究所にスーパーサイクロトロンを建設すべきだ。そうすれば、原子核の秘密を解き明かせるはずだ」

ローレンスは研究の重要性を売り込み、資金を調達する術にも長けていた。この点では、科学者というより実業家を思わせる。

ローレンスは出資者の候補へ研究の重要性を訴え、多額の資金を調達するのに成功した。

資金を調達すると、直径一一インチ（約二八センチ）の磁極面を持つサイクロトロンを建設した。このサイクロトロンには一〇〇万電子ボルトを超える陽子エネルギーを供給する能力がある。

一九三九年一月、ウラン核分裂発見の情報がバークレー校にも届けられたとき、ローレンスは直径六〇インチ、二〇〇〇万電子ボルトの陽子エネルギーを供給できるサイクロトロン建設を計画中だった。ローレンスのサイクロトロン建設は、長年にわたり開発に携わってきたエドウィン・M・マクミランの手腕によるところが大きい。

マクミランは核分裂発見の情報がもたらされると、いくつかの簡単な実証実験を立案した。

マクミランは実証実験に取りかかった。そして、ウランに中性子を照射する実験中に不可解な現象を見つけた。

「計測によると、半減期はおよそ二三分しかない。ひょっとしたら、これは天然に存在するウラン238が中性子を捕獲して、ウラン239に変わったのかもしれない」

半減期とは、放射性元素の原子数が崩壊により半数に減少するまでの時間をいう。

マクミランは実験を重ねているうちに、今度は半減期がおよそ二日の放射性物質を観測した。

「それにしても不可解だ。この物質は、中性子を陽子に変換する過程で形成される新たな元素なのかもしれない」

実験を繰り返して観測データを詳しく調べると、新たな元素の半減期は二・三日だとわかった。

「どう考えても、新たな放射性物質が生じたとしか思えない。この物質がなんであるか、あらゆる手段を使って確認する必要がある」

マクミランは、これが自分に課せられた使命と考えるようになった。

すでに一一月になっていた。この頃になるとローレンスの六〇インチのサイクロトロンは、稼働目前まで建造が進んでいた。

マクミランはこのサイクロトロンの開発にも関わっており、どのような特徴を持つか十分な知識を持つ。

マクミランに考えが浮かんだ。

「六〇インチのサイクロトロンを使えば、新たな物質がなんであるか突きとめられるかもしれない。そうなれば研究は大きく進むに違いない」

そんな折の九日、ローレンスがノーベル物理学賞受賞者に選ばれたとの知らせが入ってきた。

一九四〇年の春になると、マクミランは六〇インチのサイクロトロンを使って実験を始めた。

マクミランの研究には、元同僚で現在はカーネギー協会に移っているフィリップ・H・アベルソンが加わった。アベルソンは物理学のみならず、化学の知識も豊富で非常に有能な科学者だ。

二人はバークレー校で研究を続けた。

マクミランはサイクロトロンを使って実験を行い、アベルソンは不可解な物質の化学的特性を識別する研究に傾注した。

アベルソンは新たな物質の特性を推測した。

「少し前にデンマークのボーアが、超ウラン元素が存在するとすれば、ウランとかなり似た化学反応を示すのではないかと示唆した。

ボーアの示唆を信じるならば、半減期二・三日の物質は、半減期が二三分のウラン239から直接生成されたと考えられる。つまり、新たな物質は原子番号93の超ウラン元素という結論になる」

マクミランとアベルソンは実証のための実験を繰り返した。アベルソンは実験結果を整理し終わると結論を述べた。

「実験によって明確に実証された。半減期が二・三日の物質は、半減期が二三分のウラン239から直接生成された」

マクミランも納得して言った。

「確かに、物質はウラン239から生成されたと考えられる」

五月二七日、マクミランとアベルソンは研究成果を雑誌「フィジカル・レビュー」に寄稿した。論文は六月一五日号に掲載され、七月にはベルリンにも雑誌が届けられた。

研究結果は新たな疑問を生んだ。マクミランは疑問点を整理した。

「半減期二・三日、原子番号93の元素が放射性元素とするならば、その元素は崩壊して何に変わるのだろうか」

マクミランはいくつかの可能性を考えた。

「これまでの経緯をまとめるとこうなる。ウラン238による中性子捕獲から不安定な同位体であるウラン239が生成され、これが崩壊して原子番号93の元素を生成する。

理論的に考えるならば、原子番号93は不安定だから、さらに崩壊して原子番号94の元素を形成するのではないか。だとすれば、その証拠を見つける必要がある」

マクミランは証拠を見つけるべく、再び研究に取りかかった。

同じ疑問は、プリンストン大学の理論物理学者ルイス・A・ターナーも抱いた。

ターナーは理論物理学者らしく、計算によってある結論を導き出した。

「ウラン238が中性子を捕獲して、不安定な同位体のウラン239が生成される。ウラン239が崩壊し、原子番号93の元素を形成する。

理論を進めていくと、原子番号93は比較的不安定だから、すぐさま崩壊して原子番号94を形成する。原子番号94の元素は、質量数二三九でウラン235と類似する。計算をすると、新元素はウラン235より分裂しやすい」

ターナーは、ふと気づいた。

「これは大変なことが判明した。原子番号94の元素は豊富に存在するウラン238から生成され、独特の化学特性を持つ。だから、親の同位体から化学的に分離できるはずだ。

元素94は核分裂連鎖反応に使用できるから、新たな核分裂物資として供給できる。原子力の将来として、ウランそのものより元素94を使用したほうが、ずっと簡単ではないだろうか」

ターナーはフィジカル・レビューに寄稿する原稿を書き、公表してよいかシラードの意見を求めた。

シラードは愕然として言った。

「原子力の将来像がはっきりしてきた。原子番号94の元素は、臨界の達成、原子爆弾の製造など、ウランそのものよりはるかに簡単に利用できる。

これを公表すれば、ナチス・ドイツにも知られてしまう。だから、論文の公表は無期限に延期してほしい」

ターナーはシラードの勧告を了承し、論文の公表を延期した。

続々と新たな事実が見つかるなか、ウラン諮問委員会の活動は遅々として進まなかった。

核分裂に関するアメリカの研究は、さまざまな研究所で核分裂反応、同位体分離、元素94の特性、原子炉、重水生産に関する研究が少しずつ進行しているにすぎなかった。

ところが、ここにきて大きな変化が起きようとしていた。

一九三九年夏、バネバー・ブッシュはマサチューセッツ工科大学の副学長を辞め、カーネギー研究所の所長についた。

ブッシュは、軍部と民間の研究機関が適切に連携を取り合うべきと、国家機関創設の必要性を訴えてロビー活動を行った。

一九四〇年六月一二日、ブッシュはルーズベルト大統領と会って、自らの主張を提示する機会を得た。これは、商務長官ハリー・Ｌ・ホプキンスの事前の根まわしによって実現したものである。

ブッシュはルーズベルト大統領へ、軍民共同開発の構想をまとめた一枚の紙を提示しながら、ゆっくりと話し始めた。

「大統領閣下、アメリカのすべての科学研究を軍事目的に向けるべきです。そのためには、実利的な科学管理を行う国防研究委員会を発足させるべきと考えます」

ルーズベルト大統領が聞いた。

「国防研究委員会とはどのような組織かね」

ブッシュは用紙に書いた四つの短い文章をさしながら持論を展開する。

「国防研究委員会は、アメリカ合衆国の極秘軍事研究プロジェクトを統括する組織です。当然ながら、極秘である軍事研究は機密保持が非常に重要であります。研究内容は、常に検閲されるべきものと考えます。そのためにも委員会のメンバーは、アメリカ国民に限定すべきと考えます」

ルーズベルト大統領は、我が意を得たりと口にした。

「ヨーロッパの状況を考えれば、そのような組織が必要になるかもしれないね」

ブッシュの提案は、ルーズベルト大統領の思惑と一致していた。これもホプキンスの根まわしによるものだったかもしれない。

数日でブッシュを議長とする国防研究委員会が発足した。ブッシュの要請により、ハーバード大学学長のジェムズ・B・コナントが国防研究委員会のメンバーに就任した。

委員会のメンバーはアメリカ国民と定められている。これにより亡命科学者のシラード、テラー、ウィグナー、フェルミは国防研究委員会のメンバーから除外された。

ブッシュは自らの右腕と考えているコナントに語りかけた。

「コナント君、第一にすべきはウラン諮問委員会の掌握だ。そして、ウラン核分裂に関する研究論文は公表せず、すべて極秘扱いとしなければならない」

コナントはブッシュの考えに同意した。

「方策の第一は、ウラン諮問委員会の委員長ブリッグズを国防研究委員会のメンバーとすべきだ。そうすれば、ウラン諮問委員会の活動を容易に検閲できる。方策の第二は、研究論文はすべて私への報告義務を課す。

この二つの方策によって、ウラン核分裂に関するすべての研究論文を極秘扱いにできる」

「いいだろう。早速、ウラン諮問委員会の活動内容は君へ報告するよう義務を課す手続きを取る」

国防研究委員会はブッシュの思惑通りの組織となった。だからと言って、ウラン核分裂に関する研究が進むわけではない。むしろ事態を混乱に陥れたと言えなくもない。

ルーズベルト大統領の経済顧問ザクスが強硬に訴えた。

「ウラン諮問委員会の仕事は、すべて亡命科学者たちの努力に依存している。彼らを関与させないのはアメリカにとって不利益となり、どうしても納得できない」

ザクスの訴えは、ある程度認められた。亡命科学者は委員会メンバーとしては無理だったが、小委員会の顧問としての身分が認められた。

委員会の形が整えられると、ブッシュとコナントは亡命科学者の顧問たちから、核分裂に関する意見の聞き取り調査を行った。

まずテラーが訴えた。

「実用原子炉ができれば、ウラン238による中性子吸収によって元素94が生成される可能性はある。しかし試算すると、ウラン爆弾は三〇トンもの質量になるはずだ。そのように重い爆弾をどうやって運ぶのか」

テラーは、原子爆弾の開発は不可能だと主張した。他の顧問もテラーと同等の見通しを述べた。

「ウラン238から同位体のウラン235を分離するのはきわめて困難であり、どのような方法を用いればいいか、いまだに不明である。それに、ウラン235を濃縮しなければ、ウラン原子炉において臨界に達するとは考えにくい。ウラン238原子炉の実現性は、今の状況では可能性があるともないとも言えない」

ウラン235の分離方法に関しては、コロンビア大学で気体拡散法、バージニア大学で高速遠心分離法、ミネソタ大学で電磁分離法を、それぞれ研究している。今のところ、これといった成果はあがっていない。

顧問である物理学者たちの意見は、ブッシュに核分裂を爆弾に利用するのは不可能だとの認識を強く植えつけた。

七月一日に国防研究委員会が開かれた。ブリッグズ委員長は、ウラン諮問委員会のこれまでの活動内容と現在の進捗状況を要約して報告した。

一連の活動報告をすませると、ブリッグズ委員長は資金提供の大幅な増額を要望した。

「臨界研究のための四万ドル、それと大型実験炉向けに一〇万ドルの資金が必要になります。

これまで資金提供は陸軍の軍事顧問へ要求していたのですが、提供される資金は非常に少なく、研究活動に支障を来しております。

国防研究委員会におかれましては、早急に研究資金を提供していただきたいと思います」

ブッシュとコナントは、資金拠出の大幅な増加を求めるロビー活動をしていなかった。それに、ブッシュは核分裂を爆弾に利用するのは不可能だとの強い思いを抱いたままである。

さらに物理学者との話し合いでは、核分裂を発電用に利用すべきと主張する顧問も多かった。

国防研究委員会は、ウラン諮問委員会への資金提供を四万ドルのみ認めた。ウラン諮問委員会にしてみれば、資金供給はこれまでと変わりないと言えよう。

一方で、コナントは核爆弾への可能性を捨て切れず、何か方策を捜そうとする前向きな姿勢が見られた。

コナントはブッシュに提案した。

「ブッシュ議長、遅々として進まぬアメリカの核分裂研究に、このまま巨額の資金を投じても成果が得られない恐れがある。

どうだろうか。私は、イギリスの研究成果も注目すべきだと思うのだが」

「それは気がつかなかった。アメリカよりイギリスのほうがナチス・ドイツに対する危機感が強いはずだ。早急に調べる必要がありそうだ」

コナントはブッシュの同意を得て、イギリスへ出張した。

一九四〇年から四一年初めにかけて、アメリカの核開発研究は牛歩のごとき歩みであった。ところが、一九四一年三月にコナントがイギリスから戻ると、その歩みは加速度的に速まる。

コナントがブッシュへ出張の成果を報告する。

「ブッシュ議長、バーミンガム大学でオーストリアからイギリスへ亡命したフリッシュと、ベルリン生まれのユダヤ人でイギリスへ亡命したパイエルスという、二人の若い科学者が核分裂に関して画期的な発見をしました。結論を言えば、核爆弾の製造は可能です」

オーストリアの物理学者オットー・R・フリッシュは、スウェーデン亡命中に原子核が分裂して厖大なエネルギーを放出する現象を発見したリーゼ・マイトナーの甥にあたる。

フリッシュはオーストリアからデンマークへ亡命し、コペンハーゲンのボーア研究所で働いていたが、さらにイギリスへ逃れてバーミンガム大学で職を得た。ルドルフ・E・パイエルスはベルリン生まれのユダヤ人で、ライプチヒ大学でハイゼンベルクの指導を受けた物理学者である。ヒトラーが権力の座につくと、パイエルスはイギリスへ亡命し、バーミンガム大学の数学教授になった。

ブッシュが聞いた。

「その画期的な発見とは、どのようなものかね」

コナントは興奮を隠さずに話す。

「フリッシュは、純粋なウラン235なら高速中性子によって、核分裂連鎖反応が起きる事実を実験で確認しました。パイエルスは、核分裂連鎖反応を支えるウラン235の質量が、わずか数ポンドで臨界に達すると計算しました。ウランの質量なら、数ポンドはゴルフボール程度の大きさですむ。これなら原子爆弾の製造が可能となります」

フリッシュとパイエルスは、一九四〇年三月に「放射能、超強力爆弾の特性に関する覚書」を作成した。覚書はオックスフォード大学の化学者で、イギリス防空科学調査委員会の委員長ヘンリー・T・ティザードへ送られた。

この覚書によって、イギリス政府は暗号名MAUD委員会と呼ばれる諮問委員会を設置した。

そのうえで、リバプール大学に実験施設やサイクロトロンを準備するなどの研究環境を整えた。フリッシュは一九四〇年七月にリバプールへ引っ越した。

コナントはたたみかけるように言った。

「核分裂の開発は、物理的研究段階から実用化のための工学的段階へ移る時期を迎えたと考えるべきです。アメリカは核開発の体制を見直すべきです」

ブッシュが答えた。

「私は遅々として進まない核分裂の研究に、巨額の資金を投じても成果は得られないと恐れを抱いていた。ここで何か手を打つべきだと思っていたところだ。

イギリスの研究成果を考えれば、アメリカの核開発も実用化に向けた研究体制が必要なのは明らかだ。どのような組織が相応しいか、私なりに考えてみよう」

アメリカの核開発は新たな段階を迎えようとしていた。

4

四月になると、ブッシュはアメリカの研究体制を見直す作業に入った。その手始めとして、米国科学アカデミーに対しアメリカにおける核開発研究全体の状況に関し、速やかに、かつ公平に検討を行うよう要請した。

科学アカデミーは、光が波としてだけでなく粒子としても振る舞うコンプトン効果を発見し、ノーベル賞を受賞したアーサー・H・コンプトンをリーダーとする検討グループを立ち上げた。

バークレー校のローレンスは、ジョン・C・スレイター、ジョン・H・ブレックらとともに検討メンバーに選ばれた。

検討グループは五月一七日に最初の報告書を提出した。報告内容は、核爆弾製造についての確固たる勧告を出すにはいたらなかった。

ただ、核爆弾製造は一九四五年まで期待できないであろうと明記している。可能性は否定しなかった。

ブッシュは科学アカデミーのこれからの活動に期待しながら、アメリカ政府が出資する科学研究の体制と運営に関する再編に精を出した。

ブッシュはコナントへ核爆弾開発の中心となるべき組織の構想を打ち明けた。

「国防研究委員会は、実験室での研究活動を管理する組織としては相応しいと思う。しかし、科学研究を軍備へ移行するに必要な工学面での活動に対する権限がない」

「新たに工学プロジェクトに対する行政権限を持つ組織が必要だと」

「その通りだ。具体的には、国防研究委員会とその研究から生じる工学プロジェクトに対する行政権限とでもいうべきものだ」

「科学研究開発局とでも呼ぶべき、新しい組織を政府内に設けるべきだと言うのだな。おそらく、この構想をルーズベルト大統領へ提示すれば賛同を得られると思う。その場合は、君が新しい組織の局長になるべきだ。そうでないと、新しい組織運営が目的から外れる可能性が出てくる」

ブッシュは喜びを隠さずに答えた。

「もし、ルーズベルト大統領が新しい組織の設立を承認してくれるなら、国防研究委員会の議長は君が引き継いでほしい」

コナントも笑顔で答えた。

「その場合は私に国防研究委員会の運営を任せてほしい」

ブッシュはルーズベルト大統領に新しい組織の構想を提示した。大統領はブッシュの提案を待っていたかのように、ただちに新しい組織の設立を了承した。

ブッシュは科学研究開発局の局長に就任し、コナントは国防研究委員会の議長に就任した。コナントは国防研究委員会議長に就任すると、科学アカデミー検討グループへのてこ入れを行った。

コナントがコンプトンに告げた。

「検討グループに工学面での実用主義を投入する必要がある。検討グループはゼネラルエレクトリック社、ベル研究所、ウェスチングハウス社の技師を採用するように」

コンプトンにコナントの要望を拒否する権限はない。検討グループに民間企業の技師が加わった。

七月一一日、検討グループは民間企業の技師が加わって作成された第二回報告書をコナントへ提出した。

だが、報告書の内容はコナントを満足させるものではなかった。原子力の可能性は肯定的に評価しているが、元素94、原子爆弾についてはまったく触れられていなかった。

ローレンスは家庭の事情で、報告書の起草への参加を欠席した。ローレンスは報告書の内容に不満を持ったようだ。

ローレンスは、大量の元素94を入手できれば高速中性子を使った連鎖反応が生じる可能性があると説明する手紙を、検討グループ宛てに書いた。それでも検討グループの動きは遅かった。

一五日にイギリスのMAUD委員会は、ウランの爆弾への利用、動力源としての利用に関する報告書を提出するとともに、写しをブッシュとウラン諮問委員会のブリッグズ委員長にも送った。

八月に入って、イギリス防空科学調査委員会の小委員会メンバーであるマークス・L・オリファントがイギリスからやってきた。

オリファントはドイツ人化学者パウル・K・ハルテックと、重水素の核融合反応に関する論文を発表し、水素爆弾の可能性を予想した人物だ。

オリファントは九月二一日にバークレー校でローレンスと会った。ローレンスは、オリファントを一八四インチのスーパーサイクロトロンを建設中の現場に案内した。

ローレンスはオリファントを前に熱弁をふるう。

「スーパーサイクロトロンを利用すれば、ウラン235の電磁分離や元素94の分裂特性を詳しく研究できるようになる」

二人はスーパーサイクロトロンの建設現場からローレンスのオフィスに戻った。今度はオッペンハイマーも加わって議論が始まった。

オリファントはMAUD委員会の報告書について説明した。

「報告書は、アメリカのウラン諮問委員会ブリッグズ委員長の手にも渡っている。要約すると、ウラン爆弾は実現可能であり、戦争において決定的な結果をもたらす。この研究を最優先事項とし、可能な限り早期に兵器として得るため、必要な規模に増強し続けられるべきである、といったところだ。

イギリスが単独で原子爆弾を製造するなど、とても無理な話だ。イギリスにはそれだけの財力も資源もない。イギリスはアメリカとの協力を続行し、特に実験研究の分野で拡大されるべきと考えている」

イギリスのチャーチル首相はMAUD委員会の報告書を読むと、アメリカに原子爆弾開発を促すべきと考えたのかもしれない。

そこで、オリファントを行動力のあるローレンスのもとへ使いに出したと考えられる。ルーズベルト大統領にすれば、正式な報告書が届かない限り動きが取れないオッペンハイマーは、原子爆弾の製造に向けた計画があることを初めて知ったようだ。

オリファントがイギリスへ帰国すると、ローレンスはコンプトンに連絡を取り、コナントを含めた三人で会談を持った。

ローレンスは、イギリスの研究、元素94の実験結果、ウラン235分離の可能性について要約して説明した。そしてつけ加えた。

「原子爆弾の製造は可能であり、それが戦争の行方を左右するかもしれない」

コナントがローレンスに聞いた。

「アーネスト、今から数年間、核分裂爆弾の製造に自分の人生を捧げる覚悟はできているかい」

「それが自分の仕事だというのであれば、その覚悟はできている。私は与えられた運命にしたがうのみだ」

ブッシュは一〇月三日になって、正式ルートでMAUD委員会の報告書を受け取った。そして、九日にルーズベルト大統領へ報告書を届けた。大統領は真顔でブッシュに言った。

「この件に関し、私は議会に意見を求めるつもりはない。計画は極秘のうちに進められるべき性格のものだ。いいだろう、私は必要な措置を講ずる」

ルーズベルト大統領は約束通り、極秘プロジェクトを立ち上げた。日本海軍が真珠湾を攻撃するのは、それから二カ月後である。

ルーズベルト大統領は核開発政策の問題に関する権限を自分自身とブッシュ、コナント、ヘンリー・A・ウォーレス副大統領、ヘンリー・L・スチムソン陸軍長官、ジョージ・C・マーシャル陸軍参謀総長に限定した。

この小グループは、アメリカの最高政策決定集団として知られるようになる。

科学アカデミーの検討グループは、最終となる三回目報告書の提出を求められた。ローレンスはコンプトンの賛同を得て、オッペンハイマーに理論面での協力を求めた。

三回目の報告書は、十分な量のウラン235を急速に合体させることにより、最高の破壊力を有する核分裂爆弾を製造できると明快に述べる内容となった。

そして、アメリカの国防を適切に対処するため、開発計画を緊急に策定することが肝要と思われると結んでいる。

報告書は、一一月二七日にルーズベルト大統領へ届けられた。ルーズベルト大統領はブッシュの科学研究開発局内にＳ‐１委員会を設置した。原子爆弾開発は、科学研究開発局の最も重要な任務となったのである。

しかし、アメリカの原子爆弾開発計画を決定する文書は見当たらない。これが、ルーズベルト大統領のやり方だった。

コナントはＳ‐１委員会の委員長に任命された。コンプトンは検討グループのリーダーだったが、科学アカデミー最終報告書の結論に基づき、Ｓ‐１計画を急遽まとめあげて重大な決定を下す執行者になった。

コンプトンは計画を練りながら考えた。

「Ｓ‐１計画は、ウラン同位体の分離、元素94を生成する原子炉開発、爆弾設計の物理的な研究、この三点を柱とするプロジェクトだ。手始めは原子炉プロジェクトの集約からだな」

原子炉研究はコロンビア大学のフェルミを中心とするチームで進められている。フェルミの研究チームは、酸化ウランの立方体と黒鉛ブロックを格子状に組んだ原子炉で大きな進展をみせていた。

コンプトンの計画を知るとプロジェクトの集約地として、シラードはコロンビア大学を押し、ローレンスはバークレー校にすべきだと主張する。ほかにもプリンストン、ピッツバーグ、クリーブランドなど多くの地を押す案が出た。

コンプトンは執行者の権限で、プロジェクトをシカゴに集約すると決めた。試験用原子炉はシカゴ大学競技場のスカッシュ・コート内に建設することが決まり、実験所は機密保持のため冶金(やきん)研究所と呼ばれる。

原子炉プロジェクトの目的は元素94の生成である。シラードとテラーは一月末までにシカゴに移った。

一九四二年一月二四日、コンプトンは物理学者を前に断言した。

「年末までにシカゴで連鎖反応を起こしてみせる」

口に出して言うのには、何がなんでもとの決意を示す意味があった。

三月二一日付けの元素93と94の化学特性に関する報告書の中で、シーボーグとバールは原子番号94の元素に、冥王星の英語名プルトにちなんで、プルトニウムと命名して認められた。

四月に入るとウィグナー、フェルミ、シーボーグもシカゴに到着した。

冶金研究所ではフェルミが原子炉を稼働させ、シーボーグは使用済み原子炉材料からプルトニウムを分離する。シーボーグは実用原子炉が建設されるまでに、プルトニウムを分離する方法を見つけなければならない。

コンプトンの主要任務は、高速中性子反応の物理特性が爆弾設計に及ぼす影響についての研究である。

コンプトンは、この仕事をロシア生まれのグレゴリー・ブライトに統率させていた。

ブライトの仕事ぶりは研究がほとんど進展しないばかりか、機密保持のうえでもしばしば問題を起こす有様だった。コンプトンはブライトを解任する決意を固めた。

「研究を誰に統率させるかだが……」

コンプトンの脳裏にオッペンハイマーの姿が浮かんだ。オッペンハイマーはコンプトンに招かれ、ブライトの下で研究に従事している。

「多少の懸念はあるが、オッペンハイマーが適任かもしれない」

オッペンハイマーには驚異的な学習能力があるが、学識をひけらかせ、人を見下し、同僚や共同研究者から憤激を買うなど、人としての性格には問題が見られる。

だが、能力は抜きん出ていた。

五月一八日、コンプトンはブライトを辞任させ、オッペンハイマーに研究の統率を要望した。

オッペンハイマーが言う。

「仕事の内容は理解している。私はこの仕事を進めるには、全国から優れた頭脳を集める必要性があると認識している。この点はどうか」

「君が研究を統率するのだ。必要なら全国から優秀な頭脳を集め、研究チームを作ればいい。それが君の仕事だ」

オッペンハイマーは七月中旬までに、最も優秀と見られる理論物理学者をバークレーに集めて研究チームを編成した。

オッペンハイマーは才能は豊かでも、自分で独創的なアイデアを生みだす能力はあまりないようだ。革新者より技術者と言えるかもしれない。

オッペンハイマーは、この研究チームを自ら発光する発光体にちなんでルミナリーと呼んだ。

八月に入ると、オッペンハイマーは早くも最初の研究報告を行った。研究報告はコンプトンからコナントを経てブッシュへと渡った。

「これは私の手に負えるものではない！」

ブッシュは報告内容を見るなり目を疑った。

ブッシュは研究報告書を持ってスチムソン陸軍長官と会った。ブッシュが報告する。

「スチムソン長官、三〇キロほどのウラン235の核分裂爆弾は、TNT爆薬一〇万トン以上の爆発に相当する破壊効果があります」

MAUD委員会は一八〇〇トンと計算していたが、オッペンハイマーのチームははるかに大きい威力を算出した。

「それればかりではありません。核分裂爆弾を液体重水素四〇〇キロで囲めば、TNT爆薬一〇〇〇万トンの爆発に相当する水素爆弾を製造できます。一〇〇〇万トンですよ。

もはやS‐1計画は、文民の科学研究開発局の手に負えるプロジェクトではありません。

その一方で、ドイツがこのような熱核兵器を製造する恐れがあります」

スチムソンが目を見開いて言った。

「では、どうすべきだと言うのかね」

「S‐1計画は軍の統制下に置くべき案件と考えます。可能なら陸軍工兵隊が統制すべきかと」

スチムソンは予想外の要求に驚いた。

「私には陸軍工兵隊と聞こえたが」

「はい、その通りです。S‐1計画は、これからの実用化に向けて多くの建設工事が発生します。建設工事は工兵隊の得意とするところです」

スチムソンにブッシュの要求を断る理由はなかった。

スチムソンはS‐1計画の統制を、陸軍補給隊司令官ブルホン・ソマーベル大将に命じた。

スチムソンとの打ち合わせで、ソマーベル大将が言った。

「S‐1計画を軍事計画とするなら、これを指揮するのにうってつけの人物がいる。ペンタゴンの本庁舎建設を監督し、このほどその任務を終えたばかりのレズリー・グローブズ大佐が適任者と考える」

グローブズ大佐はS‐1計画全体の予算をわずか一週間で使い切ってしまうほど、大きな仕事をこなしてきた。

「S‐1計画は軍事計画として、陸軍工兵隊が全権を握って計画を進める。グローブズ大佐なら監督者として適任だな」

スチムソンが答えた。

グローブズは九月二三日に准将へ昇進し、正式にS‐1計画の総括者に就任した。

陸軍工兵隊は、ニューヨーク市のブロードウェーにある北大西洋師団本部にちなみ、S-1計画をマンハッタン工兵管区と呼んだ。これを契機に、S-1計画はマンハッタン計画と呼ばれるようになる。

グローブズはマンハッタン計画の責任者に就任すると、ウラン235分離の大規模施設を建設するため、テネシー州東部オークリッジ付近に五万六〇〇〇エーカーの用地を確保した。

原子爆弾計画に携わっている各地の施設の視察も始めた。

ピッツバーグのウェスチングハウス社、ニュージャージー州のスタンダード・オイル社、ニューヨークのコロンビア大学、シカゴの冶金研究所、そして一〇月八日にはバークレーの放射線研究所に到着した。

グローブズはローレンスの放射線研究所に続いて、オッペンハイマーのオフィスに向かった。

オッペンハイマーは原子爆弾に関する自らの研究に新たな方向性を示し、グローブズに説明した。

グローブズは、オッペンハイマーの高い能力、状況判断力、科学をわかりやすく説明する能力に感心し、心強さを覚えたようだ。

オッペンハイマーが言った。

「爆弾の物理的特性の法則と設計に取り組んでいるすべての科学者を一箇所の専用の施設に集め、そこで彼らが直面する多くの問題解決に向け、取り組めるようにすべきだ」

「君の言う通りだ。計画には軍事施設として運営される一つの中央実験所が必要だ」

グローブズは速やかに決断した。

グローブズは、オッペンハイマーを科学監督者として適任と判断した。委員会を説得すると、一〇月一九日にオッペンハイマーを科学監督官に指名した。

グローブズとオッペンハイマーは、中央実験所に相応しい用地を探す旅に出かけた。

オッペンハイマーの提案で、ニューメキシコ州の人里離れた渓谷、ヘメス・スプリングズからヘメス山脈の反対側のメサ、さらにロスアラモス牧場学校へと向かった。

オッペンハイマーが言う。

「ここなら建物と水、電気の供給はあるが、人里から離れ、隔絶性が保たれている」

グローブズも同意した。こうして中央実験所はロスアラモスと決まった。

陸軍工兵隊は大急ぎで五つの実験室、機械工場、倉庫、三〇名ほどの科学者と一五〇〇人以上が住む住宅の建設を始めた。

ロスアラモスで働く科学者は科学的自主性を尊重し、入隊を必須条件から外された。しかし、軍が現場での権限と責任を留保する条件は保たれている。

マンハッタン計画の中心となるロスアラモス実験所は、オッペンハイマーを所長として活動を始めた。

第9章　第一〇二二航空隊

1

第一〇二二航空隊司令の松田大佐は参謀長大石大佐、飛行隊長小栗中佐、飛行副長に任命された柴田大尉との早朝の打ち合わせを日課にしている。

昭和一七年の一二月は、一〇二二空の設立と同時に配属となった初期搭乗員への深山の慣熟訓練に重点が置かれていた。

大みそかを迎えた。小栗がいつものように慣熟訓練の進捗状況を報告する。

「慣熟訓練は予定通り、昨日をもって終了しました。一月からは、いつでも深山での輸送任務に従事できます」

松田大佐が満足そうに答える。

「やはり選ばれた搭乗員だけのことはあるな。ただ、春までに配属されてくる大勢の搭乗員は、実戦経験のある者は少なく、基礎教育を終えたばかりの予備士官や予科練出身者が大半となろう。

来月からは六機の深山で実際の輸送任務に従事しながら、新人搭乗員の育成方法も考えなればならない」

「一〇二二空は新たな段階に入ったと考えています。搭乗員の育成は、柴田大尉と十分に対策を練ります」

訓練の進捗状況報告は短時間で終了した。代わって大石大佐が報告する。

「深山は陸軍から供給された無線電話機を搭載し、海上でも計画通りの性能が得られるか飛行訓練で性能試験を行ってきた。その結果、長距離飛行での使い勝手など、いくつかの改良点を陸軍に要望した。陸軍は驚くほどの短期間で満足する改善を行った」

小栗が応じた。

「新しい無線電話機は雑音がほとんど発生せず、飛行中の命令や伝達が、通常の会話のようになんの混乱もなく行えます。地上からの連絡も滞りなく行え、大きな力になっている。今ではなくてはならない装備になっています」

陸軍は大正時代に、東京・中野にある電信隊に無線調査会を設け、無線通信を野戦に使う研究を始めた。

陸軍に科学研究所が創設されると、電波兵器の基礎研究は科学研究所、具体化は技術本部で実行するようになり、無線妨害、無線操縦、有線操縦、高圧利用、電波探知機研究へと進んできた。

無線電話機については、砲兵観測用として通信距離一〇キロ程度の五号無線機、歩兵隊の連絡用として通信距離二キロ程度の六号無線機が、九四式として制式化された。

五号無線機は幅二六センチ、高さ四九センチ、厚さ二五センチで、重さが二一キロと軽量小型だ。六号無線機は幅二五センチ、高さ四七センチ、厚さ二五センチで重さが二四キロなので、兵一人が背負って移動できる。

陸軍の通信器材は陸軍技術本部、第五陸軍技術研究所へと引き継がれ、無線・有線通信機と電信機、電送機、電話交換機までも有する通信網へと進化した。新しい無線電話機は、第五陸軍技術研究所が最新の通信網技術と通信機材で設計・製造した航空機用通信機器である。

海軍はこの無線電話機を、三式空三号隊内電話機と命名した。通信到達距離は大きな空中線を有する地上や艦船と航空機の間では六五キロ、航空機同士では三〇キロとなっている。

飛行訓練でも、この距離なら無線電話機での明瞭な会話が可能だった。電波は三〇メガから五〇メガサイクルの周波数帯を使っている。

大石大佐が新しい装備について話す。

「長距離飛行に不可欠なのは無線電話機だけではない。地球の磁場に左右されない航空機用羅針儀、羅針儀と連結した自動操縦装置も長距離飛行には不可欠だ。空技廠から新型の自動操縦装置と航空機用羅針儀が届いた。これらの装備は、正月の三が日を利用して深山に取りつける。正月明けの飛行訓練は新装備の性能試験から始める」

小栗が期待を込めて言う。

「とうとう完成しましたか。思ったより早かったですね」

一式陸攻も針路、高度、速度を維持する自動操縦装置を装備している。新しい自動操縦装置は航空機用羅針儀と連携し、針路、高度、速度を維持するので途中での針路変更が可能だ。これは長距離飛行では、操縦員にとって大きな助けとなる。

航空機用羅針儀は磁気に左右されない転輪式の新しい方式のものだ。羅針儀は転輪式であっても必ず誤差が生ずる。空技廠の若い技手が、転輪式の原理と飛行機の運動、それに地球の自転を条件に入れた運動方程式を編み出した。

新しい航空機用羅針儀は、運動方程式と理論的誤差から実際の誤差を自動修正する優れものだ。これは空技廠だけが完成させた、世界初の航空機用羅針儀である。

こうした機器類は、直接敵に殺傷効力や破壊威力を発揮する艦艇や攻撃機と大きく異なる。人体でたとえるなら、艦艇や攻撃機は手足であり、機器類は神経系統と言えるだろう。

これまで日本軍は、神経系統に相当する兵器を軽く見ていたように思える。富嶽作戦の具体化につれ、神経に相当する兵器の重要性が改めて認識されてきた。

大みそかの打ち合わせは、進捗状況の報告と新装備の説明で終わった。

小栗は昭和一八年の正月三が日を木更津基地内で過ごした。松田大佐や大石大佐、それに柴田大尉も木更津基地から一歩も出なかった。

元旦には新年の祝いとして、各自に一杯のお汁粉と一合の酒が配られた。

三が日の間、深山に新しく装備を搭載する作業が行われた。飛行訓練はなかったが、小栗は南方から発信される電信に注意を払った。特に、ラバウルからの電文は一文ずつ注意しながら分析した。

一月六日の打ち合わせが始まった。初めに司令の松田大佐が誰もが注目する話をした。

「海軍は昨日五日に富嶽の試作一号機を領収した。富嶽は空技廠飛行実験部の手で、三沢飛行場へ空輸されたようだ。三沢での試験飛行は、富嶽の主務部員となった益山光哉少佐の班が担当するようである」

益山少佐はこれまで飛行艇班長を務め、二式飛行艇の試験飛行を担当してきた。今後は飛行艇から陸上機に重点を移すという海軍の方針により、大型機の経験豊富な益山少佐が富嶽の試験飛行を担当することになったようだ。

少しの間、富嶽について雑談が続いた。頃合いと見たのか松田大佐が告げる。

「一〇二二空に対し、連合艦隊司令部から重要な要望が寄せられた。戦地への輸送任務である。一〇二二空はこの要望を受け入れる。

新装備の性能試験は、戦地への輸送任務を行いながら実施せよ」

松田大佐は深山の搭乗員に対する慣熟訓練を終了したと、連合艦隊司令部へ報告した。すると、連合艦隊司令部から新たな任務を告げられたのだ。

松田大佐が任務内容を説明する。

「一〇二二空は明日七日から、戦地への輸送任務につく。初めの任務はラバウルへの飛行機部品の輸送である。

ラバウルの飛行場には本土からの部品供給が滞ったため、飛べない航空機が溢れているようだ。連合艦隊司令部はこの状況を打開するため、一〇二二空に戦地で不足している航空部品の輸送を要望してきた」

ラバウルでは、ガダルカナルをめぐって激しい航空戦が行われている。ラバウルから発信された電文を分析すると、ガダルカナル戦線は日本軍に不利な情勢で推移しているとしか思えなかった。

今度は大石大佐が言った。

「深山が着陸する飛行場は、陸軍の第八方面軍司令部に近いラバウル西飛行場になる」

ラバウルには東、西、南、北、トベラの五つの飛行場がある。北とトベラの飛行場の滑走路は、戦闘機などの小型機に耐えられる程度である。東飛行場は滑走路が火山灰質のため鉄板を敷いて運用しており、深山のような大型機の発着陸には耐えられない。

ラバウルで深山が着陸できる飛行場は、一式陸攻が駐留する西飛行場だけだ。

小栗はラバウルの状況について質問した。

「ガダルカナルでは、相変わらず激しい航空戦が続いていて、日本軍は苦戦を強いられていると考えられます。

現地からの報告電によると、昨年の末頃から米軍のB17やP38が頻繁にブイン基地へ来襲するようになったようです。深山は輸送機なので、敵戦闘機に遭遇したら対抗する手段がありません」

大石大佐は状況を楽観的に説明した。

「ラバウル東飛行場には第二五航空戦隊司令部が置かれ、二〇四空、二五一空の零戦およそ一〇〇機、月光およそ三〇機、零式輸送機一〇機が駐留している。トベラ飛行場には、二五三空の零戦およそ八〇機が駐留している。これらの戦闘機隊には海軍でも指折りの搭乗員が揃っている。

ラバウル西飛行場には第二六航空戦隊司令部があり、七〇二空、七五一空の一式陸攻およそ八〇機、五〇一空や五五二空の艦爆およそ六〇機、それに陸軍飛行隊の戦闘機、およそ六〇機が駐留している。一〇二二空の深山は、そのラバウル西飛行場に着陸する。

確かにガダルカナルの米軍戦闘機隊は、地の利を活かして来襲する日本軍機を待ち構えている。そのうえで有利な位置から奇襲を加えてくる。そのため日本軍機は大きな損害を出している。

その一方で、ブイン基地に来襲するB17爆撃機やP38戦闘機は、日本軍戦闘機の反撃を受けて大きな損害を出している。

心配すればきりがない。ただ、ラバウルの制空権は日本軍が完全に握っている。これだけは確かだ」

小栗が質問する。

「ラバウルの制空権は大丈夫だとして、今度は帰りの燃料事情が心配になります。木更津からは、国内の製油所で精製された空二揮を満タンにして出撃できます。ラバウルでは、空二揮か空一揮の確保は無理としても、せめて空九一揮か空九二揮の燃料を満タンにできるか、心配です」

空一揮は航空一号揮発油の略称だ。空二揮は航空二号揮発油でオクタン価は一〇〇となっている。空一揮のオクタン価は九五、空九一揮は航空九一揮発油で、オクタン価は九一だ。空九二揮は航空九二揮発油で、オクタン価は九二である。

中島の栄発動機は、最大出力時でもブースト圧はプラス三〇〇ミリで、空九一揮や空九二揮ならオクタン価は九〇以上あり、理想とは言えないが文句は言えない燃料である。

これが、出力二〇〇〇馬力の誉二一型になるとブースト圧はプラス五〇〇ミリとなり、出力二四五〇馬力の輝はブースト圧プラス五五〇ミリまで上昇する。

このような発動機は、燃料として一〇〇オクタン価の空二揮が望ましい。

大石大佐が答える。

「零戦の栄発動機、一式陸攻の火星発動機は公称ブースト以下での使用を条件にしているが、ラバウルでの燃料は空九一揮で作戦に従事している。

二六航戦司令部は深山の帰りの燃料として、空九一揮を確保すると言っている。今は二六航戦を信じるしかない」

小栗は納得した。

「了解しました。作戦は必ず成功させます」

松田大佐が力強く言った。

「頼むぞ」

七日の朝、定例の打ち合わせが始まった。小栗はいつものように静かに報告した。

「深山の出撃準備は整っています。今日の午前一一時に出撃します」

一〇分ほどで打ち合わせは終わった。

午前九時、小栗は全搭乗員を前に初の実戦輸送任務について注意事項を述べる。

「これよりラバウルへの輸送任務を実施する。着陸する飛行場は、陸軍の第八方面軍司令部に近いラバウル西飛行場である。ここ木更津からラバウル西飛行場までは、おおよそ四七五〇キロの距離がある。木更津を飛び立った後は、高度六〇〇〇メートルを時速三一五キロの巡航速度で飛行する」

深山は貨物四トンを搭載し、高度六〇〇〇メートルを時速三一五キロの巡航速度で飛行するなら、無給油で六五〇〇キロ飛行できる。

「報告によれば、飛行航路上の気象状況はおおむね良好である。気象状況がよく、順調な飛行が可能ならば、飛行時間は一六時間程度である。

ただし、気象状況の変化によっては高度四〇〇〇を指示する。注意を怠らないようにせよ」

南海海上はスコールを降らせる上昇雲が発生しやすい。上昇雲は雲高四〇〇〇以上に達すると、水滴が氷状に変わる場合が多い。

このような雲の中は、飛行する機体に損傷を与える恐れがある。上昇雲に遭遇したら、高度を四〇〇〇以下に降下させるのが常識である。

「では、本日の飛行編成を申し渡す。第一小隊一番機野中大尉、二番機武田大尉、三番機牧野大尉、第二小隊一番機柴田大尉、二番機尾崎大尉、三番機壱岐大尉。なお、第一小隊長は自分が、第二小隊長は柴田大尉が務める」

小栗は慣熟訓練時とほぼ同じ編成を告げた。そして、輸送任務の意義について話す。

「今回の輸送任務は片道一六時間以上の飛行を体験し、飛行を重ねながら長距離飛行に慣熟する第一歩となる。長距離飛行に不可欠な無線電話機、自動操縦装置、そして航空機用羅針儀の性能試験も合わせて行う。無線電話機は長距離飛行でも不具合が起きないか、ほかに問題がないかを確認する」

小栗が説明を続ける。

「搭乗員は正操縦員、副操縦員、偵察員、電信員の二直交替とする。ラバウルまで順調に飛行するなら、飛行時間は一六時間程度であり、交替は一度ですむ。途中の飛行で自動操縦装置を使えば疲労を抑える効果が期待できる。

自動操縦装置は航空機用羅針儀と連携し、針路、高度、速度を維持する。航空機用羅針儀は磁気に左右されない転輪式の新しい方式のものである。転輪式航空機用羅針儀の性能試験は空技廠で実施済みであり、もちろんすべての試験項目に合格している。

だが、一六時間以上に及ぶ長距離飛行での性能試験は実施していない。この点で、転輪式航空機用羅針儀は試作機の段階と言える。

そこで飛行中は一定間隔で天測を行い、位置を確認しながら飛行を続ける。天測を行ったら、羅針儀による位置との差を必ず記録するように。ここで不具合が出たなら改善を求める。つまり、今回の輸送任務は機器の試験飛行でもある。それと、自動操縦装置は突発的な針路変更はできない。その場合は手動装置に切り替えなければならない。この点をよく理解し、飛行するようにせよ」

小栗の説明が続く。

「出撃は午前一一時とする。小隊は機体間隔を二〇〇メートルの正三角形とし、第二小隊は第一小隊の後方五〇〇メートルを飛行せよ」

飛行時間を一六時間とすると、現地の夜明け直後の朝六時は、日本時間で朝五時となる。小栗はそこから逆算して、出撃を午前一一時と決めた。

小栗が最後に気合を入れる。

「戦地では、部品がなく飛べない航空機が溢れていると聞く。搭載した貨物は、戦地で首を長くして待っている航空機部品である。我々の任務は重大である。一機の脱落機も出さぬよう心してかかれ」

「おー」

全搭乗員が力強く腕を突き上げた。

小栗が搭乗する第一小隊一番機の乗組員は、飛行隊長小栗中佐、機長兼一直正操縦員野中大尉、副操縦員平岡万寿夫一飛曹、偵察員牧野幸七飛曹長、電信員小出重男二飛曹、二直正操縦員中井亀人飛曹長、副操縦員佐田憲正一飛曹、偵察員鈴木幸四郎飛曹長、電信員原勇二飛曹の九名である。

深山の機体中央には四人分のベッドが装備してある。非番の搭乗員は横になって休めるようになっている。

富嶽の作戦を考えると、自動操縦装置の性能を確認する作業は非常に重要となる。今回の輸送任務では、各機に実戦で実績を積んだ優秀な偵察員を割り当てた。

午前一〇時四〇分、小栗は第一小隊一番機に乗り込んだ。六機の深山は機体の点検、発動機の試運転をすませており、いつでも飛び立てる。

午前一一時、第一小隊一番機は地上員の帽振れのなかを飛び立った。

2

「整備分隊長に招集がかかるとは。このところ航空機の稼働率が三割近くまで低下している責任を問われるのか。それとも何か重大な出来事が起こったのだろうか」

一月六日午後一時、第七〇二航空隊整備分隊長高科伸一大尉は、司令久野修三中佐とともにラバウル市の中華街近くにある第一一航空艦隊司令部の建物に入った。

部屋には、第一一航空艦隊首席参謀三和義勇大佐、航空参謀三代辰吉中佐、第二五航空戦隊首席参謀宮崎隆中佐、それに第一〇八特設航空廠の小林淑人中佐が顔を揃えていた。

七〇二空はラバウル西飛行場に駐留しているが、所属は第二五航空戦隊である。二五航戦は司令官上野敬三少将、首席参謀宮崎隆中佐だ。

二人の顔を見ると、宮崎中佐が三和大佐に声をかけた。

「おう、久野中佐、高科大尉、来たな。三和大佐、これで全員揃いました」

三和大佐が確認するように言う。

「では始めよう。高科大尉、小林中佐を知っているな」

「ええ、何度か指導を受けています」

昭和一七年の後半になると、発動機、機体ともに新型が次々と戦場へ投入され始めた。

これに対応するため、ラバウルに第一〇八特設航空廠が設置され、航空技術廠から小林淑人中佐を長に発動機部の松崎敏彦技術大尉、菊池庄治技術大尉、飛行実験部の大木武国技師を中心とする整備指導班が派遣されてきた。

整備指導班は特設航空廠の立ち上げのみならず、各航空隊に出向いて整備員に新型発動機や機体についての教育を行った。

高科大尉はラバウル西飛行場で、整備指導班から教育を受けている。

今度は航空参謀の三代中佐が話し始めた。

「現在、一一航艦には零戦一〇〇機、一式陸攻八〇機、九九式艦爆六〇機の戦力があるとされている。しかし、その実態は航空機の稼働率が三割程度に下がったままだ。

零戦にしても、戦力として稼働しているのは三〇機程度なのが実情だ。ただし、部品さえ揃えば五〇機ほどの零戦が再び戦力によみがえる」

ガダルカナル島をめぐる戦いは、一一月二五日に陸軍第二師団の総攻撃が失敗し、海軍も第三次ソロモン海戦で戦艦比叡、霧島を失った。

一月四日、軍令部総長永野修身はガダルカナル島撤収命令を出した。一一航艦としては防御力強化のため、一機でも多くの零戦がほしいところである。

三代中佐が本題に入った。

「一一航艦は決して手をこまねいていたわけではない。これまで航空本部や連合艦隊司令部へ、零戦の完成機のみならず、部品供給を強く要望してきた。このほど部品供給の要望がやっとかなうことになった。

明後日八日の早朝、六機の深山輸送機が零戦の部品を積んでラバウル西飛行場に着陸する」

三代中佐はようやく願いがかなったからか、少し涙ぐんでいるようにも見える。代わって三和大佐が話す。

「ただし、注意が必要だ。深山は我が国には珍しい四発の大型機だ。ほとんどの航空機搭乗員は深山を知らないし、見たこともない。

したがって、米軍機と見間違う恐れがあり、同士撃ちの危険性も考えられる。すでに二〇四空、二五一空などの戦闘機部隊へは、深山の来機を説明して注意を促している。さらに、飛行場の対空砲陣地にも注意を促した。

もう一つ必要なのが、着陸した深山の点検と整備である。七〇二空整備分隊は、明後日の早朝に着陸する深山の点検と整備を行うように。ただし、深山は新型の輝発動機を搭載している」

高科大尉が初めて口を開いた。

「一式陸攻は三菱の火星発動機です。我々は中島の発動機に慣れていません。新型の輝発動機なら、点検はおろか整備も困難かと」

　小林中佐が口を挟むように言った。

「発動機の点検と整備は一〇八航空廠が担当する。七〇二空整備分隊には、航空廠のみでは不足する整備員の支援を頼みたい。それと機体の点検、整備、給油をやってもらいたい」

　高科大尉はほっとしたように答えた。

「それなら七〇二空整備分隊でも対応できるでしょう」

　小林中佐は航空廠の松崎大尉、菊池大尉、大木技師が、今日中にもラバウル西飛行場へ向かうとも話した。

　高科大尉が肝心な質問をする。

「機体整備の時間は、どれくらいありますか」

　三和大佐が答えた。

「着陸した早朝から日没一時間前までだ。整備時間として十分な時間だと考えている。それから二〇四空の車輌隊が深山を掩体へ誘導する」

　高科大尉が怪訝（けげん）そうに聞いた。

「二〇四空が深山を掩体へ誘導するのですか」

三和大佐が疑問に答えるように言った。

「そうだ。深山が運んで来た零戦の部品は、ラバウル東飛行場まで運ばねばならない。この輸送を二〇四空の車輌隊が行う。

車輌隊の自動貨車は、着陸した深山を一機ずつ掩体まで誘導し、そこで荷物を自動貨車に積み替え、ラバウル東飛行場まで運搬する。七〇二空整備分隊は車輌隊を掩体まで案内してもらいたい」

一航艦は、すでに二〇四空との打ち合わせをすませていたのだ。高科大尉は納得したように答えた。

「了解しました。七〇二空整備分隊は車輌隊の案内、深山の機体点検と整備、それに給油を行います」

ここで、三和大佐が青天の霹靂とも思える話を切りだした。

「それから、これが最も重要な話なのだが。七〇二空整備分隊には、全員が深山で内地へ戻る命令が出ている。詳細は内地に着いてから知らされるだろう」

「えっ！」

高科大尉は司令の久野中佐を見た。どうやら久野中佐は事前に話を聞いていたようだ。

久野中佐と高科大尉は打ち合わせを終え、ラバウル西飛行場へ戻った。

　高科大尉には、明日からの作業内容について担当者を決め、手順を確認する仕事が待っている。

　一月七日の木更津飛行場は典型的な冬型の気象となり、快晴に恵まれた。午前一一時の気象状況は、北北西から風速七メートルの風で理想的な飛行日和となった。深山一番機は、長さが一七〇〇メートルある滑走路の南端で停止した。正操縦員の野中太郎大尉は制動機を力一杯踏み、少しずつ発動機の回転を上げる。

　輝発動機はブーストプラス五五〇、回転数毎分二八〇〇回転、離昇最大出力二四五〇馬力に達した。

　野中大尉が制動機を離した。輝の出力は想像以上に大きい。滑走が始まると小栗は背中が座席に押しつけられ、加速の強いGを感じる。

　七〇〇メートルほどの滑走で機体が浮き、一〇〇〇メートルほどで高度一五メートルに達する。

　深山は輝発動機の出力を最大にして、離陸後も急角度で上昇を続ける。

「いつもながら、二四五〇馬力の威力をまざまざと感じるな」

輝を装備した深山は、護発動機や火星発動機の機体とはまったく異なる飛行機としか思えない力強さをみせる。

深山は上昇を続けながら大きく右旋回し、東京湾上空から房総半島上空へ入り、針路を南方へ向けた。

高度六〇〇〇、偵察員の牧野飛曹長が大きな声で報告する。

「右後方に二番機、左後方に三番機、編隊を組んでくる」

「小出二飛曹、無線電話を各機に繋ぎ、状況を報告させよ」

小栗の指示を受け、通信員の小出二飛曹は無線電話機の周波数を隊内電話に合わせた。

「こちら隊長機、各機の状況を報告せよ」

小出二飛曹が小栗の命令を伝えた。

しばらくして小出二飛曹が答えた。

「各機から異状なしの報告が返ってきました」

「よし」

右手真横に伊豆大島が見えてきた。

深山は高度六〇〇〇で安定飛行に入っている。小栗は飛行航路を指示した。

「各機長に告ぐ。サイパンまで伊豆諸島、硫黄島、マリアナ諸島に沿って飛行する。

サイパンまでの距離およそ二四〇〇キロ、飛行時間は約七時間四〇分を見込む」

「了解、自動操縦設定終了」

一番機の機長野中大尉は、返答と同時に自動操縦装置を東経一四二度、北緯二七度、父島の西海岸上空を通過する飛行航路に設定した。

各機の機長からも、次々と自動操縦を設定した旨の報告が入る。

小栗は各機に告げた。

「自動操縦に切り替えよ。一直は操縦を二直と代わって横になって休み、サイパンからの夜間飛行に備えよ」

小栗は休憩所へ下がる野中大尉に声をかけた。

「野中大尉、サイパンからは長い夜間飛行になる。横になるだけでいい、夜間飛行に備えてくれ」

野中大尉が小栗の気づかいに感謝する。

「サイパンまで時間は七時間もあります。横になって寝れば疲れはとれます」

順調な飛行が続き、日本時間の午後六時三〇分になった。

「飛行隊長、左前方にサイパン島が見えます」

小栗は少し眠っていたらしい。二直偵察員鈴木飛曹長の声で目が覚めた。

「現在地の正確な位置は？」

天測を終えた鈴木飛曹長が答える。

「現在の位置は、東経一四五度四〇分、北緯一五度二〇分になります」

「羅針儀との差は？」

「五キロほど北西方向にずれています」

小栗は正直な気持ちを口にした。

「二四〇〇キロの飛行で五キロのずれか。まずまずの性能だが、八〇〇〇キロ飛行すれば位置が一五キロ以上のずれになる。少なくとも二〇〇〇キロ飛行ごとに、羅針儀の位置を天測で確認した位置に修正すべきだな。

このままの針路を保ち、サイパン島の西海上上空を飛行せよ」

味方飛行場の真上を通過すると、爆撃コースに入った敵機と間違われる恐れがある。これを避けるため、深山の編隊は飛行場から少し離れた海上上空を通過する。

上空は明るいが地上は夕暮れ時だ。それでもサイパン島がくっきりと見える。

予定通り、午後六時四〇分にサイパン島の真横西海上上空を通過した。

「一直と操縦を交代せよ」

正操縦席に野中大尉が座った。

「一直、操縦交代した」

「針路をトラックへ向け、飛行編隊を単縦陣とせよ」

「了解」

各機と無線電話で連絡を取り合い、針路を東寄りのトラックへ向けた。編隊は前後二〇〇メートルほどの間隔を保つ単縦陣に変わった。

「サイパンからトラックまで、およそ一一〇〇キロの距離になる。飛行時間は三時間半を見込む。途中の天測を忘れるな」

野中大尉が小栗を気づかうように言う。

「了解。隊長、我々に任せて少し眠って下さい」

「ああ、そうするよ。あとは頼む」

順調に飛行すれば、夜の一〇時一〇分から三〇分の間に、トラック諸島の北方上空を通過する計算だ。小栗は休憩室に下がり眠りについた。

単調な飛行が続いたようだ。

「機長、トラックの北方海域に到達しました」

小栗の耳に一直偵察員牧野飛曹長の声が聞こえてきた。今度は野中大尉の声が聞こえた。

「よし、針路一八〇度、ラバウルへ向かう」

「了解」

トラックからラバウルまでは距離およそ一四〇〇キロ、飛行時間は四時間半ほどである。このまま順調に飛行すれば、ラバウルの北方上空に日本時間で午前四時過ぎ、現地時間で午前五時頃に到着する予定だ。

小栗はうつらうつらしているうちに、再び眠りについた。

「隊長、まもなくラバウル北方一〇〇キロに到達します」

小栗は牧野飛曹長の声で我に返った。

「ああ、わかった」

小栗は指揮官席に戻ると、ラバウル西飛行場と無線電話で連絡を取った。地上からは深山の誘導方法について連絡してきた。

小栗は野中大尉に告げた。

「野中機長、着陸したら自動貨車が一機ずつ掩体まで誘導するそうだ。着陸後は自動貨車について行くように」

「了解」

八日午前五時、ラバウル西飛行場はまもなく夜明けを迎える。上空は少しずつ明るくなってくる。

滑走路帯の隅に、六輌のディーゼル自動車工業製の一式四輪自動貨車が停止している。一式四輪自動貨車は最大四トンの貨物を搭載し、時速六〇キロで走行できる優れた自動車である。

飛行場上空に突如、日の丸をつけた見慣れぬ四発の大型機が姿を現した。大きく旋回している。機数を数えると六機だ。

「相原兵曹長、見ろよ。日の丸をつけている。あれが深山らしい。いいか、撃つなよ」

高科大尉が、自動貨車の運転席に座る二〇四空の相原整備兵曹長に声をかけた。

「日本にも、あんな飛行機があったんだ」

相原兵曹長は深山を目で追いながら、複雑そうな言い方をした。名称こそ整備兵曹長だが、相原兵曹長の所属は車輌科であり、二〇四空に関連する貨物運搬や対空砲の扱いが主な仕事である。

高科大尉が相づちを打った。

「これまで見た大型の四発機と言えば、米軍のＢ17やＢ24爆撃機だけだったからな。

日の丸をつけた大型機を見るなんて初めてだ」

飛行場上空を大きく旋回していた大型機が、一機ずつ大きな間隔をあけて着陸態勢に入った。

相原兵曹長が気合を入れるように言った。

「よし、一番機が着陸するぞ」

一番機が鮮やかな手並みで着陸した。滑走路の端で方向を変え、誘導路を通ってこちらに向かって進んでくる。

「かなりの腕前だな」

相原兵曹長が感心するように言った。搭乗員の技量は着陸の様子を見れば推測できる。

「さあ、行こうか」

高科大尉が相原兵曹長に声をかけた。

相原兵曹長が一番機の前へ自動貨車を走らせる。そして、荷台の中村兵長へ怒鳴るように言った。荷台には二〇四空車輌隊の兵一〇名が乗っている。

「おい中村、手筈通り一番機を誘導する。搭乗員が顔を見せたら、大きな声でついて来いと言え。発動機の音に負けるな。いいな」

荷台の中村兵長が口をとんがらせて怒鳴った。

「わかっているよ」

荷台では、中村兵長が白い布に1と書いた旗を振りながら怒鳴っている。意味が通じたのか、巨大な深山が自動貨車について来た。

一式四輪自動貨車が次々と動き出した。それぞれの自動貨車には近藤整備兵曹、宮下整備兵曹、駒崎整備兵曹などが助手席に乗り、自動貨車を掩体まで案内する。

密林内の掩体はそれぞれが独立した造りになっていて、深山のような大型機でも格納できる大きさがある。米軍偵察機を欺くため、掩体全体にカモフラージュが施され、飛行場からは複雑な道で結ばれている。二〇四空の車輌隊のみで掩体へ行くのは無理がある。

相原兵曹長は一式四輪自動貨車を時速四〇キロで運転する。飛行場から密林の中に入った。深山が通り過ぎると、ただちに密林から切り出した木で道路が塞がれる。上空からは密林内に掩体があるとはわからない。

深山は掩体の中央で停止して発動機を止めた。まわりが急に静かになった。

貨物室の扉が開いた。荷台の兵たちが深山から貨物を降ろし、自動貨車へ積み替える。重量物の積み替えには、力作車と呼ぶ器材吊り上げ用クレーンを備えた車両が活躍する。

小栗が深山から降りると、一人の整備大尉が声をかけてきた。

「飛行隊長の小栗中佐ですか」

「そうだが」

「七〇二空整備分隊長の高科大尉です。飛行場指揮所へ案内します」

「世話になる」

小栗は高科大尉の運転する九五式小型乗用車で指揮所へ向かった。指揮所は木造で、屋根は椰子(やし)の葉で葺(ふ)いてある粗末な建物だった。

指揮所で一人の中佐が待っていた。

「小栗中佐、一一航艦航空参謀の三代中佐だ。このたびはご苦労であった」

小栗が椅子に座ると、三代中佐がこれからの予定を説明した。

「深山の機体点検と整備は一一航艦の手で行っている。燃料も内地へ戻るのに必要な十分な量を供給する。出発は日没一時間前だ」

「なぜ日没一時間前なのか」

三代中佐が最前線の様子を話した。

「まもなく米軍のB17かB24が偵察にやって来る。一〇時を過ぎると、ほとんど毎日のように入れ替わり立ち替わり、三〇機近いP38が編隊を組んでやってくる。

それも日没一時間前には、ラバウルから引き上げる。その時間帯に出発するのが安全なのだ」

これが戦地の実情なのだ。小栗は三代中佐の心遣いに感謝した。そして聞いた。

「ところで、ラバウルで載せる貨物について自分は何も聞いていないのだが」

三代中佐が意外な話をする。

「載せるのは貨物ではない。一式陸攻の搭乗員と整備員だ。飛行場を見てわかったと思うが、当初六〇機以上もあった一式陸攻も、今では三〇機ほどに減少している。ラバウルでは活躍の場がない腕の良い搭乗員と整備員を、内地まで乗せてほしいのだ。内地では新しい任務につくと聞いている」

小栗はピンときた。

一〇二二空は四月から富嶽での本格的な飛行訓練が始まる。ラバウルを引き上げる搭乗員と整備員の大半は、一〇二二空に配属されるに違いない。

「了解した。では、日没一時間前までゆっくり休ませてもらう」

「ああ、そうしてくれ。搭乗員全員に将校用の食事を用意してある。出発の時間までゆっくり休んでくれ」

ラバウルの日本軍は第八方面軍今村均司令官の方針で、タビロ農場、第一から第三タウリル農場、海軍農場などが作られた。それぞれの農場は農作物のみならず豚舎や養鶏場を備え、一〇万人の食料を自給できる規模がある。

食堂に入った。すでに深山の搭乗員たちが食事を始めていた。

「すごい。豪華な食事だな」

小栗は出された食事を見て驚いた。内地よりも料理の種類が多く、豪華な食事が用意されていた。誰もが食事に満足しているようだった。

日没一時間前になった。

機体の外で高科大尉の大きな声が聞こえた。

「油漏れはないか。ネジの緩みはないな。もう一度確認しろ」

整備兵が大きな声で答える。

「点検終了。異常なし」

しばらくして高科大尉が機体に乗り込んできた。高科大尉は主操縦席で計器をチェックしている野中大尉に言った。

「野中機長、どこにも異常はない。いつでも出発できる」

「了解、世話になった」

深山一番機には高科大尉と整備員一〇名、それに中村友男少佐が指揮する七〇五空の搭乗員一六名が荷物室に乗り込んだ。他の深山の貨物室にも、それぞれ三〇名近い航空機要員が乗った。

いつの間にか三代中佐が一番機の近くにいた。三代中佐の大きな声が聞こえる。

「武運を祈る」

小栗は敬礼で応えた。

ラバウルに残る整備兵たちが一列に並んで敬礼している。野中大尉は整備兵に敬礼を返すと、四本のレバーが組になっているスロットルをゆっくり押した。

一段とエンジン音が高まった。敬礼する整備兵のなか、深山はゆっくりと飛行場へ向かう。

基地隊員の帽振れを受け、六機の深山はラバウル西飛行場を離陸した。

貨物室は気密構造になっていない。そのため、深山は高度三五〇〇を保ち、往路と反対の飛行航路で木更津飛行場へと戻った。

3

ラバウル西飛行場を離陸するとき、深山の燃料槽には内地で積んだ一〇〇オクタン価の揮発油が、まだ多く残っていた。そのためか、輝発動機は離陸最大出力でもなんの障害も発生しなかった。

六機の深山は九日の午後に無事、木更津飛行場へ戻ってきた。

小栗は深山を降りると、ふとラバウルとは違う雰囲気を感じた。

「やはり、ここは内地だな」

木更津飛行場に着陸して感じたのは、最前線のラバウルと異なり、緊張感が少しも感じられないのんびりした雰囲気であった。

まずは松田司令への報告である。小栗は柴田大尉とともに司令室へ向かった。

司令室に入ると、松田大佐と大石大佐が額(ひたい)を突き合わせ、書類をめくりながら議論を交わしていた。ほかには誰もいなかった。

小栗は敬礼しながら帰投を報告した。

「松田司令、大石首席参謀、ただいまラバウルから戻りました」

松田大佐が笑顔で答えた。

「ご苦労だった。全機、無事に戻ったようだな。なによりだ」

小栗はラバウルへの長距離飛行についてひと通りの報告をすませた。松田大佐は、航空機用羅針儀や無線電話の性能が気になるようだ。

「新しい羅針儀は故障せずに動いたか。それに、無線電話も支障なく動いたか。これらの機器は、富嶽の将来にとって欠かすことのできない大事な装置だ」

「はい。想定以上の性能を発揮しました。非常に役に立つ装置です」

今度は大石大佐が聞いた。

「深山に同乗して帰国した人員は？」

ラバウル出発前、三代中佐は小栗に対して深山に同乗する人数のみを話した。

「一一航艦の三代航空参謀からは、一式陸攻の搭乗員が六四名、整備員が一二一名と聞いています。人数について自分の目で確認はしていません」

大石大佐は書類を見ながら、安心したような表情で言った。

「そうか。それなら人事局からの通知通りの人数だ。人事局は、ラバウルからの帰還者の半数を一〇二二空へ配属すると言っている。

これで一〇二二空の中核となる搭乗員と整備員を確保できたと言える」

松田大佐は人事局に対し、一〇二二空へ陸攻の熟練搭乗員と整備員を配置するよう何度も強く申し入れたようだ。だからと言って、人事局の意向のみで最前線から搭乗員や整備員を引き上げることなどできないはずだ。

陸軍であれ海軍であれ、航空予算は航空本部が一元的に運用している。航空本部にあって総務部の力は絶大である。

総務部の分掌規定には、航空部隊の編成、人事、動員、航空予算の一般統制に関する事項などが含まれている。陸海軍の航空行政は、航空本部総務部の立案によって動いていると言っても過言ではない。

したがって、人事局にしても航空本部の意向を無視した異動発令はできない。おそらく今回のラバウル行きは、松田大佐の申し入れを航空本部、それも総務部が了解したからに違いない。

昨年三月二〇日、第一一航空艦隊参謀長の大西瀧治郎少将が海軍航空本部総務部長に就任した。真偽のほどはわからないが、大西少将と松田大佐はなんらかの繋がりがあるのかもしれない。

そんな小栗の思いをよそに、大石大佐は小栗らを気づかうように言う。

「貴様たちは、ラバウル出発時からほとんど寝ていないのだろう。風呂と食事を準備してある。詳しい報告は明日早朝の打ち合わせのときにして、今日はゆっくり休め」

小栗の疲れはピークに達している。松田大佐への質問は明日の一〇二二空の早朝打ち合わせのときに行うことにした。

「では、そうさせてもらいます」

その夜、小栗はぐっすり眠った。翌朝はすっきりした気分で目が覚めた。

一〇日の朝八時から、いつものように松田大佐、大石大佐、小栗中佐、柴田大尉による早朝の打ち合わせが始まった。

小栗は、ラバウルへの長距離飛行における搭載した機器の稼働状況や性能、操作手順、使い勝手など改めて詳しい報告をすませた。

通常の打ち合わせが終わった。

小栗には気になることがあると、どうしても知りたいと思う性癖がある。松田大佐へ質問をした。

「失礼があったら勘弁して下さい。どうしても気になるので。松田司令は、大西少将とどのような結びつきがあるのですか」

大石大佐がたしなめた。

「おい、司令に対して失礼だぞ」

小栗はそれでも引かない。

「航空本部の了解なしに最前線のラバウルから搭乗員を引き上げるのは、通常ならできない相談だと思ったもので」

松田大佐は嫌な顔をせずに話し始めた。

「昨年二月に連合艦隊参謀の会議が開かれた。戦艦日向の艦長だったが、私は参謀会議に出席する機会を得た。

その会議で、海軍技術研究所の伊藤技術中佐が日本にとって無視すべきでない重要な指摘をした。

連合艦隊の参謀は誰ひとりとして伊藤中佐の指摘を気にとめなかったようだ。私は、今でも伊藤中佐の指摘が脳裏から離れないでいる」

小栗は一〇二二空司令に着任したとき、松田大佐が話した内容を覚えている。

「松田司令が、米国やヨーロッパで電波探信儀よりはるかに恐ろしいウラン235を使った兵器を開発していると話したことを覚えています。

ただ、兵器の開発は米国よりドイツのほうが進んでいるとも話されました」

松田大佐が目を見開いて言った。

「その通りだ。よく覚えていてくれたな」

松田大佐の話は小栗の想像をはるかに超えるものであった。

「私は昨年の一二月一〇日に連合艦隊司令部付きになった。少し時間ができたので、伊藤中佐が指摘したウラン２３５とは何かを調べてみた。参考資料を探すために航空本部へ足を延ばした。そのときに偶然、総務部長の大西少将と出会い、意気が合って長い時間話し合った」

松田大佐は思い出すように話す。

「大西少将の話だ。昨年の七月頃だったか、陸海軍の航空関係者が大挙して中島飛行機の三鷹研究所を視察したそうだ。大西少将は、三鷹研究所を視察した連合艦隊航空参謀の佐々木彰中佐に、視察内容を問いただしたそうだ。

大西少将は航空本部総務部長だから、富嶽についての詳しい内容はよく知っていた。だが、実現性については疑問を抱いていたようだ。

ところが、佐々木中佐から富嶽の詳細な開発状況を聞き、計画通りの実現に疑いを挟む余地がないと知った。

私からは、伊藤中佐が指摘したウラン２３５について、それまで調べた内容をすべて話した」

小栗にはウラン235を理解するだけの知識がない。黙って松田大佐の次の言葉を待った。

「大西少将は、佐々木中佐から富嶽開発の実情を聞き、私からウラン235の話を聞き、気絶するほどのショックを受けたと言った。なにしろひと握りのウラン235があれば、爆弾一発で東京が吹き飛ぶと言うのだから。

大西少将のすごいところは行動力だ。大西少将は真実を確かめようと、理化学研究所の仁科芳雄博士を訪ね、ウラン235を爆弾に利用する可能性について聞いた。私も大西少将に誘われて一緒に理化学研究所へ行った」

大西少将には、自分の思い込みで行動するとの評判がある。過去には戦闘機無用論を振りかざし、戦闘機搭乗員を艦爆や艦攻の搭乗員へ転換させる政策を実施した。現在の戦闘機部隊の弱小さは、このときの政策が原因とも言われている。

ところが、中国戦線で多数の中攻が敵戦闘機に撃墜され、大西少将が乗った中攻も危うく撃墜されそうになった。以来、大西少将は手のひらを返したように戦闘機有用論を口にするようになった。

大西少将を知る海軍将校は、抜群の行動力を評価する一方で、論理性や一貫性に疑問を持っているようだ。

冷静になって聞くと、松田大佐が話している内容はあまりにも恐ろしい。小栗は身体が震えてきた。小栗はそれでも聞いた。

「仁科博士は可能だと答えたのですね」

「そうだ。私も大西少将以上のショックを受けた」

駒込にある理化学研究所は研究員がわずか一〇名ほどだが、湯川秀樹博士など世界一流の原子物理学研究者が揃っている。ウラニウム爆弾が完成すれば、たった一発で東京が吹き飛ぶほどの威力を持つことが計算でわかると言うのだ。

「仁科博士は、欧米の最新科学事情については中島飛行機の大社長のほうが詳しい情報を持っているかもしれないと言った。ウラニウム爆弾に関しても、仁科博士の知らない欧米の研究情報を持っている可能性があると言うのだ」

日米開戦によって、欧米から日本への科学情報は遮断されてしまった。ましてやウラニウム爆弾の研究は、国家の最高機密事項であることは間違いない。

「大西少将は、今度は中島飛行機の大社長宅へ押しかけたのですか」

「そうだ。私も一緒に行った」

中島大社長は代議士である。たとえ大西少将であれ、中島大社長を呼びつけるわけにはいかない。そこで大西少将は中島大社長宅へ押しかけ、私的な会談となったようだ。

「中島大社長は、富嶽開発の責任者小山技師長と小泉製作所の吉田所長を呼んで、私と大西少将を待っていた。中島大社長は米国に鉄槌を下すには、強烈な個性を持った指揮官でなければ実行できないと考えているようだ。

中島大社長は、原子核物理研究でドイツの優位性が失われつつあり、ウラニウム爆弾はドイツより米国のほうが先に製造する可能性があると指摘した。

一年ほど前までは英国のネイチャーに代表される欧米の科学雑誌に、米国やヨーロッパの物理学者が核分裂に関する論文を頻繁に発表したそうだ。

ところが、ここ一年は核分裂に関する論文がまったく掲載されなくなった。これはドイツのみならず、英国と米国も国家戦略としてウラニウム爆弾の研究を本格化させたからだと言うのだ。

当然、研究成果は国家の最高機密事項である。これが科学雑誌から論文が消えた理由だ。

中島大社長は、ドイツよりアメリカのほうが先にウラニウム爆弾を製造する可能性についても話した。

ナチス政権が誕生すると、ヨーロッパからノーベル物理学受賞者など、世界一流の物理学者が大挙してアメリカに渡った。アメリカの国力と物理学者の数を考えれば、ウラニウム爆弾の研究は、ドイツよりアメリカのほうが進んでいると考えるのが自然であると言う」

小栗は話を聞いているうちに、奈落の底に突き落とされそうな気分になってきた。

中島大社長は開戦後も、中立国スウェーデンやスペインにある三井物産の支店を通じて、欧米の政治、科学、軍事などの情報を入手し、若手大学教授などに分析させている。

ところが、いくら情報を収集しても核分裂に関する情報は皆無らしい。

松田大佐が続けて言った。

「大西少将は即座に中島大社長の指摘に賛同した。大西少将も、ドイツより米国のほうが先にウラニウム爆弾を製造するに違いないと考えた」

大西少将には「乱暴長」とのあだ名がついている。大西少将は真珠湾攻撃を評価しない人物の一人であり、独自の視点を持つと思われる。大西少将の考えを単なる思い込みとは片づけられないかもしれない。

今度は松田大佐が自身の決意を話した。

「大西少将は、富嶽が米国に鉄槌を下すに不可欠な兵器だと言い出した。富嶽に対する期待が一気に高まったのだ。そして、私は一〇二二空の司令就任を引き受けた」

松田大佐は、海軍将校なら誰もが憧れる戦艦大和の艦長に就任する予定だった。その座を蹴って一〇二二空の司令に就任した。よほどの覚悟を持ったに違いない。

「大西少将は、小山技師長に富嶽の開発状況を問いただした」

「小山技師長に無理難題を突きつけたのですか」

「それはない。小山技師長の話によると、海軍はこの五日に富嶽試作一号機を領収したようだ。中島飛行機は一二月中に試作四号機までを完成させ、太田飛行場で社内試験飛行を繰り返しているとも話した」

「富嶽の開発は計画通りだと言うのですね」

「そうだ。小山技師長は、開発の進捗状況は計画通りだと話した。すると大西少将は、海軍は一号機に続いて二号機から四号機までを早々に領収し、三沢飛行場へ空輸して早急に試験飛行に入るべきだと言い出した」

富嶽試作二号機は一〇月二二日に完成し、一一月五日に初飛行した。三号機は一一月一九日に完成して一二月三日に初飛行、四号機は一二月九日に完成して二三日に初飛行した。

　中島飛行機は海軍立ち会いのもと、太田飛行場で社内試験飛行を繰り返している。三機の試作機は試験飛行で良好な結果を得ているそうだ。

「大西少将は、それで納得したのですか」

「納得するもなにもない。大西少将は無理難題な要求が開発を遅らせると理解している。

　吉田所長によると、小泉製作所では二月初めに試作六号機までの製造を終え、続いて増加試作機一〇機の製造に入るそうだ。

　増加試作機は、月に二機の割合で製造できると言っている。ただし、量産機の製造は来年一月からの予定だとも話した」

「大西少将は、量産機の製造を前倒ししろと言ったのですか」

「よくわかったな。貴様の言う通りだ。吉田所長によると、一〇機の増加試作機は五月中旬までに製造を終えるそうだ。そうなれば、それから半年以上も富嶽の製造設備を遊ばせておくことになる。大西少将は、それなら計画より半年早く量産機の製造を始められると指摘した。

　しかし小山技師長は、試験飛行の途中で量産機を製造しても、後でどれほどの改修作業が必要になるかわからないと反発した。

大西少将は、改修作業のほうが一から製造するより短い時間ですむではないかと声を荒らげて強い口調で言った。時間こそが最も重要なのだと言うのだ。あの様子だと、おそらく大西少将はごり押ししてでも、富嶽の量産機製造を前倒しさせるつもりだろう。

それから大西少将は、富嶽の行動半径を八〇〇〇キロから一万キロへ伸ばすよう要求した。行動半径を一気に二〇〇〇キロ延長せよと言うのだ」

無理難題を押しつけるべきではないと言いながら、口とは裏腹に自分の考えを押しつけるつもりなのかと、小栗は憤りを感じた。

「小山技師長が、量産機が完成すれば行動半径を二〇〇〇キロ広げるのはそれほど難しくないと答えた。主翼の下にドラム缶八本分の落下式増加燃料槽を六個つけ、搭載する爆弾を一トン爆弾から五〇〇キロ爆弾にすれば可能だと答えた。

大西少将は、それならピッツバーグの製鉄所や、ウイチタのB29製造工場にも鉄槌を下せると、満足した表情になった。北海道の千歳からウイチタまでは約九三〇〇キロ、ピッツバーグまでが約一万キロの距離だからな。

そして、大西少将は真顔になって言った。現時点では、米国のウラニウム爆弾の研究施設がどこにあるかわからない。それでも注意を凝らして見ていれば、一年もしないうちに研究施設のある場所を示すなんらかの兆候が見つかるはずだ。そのときは、一気に研究施設を破壊しなければならない。そのためにも富嶽の行動半径一万キロの性能は不可欠だと言うのだ」

大西少将の言葉として話しているが、これらの考えは松田大佐から出ているのかもしれない。小栗の頭に、ふと邪推が働いた。

「それにしても、ラバウル行きの裏にこのような深い事情があったとは」

そして小栗は言った。

「そうとなれば、何があっても富嶽を予定通り完成させ、作戦も計画通りに実施しなければと思います」

松田大佐は力を込めて言った。

「その通りだ。どんな棘（いばら）の道があろうとも、我が国は計画通りに富嶽を完成させ、米国の戦力源泉工場のみならず、ウラニウム爆弾の研究施設を潰さなければならない。

そのためにもラバウルから帰国した航空機要員を訓練し、一〇二二空を計画通り作戦へ投入できるようにしなければならない。励んでくれ」

「はい。必ずや」

いつもより長い打ち合わせが終わった。

一〇二二空はラバウルからの帰国搭乗員を含め、一〇日の日曜日もいつものような厳しい訓練に入った。

4

ラバウルから帰国した搭乗員六四名、整備員一二一名は一〇日の朝に新たな配属先が言い渡された。一〇二二空配属となったのは、中村少佐など搭乗員三三名、高科大尉など整備員六〇名、合わせて九三名であった。

六〇名の整備員は高科大尉を長とし、一一日から半年の予定で中島飛行機大宮製作所でBT発動機の組み立て作業に従事する。名目はターボプロップ式発動機の理解と取り扱い研修である。

搭乗員の士官は、七〇五空で中隊長を務めてきた中村友男少佐、同じく七〇三空で中隊長を務めてきた渡辺一夫大尉、七〇五空で小隊長を務めてきた後藤信治特務少尉の三名である。

このなかで乙種予科練二期出身の後藤少尉は、操縦技量抜群で知られている。

三三名の搭乗員は、一〇日から木更津基地で深山への転換訓練に入った。搭乗員は一式陸攻で技能を磨いた熟練搭乗員だ。六機の深山で休みもなく午前と午後の訓練飛行を続け、二週間ほどで転換訓練を終えた。

松田大佐は、二四日に搭乗員の転換訓練を終えた報告を受け取ると、翌二五日に一〇二二空の新たな任務を告げた。

「小栗中佐を飛行長に任命する」

小栗には事前に松田大佐から何も知らされなかった。松田大佐は驚く小栗に告げた。

「三沢飛行場に富嶽の試作機が四機揃った。これからは試作機四機で富嶽の試験飛行が始まるが、空技廠飛行実験部のみでは対応できない。そのため、一〇二二空は操縦の早期習得を兼ね、三沢飛行場で空技廠とともに富嶽の試験飛行に参加する。

本日より一〇二二空は二個飛行隊体制とする。一個飛行隊は柴田大尉を飛行隊長とし、三沢飛行場で富嶽の試験飛行に従事する。もう一個の飛行隊は中村少佐を飛行隊長とし、深山による輸送任務に従事しながら、大型機の編隊による操縦技量と長距離飛行技術の向上に努める」

小栗は飛行隊長兼務を解かれた。それでも規模が大きくなった一〇二二空の飛行隊運営を滞りなく実施しなければならない。

小栗の任務は計画から実施まで広範囲にわたるため、これまでと忙しさに変わりはない。

「まずは、深山による輸送計画を立てなければ」

深山は片道六〇〇〇キロ以上に及ぶ長距離輸送を無着陸で行える。この輸送能力は、陸海軍のみならず政府関係部署から見ても、大きな魅力であるのは間違いない。

そのためか一〇二二空への輸送依頼は、各方面から寄せられてくる。

小栗は松田大佐、大石大佐と協議に入った。

初めに松田大佐が発言した。

「輸送任務は、あくまでも搭乗員が富嶽で作戦を遂行するための飛行訓練として行うものだ。これだけは何があっても譲れない」

小栗は飛行隊として習熟すべき訓練内容を主張した。

「富嶽での作戦は、少なくとも三六機編隊で遂行するのが基本であるべきです。したがって、深山は常に小隊三機、二個小隊の六機編成で飛行させ、編隊飛行の経験を積ませたいと思います。

それと、中村隊は片道六〇〇〇キロ以上、二〇時間にも及ぶ無着陸長距離飛行は、初めての経験になります。そのためにも一機も損なわずに任務を遂行することがなによりも肝要かと思います」

大石大佐が賛同するように言った。

「そのためには、目的地を慎重に選ばなければならないだろう。輸送依頼にシンガポールがある。しかも帰りの輸送貨物が戦略物資のゴム、ニッケル、マンガン、モリブデンなどになっている」

松田大佐が決断した。

「戦略物資の輸送は優先度が高い。中村隊の目的地はシンガポールとする」

小栗は早速、中村少佐と打ち合わせに入った。

「中村少佐、目的地はシンガポールに決まった。シンガポールは木更津から五三五五キロと、ラバウルより少し遠い距離になる。それでも、たとえ途中で機体に不具合が発生したとしても台湾、フィリピン、ベトナムの基地にたどりつけるだろう。前線に近いラバウルより危険性は低いだろう。

輸送する貨物だが、行きは陸軍の要請による電波探信儀や飛行機部品になる。帰りはゴム、ニッケル、マンガンなどの貴重な戦略資源となる。飛行計画は気象条件に十分注意して立案するように」

中村少佐は七〇三空でも中隊長を務めていた。小栗が指摘するまでもない。

「無着陸が原則でしょうが、気象状況によっては途中の基地に着陸し、安全を確認した後に出発することもあり得る。それでよろしいですね」

「当然だ。任務はあくまでも、富嶽での作戦に向けた飛行訓練だ。無理をして事故に遭遇し、搭乗員を失う危険性は避けてもらいたい」

「了解。任務は必ず成功させてみせます」

小栗の仕事は中村少佐に任務内容を告げるだけですんだ。あとは中村少佐が飛行計画を立て、各基地と必要な連絡を取り、必要な手配を行う。

一月二八日、中村少佐が報告した。

「飛行長、準備が整いました。明日の朝、シンガポールへ出発します」

「ご苦労だった。初めての長距離飛行だな。航路上の気象状況もいいようだ。無事を祈っている」

「ありがとうございます」

二九日の早朝、小栗は木更津飛行場を出発する中村隊を見送った。

「行ったようだな」

「これは、松田司令。はい、熟練搭乗員たちです。輸送任務は必ずや成功すると信じています」

「そうだな。ところで、富嶽の試験飛行状況が気になる。今のところ大きな障害はないようだ。それでも、多くの細かい障害が発生しているらしい。近々状況を確認してくるように」

「承知しました。それなら来週の月曜日にでも三沢基地へ行きたいと思います」

「二月一日の月曜日だな。先方には私から連絡しておこう」

「了解しました」

小栗は三沢基地へ出張し、富嶽の完成具合を確認することになった。不安半分に期待半分の心境である。

二月一日の午前、小栗は上野駅で青森行きの特急列車に乗った。青森県三沢駅まで東北本線の特急で一昼夜近い時間がかかった。

「雪か」

積もってはいないが粉雪が舞い、寒さが身にしみた。

三沢駅からは乗合自動車で三沢基地へ向かう。乗合自動車はディーゼル自動車工業の前身である東京自動車工業が昭和一三年に製造した、悪路に強いと評判の六輪自動車だった。時速二〇キロほどで、六輪自動車は雪道でも安定して走る。

乗客はおよそ四〇人。車内は満員状態だが、口を交わす人はほとんどなく、小栗は外の冬景色を眺めながら寒さに耐えた。

「ようやく着いたな」

小雪の降るなか、二日の夕方に三沢基地に着いた。基地に入ると真っ先に立派な飛行場が目に入った。

「素晴らしい飛行場だ」

三沢基地の飛行場は東西に幅四五メートル、長さ二〇〇〇メートルの舗装された滑走路が延び、新しい建物が何棟も建設されていた。富嶽の試験飛行のため、三沢基地が大幅に拡張されたとわかる。

「九七式艦攻に九九式艦爆か。こうして見ると、やはり富嶽は他の航空機を圧倒する迫力がある」

駐機場を見ると、五二四航空隊の九七式艦攻と九九式艦爆が三〇機ほど並んでいる。少し離れた場所にひと際目立つ巨大な富嶽が四機並んでいた。

「五二四空は実戦部隊と言うより、練習航空隊の意味合いのほうが強いと聞いている。やはり、三沢基地は実戦部隊と違う雰囲気が漂っている。司令は和田鉄二郎中佐のはずだ。まずは、五二四空司令部へ行って挨拶だな」

小栗は五二四空司令部のある建物に向かった。空技廠飛行実験部の三沢出張所も同じ建物内にあると聞いている。

小栗は和田司令に挨拶をすませると、空技廠飛行実験部の部屋に向かった。飛行実験部の部屋は小学校の教室と同じ横四間、縦五間の大きさであった。

「小栗中佐、お久しぶりです」

小栗が部屋に入ると、後ろからいきなり声をかけられた。驚いて振り向いた。声をかけたのは中島飛行機の広沢技師だった。

「おう、これは広沢技師。久しぶりだな。三沢に詰めているのか」

「ここ一カ月ほど三沢に詰めています。富嶽の様子を見に来たのでしょう。富嶽は色々と問題を抱えていますが、致命的な問題は発生していません。

前代未聞の六発新大型機にしては、仕上がりは想定以上に順調ですよ。小栗中佐も、明日の進捗会議には出席するんでしょう」

空技廠と中島飛行機は、毎朝八時から富嶽の障害に関する試験飛行進捗会議、通称進捗会議と呼んで打ち合わせを行っているようだ。

「ああ、富嶽の完成具合を見たいのでな」

「それなら明日の進捗会議で、ターボプロップ式発動機の状況について、自分が詳しく報告しますよ」

新型航空機の開発の成否は、発動機と主翼の出来具合にかかっていると言われる。

広沢の言葉から富嶽は予想以上の出来具合だとわかった。

「肝心のターボプロップ式の発動機だな。楽しみにしているぞ」

三日の午前八時から進捗会議が始まった。報告内容を聞いていると、細かな障害を含めて不具合は一週間に一〇項目ほど報告され、一週間に一〇項目ほど解決しているようだ。

「未解決項目をいつも五〇項目ほど抱えているのか。それでも問題の多くは、油圧装置の油漏れや電線の被膜不良などが多いようだ。機体の設計に関わるものは一項目もない。どうやら富嶽に致命的な欠陥はないようだ」

小栗はひとまず胸を撫で下ろした。障害の原因は、多くが未熟な製造技術によるものらしい。

このところ町工場の熟練工が徴兵され、多くの部品が挺身隊と呼ばれる素人工の手で製造されている。小栗は、ここに大きな問題が隠されていると感じた。

広沢技師のターボプロップ式発動機についての報告となった。

「ターボプロップ発動機です。発動機の耐久時間は八〇時間ほどです。これまでにあがった不具合は、すべて発動機の耐久時間を過ぎて発生した金属疲労が原因とわかっています。

発動機は増加試作機に搭載するものから、改良された新しい耐熱鋼で製造されます。そうなると、耐久時間は八〇時間から三〇〇時間へ延びます。

発動機の耐久性能は三〇〇時間でも不足しています。古河電工からは耐久時間が八〇〇時間を超える、さらに改良された耐熱鋼の製造に目処がついたとの連絡を受けています。

材料が変わっても、発動機の製造方法に変化はありません。量産機には耐久時間が八〇〇時間を超える新しい発動機を搭載できると考えています」

小栗は余計な口出しは慎むべきだと思った。報告書には試験飛行の進捗状況、今後の進捗の見通しをまとめて三沢基地を後にした。

（下巻につづく）

コスミック文庫

超重爆撃「富嶽」大編隊（ちょうじゅうばくげき「ふがく」だいへんたい）

上

【著 者】

和泉祐司（いずみゆうし）

【発行者】

杉原葉子

【発 行】

株式会社コスミック出版

〒154-0002 東京都世田谷区下馬 6-15-4

代表 TEL.03(5432)7081

営業 TEL.03(5432)7084

FAX.03(5432)7088

編集 TEL.03(5432)7086

FAX.03(5432)7090

【ホームページ】

http://www.cosmicpub.com/

【振替口座】

00110-8-611382

【印刷／製本】

中央精版印刷株式会社

乱丁・落丁本は、小社へ直接お送り下さい。郵送料小社負担にて
お取り替え致します。定価はカバーに表示してあります。

© 2020 Yushi Izumi

ISBN978-4-7747-6151-0 C0193

長編戦記シミュレーション・ノベル

太平洋戦争の渦中に時空転移!!
最新兵器で日本を守りきれるのか!?

青き波濤
【1~5巻】好評発売中!!
羅門祐人 著

定価各巻●本体926円+税

絶賛発売中!

お問い合わせはコスミック出版販売部へ!
TEL 03(5432)7084

長編戦記シミュレーション・ノベル

山口vsハルゼー、因縁の闘い！
日米空母艦隊が太平洋上で激突！

最強不沈空母
「飛龍」【上・下】
吉田親司 著

好評発売中 !!

定価上巻●本体820円＋税
下巻●本体870円＋税

絶賛発売中！

お問い合わせはコスミック出版販売部へ！
TEL 03(5432)7084
http://www.cosmicpub.com/

長編戦記シミュレーション・ノベル

空母「あかぎ」「しなの」誕生！
攻め入る中国軍を撃破せよ！

日中世界大戦 全3巻 森 詠 著

定価●本体780円＋税

絶賛発売中！

お問い合わせはコスミック出版販売部へ！
TEL 03(5432)7084